MEMOIRES

POUR SERVIR

A L'HISTOIRE

DES

HOMMES

ILLUSTRES.

TOME VI.

MEMOIRES

POUR SERVIR

A L'HISTOIRE

D E S

H O M M E S

ILLUSTRES

DANS LA RE'PUBLIQUE DES LETTRES.

A V · E C

UN CATALOGUE RAISONNE'

de leurs Ouvrages.

TOME VI.

A   P A R I S,

Chez BRIASSON, ruë S. Jacques à la Science

M. DCC. XXVIII.

Avec Approbation & Privilege du Roy.

TABLE ALPHABETIQUE DES AUTEURS.

TABLE.

APPROBATION.

J'Ai lû par ordre de Monſeigneur le Garde des Sceaux ce ſixiéme Volume des *Mémoires pour ſervir à l'Hiſtoire des Gens de Letres*, & je n'y ai rien vû qui me paroiſſe devoir en empêcher l'impreſſion. A Paris le troiſiéme Juillet 1728. HARDION.

PRIVILEGE DU ROY.

LOUIS par la grace de Dieu Roy de France & de Navarre: A nos amez & feaux Conſeillers, les Gens tenans nos Cours de Parlement, Maîtres des Requeſtes ordinaires de notre Hôtel, Grand Conſeil.

Prevôt de Paris, Baillifs, Senechaux, leurs Lieutenans Civils, & autres nos Justiciers qu'il appartiendra, SALUT. Notre bien amé ANTOINE-CLAUDE BRIASSON Libraire à Paris, Nous ayant fait remontrer qu'il lui auroit été mis en main un Manuscrit, qui a pour titre : *Mémoires pour servir à l'Histoire des Hommes Illustres dans la Republique des Lettres, avec un Catalogue raisonné de leurs Ouvrages.* qu'il souhaiteroit faire imprimer & donner au Public, s'il nous plaisoit lui accorder nos Lettres de Privilege sur ce necessaires : offrant pour cet effet de le faire imprimer en bon papier & en beaux caracteres, suivant la feuille imprimée & attachée pour modele sous le contre-scel des presentes. A CES CAUSES, voulant traiter favorablement ledit Exposant, Nous lui avons permis & permettons par ces Presentes de faire imprimer ledit Memoire & Catalogue ci-dessus specifié, en un ou plusieurs volumes, conjointement ou separement, & autant de fois que bon lui semblera; sur papier & caracteres conformes à ladite feuille imprimée & attachée pour modele sur notredit contre-scel, & de le vendre, faire vendre & débiter par tout notre Royaume, pendant le tems de *huit années* consecutives, à compter du jour de la date desdites presentes. Faisons défenses à toutes sortes de personnes de quelque qualité & condition qu'elles soient d'en introduire d'impression étrangere dans aucun lieu de notre obéissance ; comme aussi à tous Libraires-Imprimeurs & autres d'imprimer, faire imprimer, vendre, faire vendre, débiter ni contrefaire lesdits Memoires & Catalogues ci-dessus exposez, en tout ni en partie, ni d'en faire aucuns extraits sous quelque pretexte que ce soit, d'augmentation, correction, changement de titre, ou autrement, sans la permission expresse & par écrit dudit Exposant ou de ceux qui auront droit de lui; à peine de confiscation des Exemplaires contrefaits, de trois mille livres d'amende contre chacun des contrevenans, dont un tiers à Nous, un tiers à l'Hôtel-Dieu de Paris, l'autre tiers audit Exposant, & de tous dépens, dommages & interêts; à la charge que ces présentes seront enregistrées tout au long sur le Registre de la Communauté des Libraires & Imprimeurs de Paris, & ce dans trois mois de la date d'icelles, que l'impression de ce Livre sera faite dans notre Royaume, & non ailleurs, & que l'Impetrant se conformera en tout aux Reglemens de la Librairie, & notamment à celui du 10. Avril 1725. & qu'avant de les exposer en vente, le Manuscrit ou Imprimé qui aura servi de copie à l'impression dudit Livre, sera remis dans le même état où l'Approbation y aura été donnée, és mains de notre très-cher & féal Chevalier Garde des Sceaux de France, le sieur Fleuriau d'Armenonville, Commandeur de nos Ordres; & qu'il en sera ensuite remis deux Exemplaires dans notre Bibliotheque publique, un dans celle de notre Château du Louvre, & un dans celle de notre très-cher & féal Chevalier Garde des Sceaux de France le sieur Fleuriau d'Armenonville, Commandeur de nos Ordres, le tout à peine de nullité des presentes; du contenu desquelles vous mandons & enjoignons de faire jouïr l'exposant ou ses ayans cause, pleinement & paisiblement, sans souffrir qu'il leur soit fait aucun trouble ou empêchement: Voulons que la copie desdites presentes, qui sera imprimée tout au long au commencement ou à la fin dudit Livre, soit tenuë pour duement signifiée, & qu'aux copies collationnées par l'un de nos amés & féaux Conseillers & Secretaires, foi soit ajoûtée comme à l'Original. Commandons au premier notre Huissier ou Sergent de faire pour l'execution d'icelles, tous Actes requis & necessaires, sans demander autre permission, & nonobstant clameur de Haro, Charte Normande, & Lettres à ce contraires: CAR tel est notre plaisir. DONNE' à Paris le vingt-huitième jour de Novembre, l'An de grace 1726. & de notre Regne le douzième. Par le Roy en son Conseil: DE SAINT HILAIRE.

Registré sur le Registre VI. de la Chambre Royale & Syndicale des Libraires & Imprimeurs de Paris, N. 530 Fol. 431. conformement aux anciens Reglemens, confirmez par celui du 28. Fevrier 1723. A Paris ce 3. Decembre 1726. Signé, VINCENT, Adjoint.

MEMOIRES

MEMOIRES

POUR SERVIR

A L'HISTOIRE

DES

HOMMES

ILLUSTRES

DANS LA RE'PUBLIQUE
des Lettres,

Avec un Catalogue raifonné
de leurs Ouvrages.

CLAUDE-GASPAR BACHET
DE MEZIRIAC.

C L AU D E-*Gafpar Bachet*
fieur de *Meziriac* fortoit
d'une famille noble &
ancienne de *Breffe*. Son
pere *Jean Bachet* étoit
Confeiller du Duc de Savoye & Ju-

Tome VI.   A

ge des appellations de *Bresse*, qui
étoit, pendant que la Bresse appartenoit à ce Prince, le premier Office
de Magistrature du pays. Il laissa
entre autres enfans celui dont j'ai
à parler, & *Guillaume Bachet* Seigneur de *Vauluysant*, President de
l'Election de *Bresse*, mort en 1531.
sans enfans. C'étoit un bon Poëte
Latin & François, comme il l'a fait
connoître, principalement par une
excellente & naive traduction de
quelques-unes des Epitres d'Ovide,
qui ont été imprimées avec celles
de son frere.

Claude Gaspar Bachet prit le nom
de *Meziriac*, quoique le nom veritable de la terre qui le lui donna
soit Meyseria, mais peut-être le
changea-t-il pour le rendre plus
doux & plus coulant.

Il se rendit très-habile dans les
Langues, & particulierement dans
la Greque, dans les Mathematiques,
& dans les autres sciences curieuses; mais ce qu'il possedoit le mieux
étoit l'Histoire fabuleuse, dans laquelle il a passé parmi les Doctes,
pour le premier homme de son siecle.

Il paffa dans fa jeuneffe beaucoup
de temps à *Paris* & à *Rome* , & il fit
dans cette derniere Ville quantité de
vers Italiens en concurrence avec
M. de *Vaugelas*, qui y étoit en même
temps que lui. *Colomiez* rapporte
dans le *Colomefiana* , fur la foi de M.
Patin dont il tenoit ce fait , que M.
de *Meziriac* avoit été Jefuite à
l'âge de vingt ans , qu'il avoit fait
la premiere claffe à *Milan* , mais
qu'étant tombé malade en cette Ville
il quitta la focieté. C'eft ce que M.
Pelliffon n'a pas fçû.

A fon retour d'Italie il fe retira
chez lui à *Bourg en Breffe* , où il fe
refolut de mener une vie tranquille.
Il étoit déja connu & compté entre
les premiers efprits de fon temps ,
& cela lui fuffifoit. Quant au bien il
avoit au commencement cinq ou fix
mille livres de rente , & il s'en trouva huit ou dix par la mort de *Guil-*
laume Bachet fon frere aîné. Il ne travailla jamais pour en acquerir d'avantage ; il évita au contraire les charges publiques , & les emplois que les
autres recherchent avec empreffement. Lorfqu'il étoit encore à *Paris*

C. G. BA-
CHET.

A ij

on parla de lui pour être Precepteur du Roy *Louis* XIII. mais la crainte qu'il eût d'être chargé de ce pefant fardeau l'engagea à fe hâter de quitter la Cour.

Retiré dans fa patrie, il fongea à fe marier, & fe conduifit dans cette importante affaire avec le même defintereffement qui l'avoit toûjours fait agir. Il ne chercha ni les richeffes, ni les grandes alliances, il ne fe propofa que d'avoir une compagne avec laquelle il pût paffer doucement fes jours. Ainfi il préfera aux plus riches partis une femme fans biens, mais de bonne famille, bien faite, d'une humeur fort douce, & affortiffante avec la fienne. Il ne fe repentit point de ce choix, & il prenoit fouvent plaifir à en parler à fes amis comme de la meilleure chofe qu'il eût jamais faite. Elle s'appelloit *Philiberte de Chabeu*, & il en a eu plufieurs enfans.

La fanté, ce bien précieux, qui rend tous les autres plus agréables, ne lui manquoit pas, fa feule incommodité étoit d'avoir quelquefois de legeres atteintes de goutte. Mais la

principale partie de ſon bonheur con- C. G. BA-
ſiſtoit dans la bonté de ſon eſprit, CHET.
car il l'avoit naturellement aiſé,
doux, moderé, & il étoit de ceux
à qui toutes choſes plaiſent, & qui
ſe divertiſſent à tout.

Il partageoit ſon temps entre les
divertiſſemens honnêtes & l'étude,
& il les mêloit quelquefois d'une
telle maniere qu'il faiſoit apporter
ſon porte feuille pour écrire quelque choſe dans des compagnies où
l'on s'amuſoit à jouer & à danſer.
Cette humeur libre & familiere jointe à ſon merite, à ſa naiſſance & à
ſon bien lui procuroient dans ſa patrie une eſpece d'empire dont il ne
ſe ſervoit que pour faire du bien à
ceux qu'il en croyoit dignes.

L'Academie Françoiſe le reçût en
1635. dans ſon corps, quoi qu'abſent,
lorſqu'elle ne faiſoit que de s'établir;
ſa reputation & ſa vaſte érudition
lui procurerent cet honneur.

Il eſt mort le 26. Fevrier 1638.
ceux qui prétendent qu'il n'avoit
alors gueres plus de quarante-cinq
ans ſe trompent; puiſque ſon pere
qui l'avoit eu d'un premier mariage

se remaria en 1586. & que quand il
n'auroit eu qu'un an alors, il en auroit eu 53. au jour de sa mort.

Catalogue de ses Ouvrages.

1. *Problemes plaisans & délectables
qui se font par les nombres. Lyon* 1613.
in 80. It. 2e. *édition corrigée & augmentée de plusieurs propositions & de
plusieurs Problemes. Lyon* 1624. *in* 8°.
Il publia cet ouvrage comme un
avant-coureur de son *Diophante*, &
pour sonder le jugement du public
sur ses Ouvrages.

2. *Diophanti Alexandrini Arithme-
ticorum libri sex & de numeris multan-
gulis liber unus ; nunc primum Grece
& Latine editi, atque absolutissimis
Commentariis illustrati. Paris.* 1621.
in fol. Diophante n'avoit paru auparavant qu'en Latin de la traduction
de *Xylander* en 1575. *Meziriac* a conservé cette version, mais il l'a corrigée en une infinité d'endroits ; ses
Commentaires sur cet Auteur ont
merité l'estime des Savans, & renferment des démonstrations très solides & très-profondes; il s'étonnoit
souvent lui-même comment il avoit
pû venir à bout de cet Ouvrage,

& difoit qu'il ne l'auroit jamais ache- C. G. Ba-
vé fans la melancolie & l'opiniâtreté chet.
que lui donnoit une fievre quarte
qu'il avoit alors. Il y a une feconde
édition de *Diophante* de *Meziriac* qui
a échappé à M. *Bayle.* Elle parut à *Paris* en 1670. *in fol. augmentée des Obfervations de M. de Fermat Confeiller
au Parlement de Touloufe*, & grand
Mathematicien. On a retranché dans
cette édition le nom de *Meziriac*,
& on a mis fimplement *C. G. Bachet.* On y a retranché auffi la Dédicace & la Preface de M. de *Meziriac* ; on auroit dû cependant y
laiffer la Préface qui eft très-inftruc-
tive & très-curieufe. On cite au
fujet de ce livre une brufquerie de
Malherbe. De *Meziriac* accompagné
de deux ou trois de fes amis lui ayant
apporté fon livre, & fes amis louant
extraordinairement cet ouvrage,
comme fort utile au public, *Malherbe* leur demanda, *s'il feroit amen-
der le pain.* Cette demande, quoique
ridicule en elle-même, étoit pardon-
nable dans la bouche de *Malherbe*,
qui ne faifoit gueres plus de cas de la
Poëfie qui l'avoit rendu fi celebre,

que des Mathematiques, puisqu'il disoit qu'*un bon Poëte n'est pas plus utile dans un Etat qu'un bon joueur de quilles.*

3. *Les Epitres d'Ovide traduites en vers François avec des Commentaires fort curieux. 1. partie. Bourg en Bresse 1626. in 80.* It. *nouvelle édition avec plusieurs autres ouvrages du même Auteur, dont quelques-uns paroissent pour la premiere fois. La Haye 1716. in 80. 2. vol.* De tous les ouvrages de M. de *Meziriac*, c'est celui-ci qui lui a fait le plus d'honneur. La version de la cinquiéme Epitre faite par son frere aîné lui fit naître l'envie de traduire les autres. *Baillet* remarque avec raison que ses vers ne valent pas les Commentaires qu'il y a ajoûtez ; car ces Commentaires sont remplis d'une infinité de remarques curieuses sur l'ancienne Mythologie. Cet Ouvrage étoit extrêmement rare, avant qu'on en eût donné une nouvelle édition à *la Haye*, comme tous les autres de *Meziriac*. Il n'a pas été achevé, puisqu'il n'y a qu'une partie des Epîtres d'Ovide.

4. *Virginis Deipara ad Christum*

filium Epiſtola , nec non & alia qua- C. G. BA-
dam Poëmatia Ce petit recueil a CHET.
été imprimé à Bourg en Breſſe en
1626. *in* 8o. & réimprimé *à la Haye*
en 1716. avec l'ouvrage précedent.

5. *Rime Toſcane.* Ces Poëſies qui
ſont de differens genres ont été imprimées à la fin du 2. tome des Commentaires des Epitres d'Ovide de l'é-
dition de *la Haye* ; elles finiſſent par
une imitation des plus belles compa-
raiſons , qui ſe trouvent dans les huit
premiers livres de l'*Eneide.*

6. On trouve pluſieurs Poëſies
Françoiſes de ſa façon dans le recueil
de 1621. intitulé: *Délices de la Poëſie
Françoiſe* , & dans celui de 1627.
mais dont le goût a extrêmement
vieilli, & l'on peut dire, ſuivant l'ob-
ſervation de *Baillet* , que les Poëtes
qui ſont venus depuis M. de *Mezi-*
riac l'ont tellement effacé , qu'il ne
paroît preſque plus de lui que ce qui
eſt ſoutenu de ſon érudition. Ce qu'on
remarque ici ſur ſes Poëſies Françoiſes , peut auſſi être dit de ſa Proſe,
que les agrémens du ſtyle ne feront
pas rechercher ; defaut qu'on auroit
tort d'imputer à M. de *Meziriac* ,

puisque c'est celui du temps auquel il a vécu.

7. *La vie d'Esope tirée des anciens Auteurs. Bourg en Bresse.* 163. *in* 16. M. de Sallengre dit en avoir vû deux autres éditions imprimées toutes deux à *Bourg en Bresse* en 1646. Malgré ces différentes éditions, ce livre étoit très-rare, avant que ce Savant l'eût fait réimprimer dans le premier tome de ses Memoires de Litterature, & qu'on l'eût inseré dans le 1. tome des *Commentaires sur les Epitres d'Ovide.* Cette vie est bien differente de celle de *Planudes*, que les Savans regardent comme entierement fabuleuse.

8. *Discours sur la Traduction.* Messieurs de l'Academie Françoise ayant déliberé au commencement de l'année 1635. que chacun d'entre eux feroit obligé de faire à son tour un discours sur telle matiere & de telle longueur qu'il lui plairoit, de *Meziriac*, qui étoit alors absent, fut averti de la déliberation, & n'ayant pû, après avoir composé son discours, se rendre à l'Academie pour le prononcer, l'envoya de *Bourg en Bresse* à M. de

Vaugelas qui le lût à l'Assemblée le
10. Decembre suivant. Il étoit intitulé: *De la Traduction*, & l'Auteur s'y
p opofoit, par rapport au deffein qu'il
avoit d'en entreprendre une toute nouvelle des Oeuvres de *Plutarque*,
de faire voir en combien de manieres
Amiot fi celebre par fa traduction
du même Auteur, avoit manqué à
l'exactitude que demande une bonne
traduction. Ce difcours quoique très-
curieux & très-digne d'être imprimé
eft refté fort long-temps en manufcrit, & il ne parut pour la premiere
fois qu'en 1715. à la fin du 2e tome
du *Menagiana*. Il a reparu pour la feconde l'année fuivante avec le *Com-*
mentaire fur les Epitres d'Ovide tome
premier.

C. G. BA-
CHET.

9. *Remarques fur l'origine du mot*
Lugdunum inferées dans le 1. tom. des
Commentaires fur les Epitres d'Ovide.

10. *Remarques fur un paffage de Pli-*
ne liv. 33. *ch.* 3. inferées au même
endroit.

Guichenon dans fon Hiftoire de
Breffe, dit qu'il a encore publié la
vie d'Alexandre Lufague, un *Traité*
de la Tribulation traduit de l'Italien

C. G. BA-
CHET.

de *Cacciaguerra* , & des *Lettres*. Mais ces Ouvrages font entierement inconnus à ceux qui ont fait mention de lui.

Il a laiffé auffi plufieurs ouvrages manufcrits, qui ne verront peut-être jamais le jour, tels font des *Elemens d'Arithmetique* divifez en treize livres, une traduction nouvelle de *Plutarque* , qui cependant n'eft pas achevée , &c.

V. *Guichenon Hift. de Breffe* 3e. part. *Pelliffon, Hift. de l'Acad. Franç. Bayle Diction.* Préface des *Commentaires des Epitres d'Ovide* édit. de 1716.

GILBERT BURNET.

GILBERT
BURNET.

G ILBERT *Burnet* nâquit à *Edimbourg* en Ecoffe le 18. Septembre 1643. Son pere étoit cadet d'une famille qui porte le nom de *Leyes* , & qui eft confiderable dans le Comté d'*Aberdeen* par fon ancienneté & par fes biens. C'étoit un Jurifconfulte habile , qui au rétabliffement de *Charles* II. fut fait *Seigneur de la Seffion* , comme on parle en

Ecoſſe (emploi honorable qui eſt le même que celui de *Juge* en Angleter- re) avec le titre de *Lord Cromont.* Ce fut une récompenſe de ſon attache- ment conſtant au parti du Roy , pen- dant les troubles de la grande Breta- ne. Sa mere étoit ſœur du Chevalier *Archibald Jonſton* , connu ſous le titre de *Lord Warriſton.* Il étoit un des *Seigneurs de la Seſſion* , & un des principaux Chefs du parti Presby- terien.

Gilbert Burnet qui étoit le plus jeu- ne de leurs enfans ne fut point mis à l'école pour apprendre le Latin. Son pere le lui apprit lui-même dans un temps où il n'avoit aucun emploi; parce qu'il avoit refuſé de reconnoî- tre l'autorité de *Cromwel.*

Lorſqu'il eut dix ans , il l'envoya continuer ſes études dans l'Univerſi- té d'*Aberdeen* , où quatre ans après il fut reçû Maître ès Arts avec de grands applaudiſſemens avant qu'il eut qua- torze ans accomplis.

Son pere qui continua toûjours à être ſon principal Précepteur le fai- ſoit lever pour ſes études à quatre heures du matin , à quoi ce fils diligent s'accoûtuma si bien, qu'il n'est revenu de cette habitude que peu d'années avant sa mort, lorsque l'âge & quelques infirmitez commencerent à lui rendre le sommeil plus necessaire.

Quoique son pere l'eut destiné à l'Eglise, il ne voulut point cependant gêner son inclination, qui le portoit à l'étude de la Jurisprudence. *Gilbert Burnet* s'y appliqua pendant une année avec beaucoup de satisfaction; mais il changea de sentiment au bout de l'année, & résolut de s'appliquer à la Theologie; ce qui causa une grande joie à son pere, qui le souhaitoit passionnément.

Il commença par l'étude de l'Ecriture Sainte, qu'il lût avec les meilleurs Commentaires qu'il pût trouver. Il étudia aussi les controverses que les Protestans ont avec l'Eglise Romaine, & pour en penetrer le fond, il lût en même temps *Bellarmin* & *Chamier*, outre plusieurs Docteurs Scholastiques.

Il joignit à cette étude celle de l'Histoire Sacrée & Profane dont il a toûjours fait sa plus agréable occupation; & pour pouvoir varier encore davantage ſes occupations, celle des Mathematiques & de la Philoſophie, ſur laquelle il conſulta principalement *Deſcartes* & *Gaſſendi*.

Comme il avoit une ſanté robuſte, & une memoire excellente, l'application qu'il donnoit à tant de choſes differentes ne l'incommodoit point, & il amaſſoit un grand fond de ſavoir, dont il étoit tout à fait le maître pour s'en ſervir dans l'occaſion.

Il fit avant l'âge de dix-huit ans ſon Sermon d'examen ſelon la coutume d'Ecoſſe, & lorſqu'il eut été reçû Propoſant, le Chevalier *Alexandre Burnet de Leyes* lui offrit un Benefice dans le lieu où ſon pere demeuroit. Mais quoique ſon pere le preſſât de l'accepter, il eut la délicateſſe de le refuſer, parce que la charge des ames lui parut trop peſante pour une auſſi grande jeuneſſe que la ſienne.

M. *Burnet* le pere étant mort en 1661. le fils forma le deſſein de voyager. Il ſe rendit à *Londres* en 1662. & y fit connoiſſance avec les Docteurs *Wilkins, Tillotſon, Stillingfler,* &c. Il alla auſſi à *Cambrige* où il vit *Pearſon, Cudworth* & *Thomas Burnet,* & à

G. Bur-
net.

Oxford où il vit *Wallis* & *Pococke*.

A tant d'amis estimables il en joignit deux autres trés-considerables à son retour à *Londres*, *Robert Boyle* & le Chevalier *Robert Murray*.

Après un séjour de six mois en Angleterre il retourna en Ecosse, & le Chevalier *Robert Fletcher* lui offrit un Benefice à *Salton*; mais comme il avoit dessein de voyager encore hors de la grande Bretagne, il ne voulut pas l'accepter lors, & le Chevalier eut assez d'honnêteté pour le lui conserver jusqu'à son retour.

Il alla en Hollande, & fit son plus long séjour à *Amsterdam*, où il s'appliqua à l'étude de la Langue Hebraique, avec le secours d'un Rabbin. Il fit là, connoissance avec des gens de toutes les Communions, Calvinistes, Arminiens, Lutheriens, Anabaptistes, Brownistes, Catholiques Romains, & Unitaires, & il se forma par le commerce qu'il eut avec eux de grands principes de tolerance.

Après un petit voyage à *Paris*, où il vit les Ministres *Daillé* & *Morus*, il retourna à *Londres*, où il fut reçû
Membre

de la Societé Royale, à laquelle il fut G. Bur-
propofé par fon ami le Chevalier net.
Murray.

De retour en Ecoffe il y reçût les
Ordres en 1665. & fut Miniftre de
l'Eglife de *Salton* pendant cinq ans.
Ce fut en ce lieu qu'il fe forma à la
Prédication.

En allant à cheval, ou en fe promenant, il s'accoûtumoit à faire fur
le chimp des difcours fur des textes
de l'Ecriture, & à les prononcer à
haute voix ; ce qui l'habituoit à me-
diter fur toutes fortes de fujets avec
promptitude, & à s'énoncer d'une
maniere aifée & abondante. Outre
deux Sermons qu'il faifoit chaque
Dimanche, & un autre dans la femaine, il faifoit trois fois la femaine
le Catechifme dans des familles particulieres, de maniere qu'il inftrui-
foit quatre fois par an toutes les perfonnes de fa Paroiffe, felon la coutume d'Ecoffe, ou le Catechifme regar-
autant les perfonnes âgées que les
jeunes gens.

Quoi qu'à tant d'occupations penibles il ajoûtât celle de vifiter une
fois par jour chacun de fes Paroiffiens

G. Bur- malades, sa diligence ne laissoit pas
NET. de lui fournir du temps pour ses études particulieres qui rouloient principalement sur l'Ecriture Sainte, &
sur l'Histoire Ecclesiastique.

Ses recherches sur ce dernier sujet
le firent réflechir sur la conduite des
Evêques Ecossois d'alors, qu'il trouva fort éloignée de leur Institution
primitive. Il mit par écrit ce qu'il en
pensoit, & prit la liberté d'en envoyer des copies à plusieurs de ces
Prelats. La verité fit son effet ordinaire, on s'en formalisa, on fit de
grandes menaces à celui qui osoit
prêcher la Reforme ; mais la chose
n'alla pas plus loin.

Pour faire voir cependant que ce
n'étoit pas par vanité qu'il en avoit
agi, il prit le parti de se retirer de
toutes sortes de compagnies, &
mena pendant deux ans une vie
d'Anachorete. La mauvaise nourriture qu'il prit pendant ce temps &
ses dietes excessives lui causerent une
fievre violente qui le mit en danger.
Cet accident lui fit abandonner cette
sorte de vie, & diminuer un peu
l'application excessive qu'il avoit

donnée à l'étude, Sans prétendre da- G. Bur-
vantage à cette érudition univerfelle, net.
qu'il fe propofoit d'acquerir, il refolut
de faire un choix de ce qu'il y avoit
de plus utile & de plus amufant, &
de fe borner là à fes heures de lecture.

Durant fa vie folitaire il avoit lû
plufieurs Auteurs Myftiques , & s'y
étoit plû. Une humeur melancolique,
qui d'ordinaire eft l'effet de la retraite , lui avoit donné apparemment ce
goût, qu'il perdit bien-tôt après, lorfqu'il fut revenu à une vie plus fo-
ciable.

Sur la fin de fon féjour à *Salton* il
fit connoiffance avec la Ducheffe
d'*Hamilton* , chez laquelle il trouva
M. *Ramfay* Doyen de *Glafcow* &
Recteur de l'Univerfité de ce lieu qui
lui procura une Chaire de Profeffeur
en Theologie. Il entra en charge au
mois de Novembre 1669. , & demeura quatre ans & demi dans
ce pofte , où il eut occafion d'exer-
cer fa patience ; car les Presby-
teriens & les Epifcopaux le haif-
foient, les premiers, comme trop attaché à l'Epifcopat, & les autres, parce
que porté à la tolerance, il n'étoit

G. Bur-
net.

pas disposé à executer la severité des Loix contre les autres.

Il ne laissa pas de s'appliquer constamment, & avec un soin infatigable à instruire ses Disciples. Voici la methode qu'il observoit. Tous les Lundis il leur faisoit soutenir tour à tour des Theses de Theologie. Le Mardi il faisoit une leçon en Latin , & il s'étoit proposé de parcourir ainsi toute la Theologie. Le Mercredi il faisoit un Commentaire critique sur les Evangiles en Anglois. Le Jeudi il expliquoit les constitutions de l'ancienne Eglise. Enfin le Vendredi un de ses étudians prononçoit un Sermon sur un texte qu'il lui avoit donné , & quand il avoit fini , M. *Burnet* après lui avoir montré ses fautes, faisoit un discours concis sur le même sujet , où il montroit la veritable maniere de le traiter. Il suivoit constamment cette methode pendant huit mois de l'année, & pendant tout ce temps là , il ne manquoit pas de vaquer à ses études particulieres depuis quatre heures du matin jusqu'à dix.

Pendant son séjour à *Glascow*, il

alloit ſouvent à *Hamilton*, où la Du-
cheſſe de ce nom lui communiquoit
tous les papiers de ſon pere & de ſes
oncles, ſur leſquels il compoſa *les*
Memoires des Ducs d'Hamilton. Le
Duc de *Lauderdale*, ayant ſçû qu'il
travailloit à cet ouvrage, lui fit dire
qu'il pourroit lui donner des lumieres ſur pluſieurs particularitez, qui
y avoient rapport, s'il vouloit bien
le venir trouver à *Londres.* Il le fit,
& ayant dans les entretiens qu'il eut
avec ce Duc gagné entierement ſa
confiance, il en prit occaſion de le
reconcilier avec le Duc d'*Hamilton.*
Le Roy *Charles* II. lui témoigna
auſſi quelque bienveillance, & lui
offrit un Évêché en Ecoſſe qu'il refuſa.

Etant de retour dans ſon pays, il
rechercha Mademoiſelle *Marie Ken-*
nedy fille du Comte de *Caſſilis.* Il la
connoiſſoit depuis pluſieurs années,
& avoit ſouvent admiré ſa vertu &
ſon bon eſprit. Quoiqu'elle eut dix-
huit ans plus que lui, il l'épouſa en
1672. Ils vecurent enſemble treize
ans, mais quelques années avant ſa
mort elle perdit entierement la ſanté
& la mémoire.

La même année 1672. le Duc de *Lauderdale* alla en Ecoſſe, mais M. *Burnet* ne ſe ſervit de l'amitié de ce Seigneur, que pour l'entretenir en bonne intelligence avec le Duc d'*Hamilton*, & non pas pour en tirer lui-même quelque avantage. Il refuſa même de nouveau un Evêché, quoique cette offre fut accompagnée de la promeſſe du premier Archevêché qui viendroit à vaquer. On peut dire cependant que la politique eut plus de part à ce refus, que toute autre raiſon. Il s'étoit mis dans l'eſprit que le Roy *Charles* II. vouloit rétablir en Angleterre la Religion Romaine, & il ne vouloit point être expoſé à contribuer à ce deſſein, ou à ſe procurer quelque diſgrace. Etant même retourné l'année ſuivante à *Londres*, il fit tout ce qu'il pût pour ſeparer le Duc de *Lauderdale* des interêts de la Cour. Mais tous ſes efforts furent inutiles, la maniere même libre & forte dont il s'y prit lui atira la haine de ce Duc, qui le dépeignit au Roy comme un homme porté à traverſer ſes deſſeins.

Ce Prince auſſi bien que le Duc

d'*Yorck* avoient eu jufques-là beau- G. Bur-
coup de confideration pour lui à cau- net.
fe de fon credit auprès des Ducs
d'*Hamilton* & de *Lauderdale*, mais
cette affaire lui attira entierement la
difgrace du Roy. Ce qu'il y a de fur-
prenant, c'eft que le Duc d'*York* continua à lui marquer de l'eftime, jufques-là même qu'il l'avertit de demeurer à *Londres* de peur qu'à fon
retour en Ecoffe il ne fut mis en
prifon.

Burnet fuivit cet avis, fe démit de
fa Charge de Profeffeur, & demeura
à *Londres*. Il fe feroit trouvé alors
fort à l'étroit, fi le Chevalier *Har-
boïtle Grinfton* Maître des Rolles, ne
l'eut fait auffi-tôt Miniftre de la Chapelle du Greffe, & ne l'eut confervé
dans ce pofte, malgré les fortes inftances du Roy, qui pour porter le
Chevalier à le lui ôter, lui envoya
d'abord un Evêque, & puis un Secretaire d'Etat. *Burnet* le garda dix ans.

Il arriva alors qu'il prit une maifon qui touchoit celle du Chevalier
Thomas Littleton, avec lequel il lia
une amitié fi étroite, qu'ils paffoient
tous les jours enfemble quelques heu-

G. Bur-
net.

res. Ce Chevalier étoit l'un des Chefs du parti de la Chambre Basse qui s'opposoit à la Cour, & la conformité de leurs sentimens les unissoit ensemble. *Littlelon* l'informoit de tout ce qui se passoit, le consultoit sur les mesures que l'on devoit prendre, & leurs frequentes conversations sur de pareilles matieres donnoient au Docteur *Burnet* de grandes lumieres sur les affaires de l'Etat.

L'apprehension où l'on étoit alors de la Religion Romaine agissant vivement sur l'esprit des Anglois, qui excessifs dans leurs passions s'abannent aisement aux moindtes craintes que leur imagination leur fait naître, le Docteur *Burnet* s'appliqua à la controverse, & eut une dispute avec quelques Catholiques, qui fit beaucoup de bruit.

Il refusa encore dans ce temps là une Cure de trois cens livres sterling par an, que le Comte d'*Essex* lui offrit, à condition qu'il demeureroit à *Londres*, & qu'il la feroit desservir par un Vicaire. Ceux qui ont écrit sa vie attribuent cette conduite à une tendresse de conscience, qui l'empêchoit

l'empêchoit d'accepter un Benefice, G. Bur-
dont il ne rempliroit pas les devoirs. net.
Si cela eſt, c'eſt une action qu'on ne
peut aſſez louer. Le Roy *Charles* II.
lui offrit auſſi l'Evêché de *Chicheſter,*
s'il vouloit entrer dans les interêts
de la Cour, mais il étoit trop lié au
parti oppoſé, pour qu'il voulût l'accepter à ce prix.

Lorſque le Comte d'*Eſſex* & le
Lord *Ruſſel* furent arrêtez, & accu-
ſez d'avoir voulu employer la force
pour reſiſter au Roy, on crût que
Burnet ſeroit arrêté auſſi-tôt après,
parce que ces Seigneurs étoient de
ſes amis. Mais il avoit déclaré toûjours hautement qu'il condamnoit
toute reſiſtance qu'on pouvoit faire
aux Princes par la force, & cette
déclaration avoit empêché ces Seigneurs de lui faire part de leurs deſſeins ſecrets.

Pour détourner ſon eſprit des affaires publiques, il fit faire chez lui un
laboratoire, & ſe divertit pendant
plus d'un an à des experiences de
Chimie. Il employa le reſte de ſon
loiſir à compoſer des Eſſais ſur la verité de la Religion Chrétienne.

Tome VI. C

Il continua cependant de prêcher dans la Chapelle du Greffe jusqu'à l'an 1684. où la Chaire lui fut défendue par un ordre exprès de la Cour.

Le Roy *Charles* II. étant mort le 16. Fevrier 1685. *Burnet* jugea à propos d'aller voyager quelque tems hors du Royaume. Il passa par la France, d'où il alla en Italie, & revint par l'Allemagne & la Suisse en Hollande.

Etant arrivé à *la Haye*, il forma le dessein de se retirer à *Utrecht* & de fixer là sa demeure. Mais le Prince & la Princesse d'Orange avoient conçu de lui des sentimens si avantageux, qu'ils lui ordonnerent de rester à leur Cour, & qu'ils l'admirent dans leur Conseil.

Pendant son séjour à *la Haye* il fit connoissance avec une Dame Hollandoise très accomplie & fort riche nommée *Scot* ; il l'épousa au mois de May 1687. & en a eu sept enfans, cinq fils dont trois lui ont survêcu, & deux filles, qui lui ont survêcu pareillement. Ils ont vêcu onze ans ensemble avec beaucoup de satisfac-

tion ; cette Dame étant retournée en
Hollande en 1698. pour y mettre
ordre à quelques affaires , y tomba
malade de la petite verole & en mourut la même année.

G. Bur-
net.

Burnet fut d'un grand secours au
Prince d'Orange dans la revolution
qui le mit sur le trône d'Angleterre.
Il ne negligea rien pendant son se-
jour en Hollande pour avancer les
desseins de ce Prince , tant par les
correspondances particulieres qu'il
avoit en Angleterre , que par des
écrits qu'il y envoyoit pour y être
publiez.

Il y passa lui-même avec le Prince
en qualité d'Aumônier. Les services
qu'il lui avoit rendus furent bien tôt
recompensez ; car l'Evêché de *Salifbury* étant venu à vaquer peu de tems
après que *Guillaume* III. fut monté
sur le trône, ce Prince l'y nomma ,
& il fut sacré le jour de Pâques ; 1.
Mars selon le style d'Angleterre , &
le 10. Avril selon le nôtre, de l'année
1689.

La premiere fois qu'il entra à la
Chambre Haute , les Seigneurs y
étoient divisez sur la tolerance , &

sur les sermens qu'il s'agissoit de faire prêter à tous ceux qui seroient em-
ployez par le Gouvernement ; son
avis fut qu'il falloit donner du temps
à ceux qui faisoient scrupule de prêter serment & les menager;cependant
quelques zelez ne lui en fûrent point
de gré, seulement parce qu'il avoit
été pour la tolerance des Protestans
non Conformistes.

L'Evêque de *Salisbury* ne fut pas
plûtôt arrivé dans son Diocese, qu'il
se donna tout entier au soin de son
peuple. Des Sermons, des discours
adressez au Clergé commis à sa direction, & des Catechismes faisoient ses
occupations ordinaires, & il dispen-
soit ses soins avec tant d'ordre, que
tout le peuple de son Diocese y avoit
une part égale. Il reconnut bien-tôt
que plusieurs de ceux qui compo-
soient son Clergé n'avoient pas la
capacité necessaire pour remplir leurs
devoirs. Cette découverte le fit résoudre à élever lui-même un certain
nombre d'étudians, & à les instruire, pour en remplir les places qui
viendroient à vaquer. Il choisit pour

cela dix jeunes gens, à chacun deſ- G. Bur-
quels il donna trente livres ſterling net.
par an pour leur ſubſiſtance, en atten-
dant qu'il pût les mieux pourvoir.
Lorſqu'il étoit à *Saliſbury*, il les faiſoit venir chez lui une heure tous
les jours, & leur faiſoit un diſcours
ſur quelque point de Theologie, ou
bien ſur les devoirs des Eccleſiaſtiques. Mais l'Univerſité d'*Oxford* fit
tant de bruit contre cette eſpece de
Seminaire, comme s'il avoit été établi, pour décrier la maniere dont
on éleve la jeuneſſe dans cette Univerſité, que l'Evêque fut obligé d'a-
bandonner ce deſſein.

Une autre choſe irrita quelques
Eccleſiaſtiques contre lui, c'eſt qu'il
ne pouvoit ſouffrir la pluralité des
Benefices à charge d'ames, ſur tout
quand ils étoient ſi éloignez les uns
des autres, qu'un ſeul homme ne
pouvoit pas les deſſervir; mais au
reſte il marquoit beaucoup de charité à ceux dont les ſentimens diffe-
roient des ſiens, & jamais il ne manquoit de s'oppoſer à ce qui choquoit
la tolerance des Proteſtans non-Con-

G. Bur-
net.

formiftes ; ce qui donnoit occafion à quelques uns de le décrire comme leur ami & l'ennemi de l'Eglife
Anglicane.

L'an 1698. le Roy *Guillaume* le
nomma, du confentement de la Prin-
cefle *Anne*, pour avoir foin de l'inftruction du jeune Duc de *Glocefter.*
Il voulut s'en excufer comme d'une
charge incompatible avec le foin de
fon Diocefe. Mais le Roy lui com-
manda abfolument de l'accepter, &
lui accorda deux mois de l'année
pour aller à *Salifbury.* Quoiqu'il ne
fut avec ce Prince qu'une heure par
jour , il le poufla cependant fort
loin , pendant les trois ans qu'il fut
fous fa conduite, dans la connoiffance de la Religion , de la Politique ,
de l'Hiftoire & de la Geographie.

L'an 1700. il époufa en troifiéme
noces la veuve de M. *Berkely* dont il
eut deux enfans , mais qui mouru-
rent dans l'enfance. Cette Dame à
fait un excellent livre de pieté que
fon mari fit imprimer avec une Préface de fa façon.

On croira fans peine que l'Evêque

de *Saliſbury* qui avoit tant de ſoin G. Bur-
de l'inſtruction de ſon peuple ne ne- NET.
gligeoit pas celle de ſes enfans. Il leur
donna à chacun un Précepteur ; il les
envoya fort jeunes aux Univerſitez
d'Angleterre, & enſuite à celles de
Hollande. Enfin il n'oublia rien pour
les perfectionner par les études & par
les voyages. Quand ils étoient chez
lui, il leur expliquoit tous les matins
pendant une demi-heure quelque
choſe de la Bible ; il leur enſeignoit
auſſi lui-même l'Hiſtoire ancienne &
moderne.

Burnet étoit d'un temperament
robuſte, & ne fachant gueres ce
que c'étoit que des maladies, il ne
prenoit aucun ſoin de ſa ſanté. Cette
inattention lui fit negliger un grand
rhume, qui lui duroit depuis quelques ſemaines ; ce rhume lui cauſa
une inflammation de poumon qui
l'emporta le 27. Mars ſuivant notre
maniere de compter de l'an 1715.
dans ſa 72e. année.

Ses Panegyriſtes relevent beaucoup
ſes grandes qualitez, mais principalement ſa doctrine, ſa ſincerité & ſa

candeur ; plusieurs de ses écrits, &
sur-tout l'Histoire de son temps paroissent cependant y donner de grandes atteintes, à moins qu'on ne dise
que la haine qu'il avoit pour les Catholiques, & les idées affreuses qu'il
s'en forgeoit lui avoient rendu croya-
bles, & lui avoient persuadé les choses
les moins vrai-semblables qu'on lui
disoit contre eux; & que s'il a rapporté des faits éloignez de la verité, il les
a du moins rapporté de bonne foi.

Il a fait par son Testament deux
fondations considerables en Ecosse.
Car il a legué la somme de vingt
mille marcs monnoie d'Ecosse, qui
doivent produire un revenu annuel
de mille marcs pour la fondation
d'une Ecole dans la paroisse de *Satton,*
où il avoit d'abord exercé son Minis-
tere, à la charge qu'on y enseignera à
lire, à écrire, & l'Arithmetique à
trente pauvres enfans garçons & filles pendant quatre ans, durant lequel temps on les habillera, & qu'ensuite on leur donnera à chacun quarante marcs pour les mettre en apprentissage, ou les établir de quelqu'autre maniere. Il a legué une pa-

reille fomme pour l'entretien perpe- G. Bur-
tuel de quatre écoliers, & de deux net.
étudians en Theologie au College de
New-Aberdeen où il avoit été élevé;
les premiers doivent y être logez &
entretenus pendant quatre ans , &
les autres pendant deux , après quoi
on doit en choifir d'autres à leur place. Il a fouhaité que parmi ces écoliers on en mit un qui portât le nom
de *Burnet* , s'il avoit d'ailleurs la capacité neceffaire. Il a legué tous fes
manufcrits à fon fecond fils *Gilbert
Burnet* , avec défenfe d'en faire imprimer aucun , à la referve des deux
qui étoient en état d'être mis au jour,
favoir un volume d'*Effais & Meditations fur la Morale & fur la Religion,
& l'Hiftoire de fon temps.* Mais il a
expreffement ordonné que ce dernier
ouvrage ne fut publié tout au plus
que fix ans après fa mort.

Catalogue de fes Ouvrages.

1. *Dialogue entre un Conformifte &
un non-Conformifte.* (En Anglois)
1669.

2. *Défenfe de la Conftitution & des
Loix d'Ecoffe.* (En Anglois) 1673.

3. *Le Myftere d'iniquité dévoilé.*
(En Anglois) 1673.

**G. Bur-
net.**

4. *Examen d'un Traité fur la verité de la Religion par J. K.* (En Anglois) 1674. On croit que ces lettres
initiales défignent un Jefuite nommé
Kerr.

5. *Les Mémoires des Ducs d'Hamilton* 1676. *in fol.* (En Anglois.)

6. *Relation d'une conference avec
Coleman* 1676. (En Anglois.) On
peut bien juger que Burnet s'y attribue la victoire.

7. *Recueil de Sermons & autres petits
écrits depuis l'an* 1678. *jufqu'en* 1706.
(En Anglois) trois volumes.

8. *Histoire de la Reformation de l'E-
glife d'Angleterre. I. Partie contenant
ce qui s'eft paffé fous le Regne de Henri
VIII. Londres* 1679. *in fol. II. partie contenant le progrez de la Reformation fous le Regne d'Edouard VI. fon
renverfement fous l'autorité de Marie,
& fon retabliffement par Elizabeth.
Londres* 1681. *in fol. III. partie fer-
vant de fupplément aux deux premieres.
Londres* 1715. *in fol.* (En Anglois)
trois volumes. Lorfque la traduction
Françoife de l'Hiftoire de *Sanderus*
par M. de *Maucroix* parut en 1677.
elle fit tant de bruit que plufieurs

perfonnes engagerent M. *Burnet* à
travailler à un Ouvrage où la Reformation fut mife dans un plus beau
jour ; ce Savant y travailla auffi-tôt
aidé des lumieres du Docteur *Loyd*,
depuis Evêque de *Worcefter*, qui non
feulement lui fournit des regles de
critique pour former fon ftyle, &
des dates exactes de tout ce qui s'é-
toit paffé dans ces temps, mais qui
encore examina avec le Docteur *Til-*
lotfon les cahiers, à mefure qu'ils for-
toient de la plume de leur ami. Le
Parlement d'Angleterre affemblé
dans les mois de Decembre & de
Janvier des années 1680. & 1681. fut
fi content de la premiere partie de cet
ouvrage, que l'une & l'autre Chambre ordonna qu'on l'en remerciât, &
qu'on le priât de continuer. Cette
Hiftoire a été réimprimée plufieurs fois en Anglois. M. de *Ro-*
femond en a fait une traduction Françoife, dont le premier volume parut
in 4°. à *Londres* en 1683. & le 2e. en
1685. Il avoit promis de donner dans
un troifiéme volume une traduction
du Recueil qui fe trouve à la fin des
deux volumes Anglois, & qui con-

tient quantité d'actes publics & de pieces originales & autentiques, propres à éclaircir ou à justifier tous les faits avancèz dans le corps de cette Histoire, mais ce troisiéme volume n'a pas paru. En 1686. on réimprima à *Geneve* cette traduction Françoise en 4. volumes *in* 12. & elle fut réimprimée dans la même forme à *Amsterdam* en 1687. Dans ces deux éditions on trouve un discours de 60. pages, où l'Auteur fait une espece d'Apologie pour la Reformation d'Angleterre ; il l'avoit mis à la tête du second volume Anglois en forme de Préface, mais on l'avoit omis pour certaines raisons dans l'édition Françoise de *Londres*. Cette Histoire a été aussi traduite en Latin par *Melchior Mittelhorzer*, & le premier volume en a parù en cette Langue à *Geneve* 1686. *in fol.* Il y en a aussi une traductions Flamande. M. *Burnet* avant que de publier le troisiéme volume fit imprimer separement un *Discours Préliminaire*. *Londres* 1714. *in* 80. qui lui a servi ensuite de Préface ; & ce discours a été attaqué aussi-tôt assez

violemment dans une brochure inti- G. Bur-
tulée : *Speculum Sariſburianum, ou Re-* net.
marques ſur quelques paſſages d'un écrit
intitulé: Introduction à l'Hiſtoire, &c.

L'ouvrage même a trouvé des con-
tradiĉteurs parmi les Proteſtans. On
ne peut nier qu'il ne ſoit écrit d'une
maniere agréable & impoſante ; mais
on lui conteſte avec raiſon l'exactitude. *Guillaume Fulman* & *Henri*
Wharton déguiſé ſous le nom d'*An-*
toine Harmer ont publié un Eſſai de
ſes fautes & de ſes défauts. *Thomas*
Crenius rapporte dans ſes *Commenta-*
tiones Philologicæ un fait qui ſuffit ſeul
pour décréditer la bonne foi de *Bur-*
net. Il copie , dit-il , une lettre de
Luther à *Bucer* , touchant un accommodement entre les Lutheriens &
les Zuingliens. L'original de la lettre eſt gardé dans la Bibliotheque
du College du *Corps de Chriſt* à *Cam-*
brige ; & non ſeulement l'Hiſtorien
Anglois ne l'a point miſe entiere ,
mais il a encore retranché dans ce
qu'il en a mis pluſieurs endroits qui
n'étoient pas de ſon goût. C'eſt ce
que Crenius a verifié par une copie
fidelle qu'il a eu d'Angleterre.

G. Bur-
net.

9. *Abregé de l'Histoire de la Réfor-mation.* (En Anglois) 1682. *in* 8º.

10. *Memoires touchant Jean Wilmot Comte de Rochester.* (En Anglois) 1681. *in* 8º. It. *trad. en François.* *Amsterdam* 1716. *in* 80. C'est ici une amende honorable qu'un illustre débauché a fait à la Religion, qu'il a permis qu'on publiât, & qui peut-être d'un grand usage à ceux qui suivent le même train qu'il a suivi, si l'endurcissement dans le mal leur en permet la lecture. *Jean Wilmot* se rendit celebre dans les guerres d'Angleterre sous *Charles* I. il s'abandonna à la débauche qui regnoit alors, & se jetta dans l'irreligion & une especе d'Atheisme. M. *Burnet* le vit dans sa derniere maladie, & eut de longs entretiens avec lui. Il en donne le détail dans cet Ouvrage, où il dévelope tous les sentimens de ce fameux débauché, & rapporte toutes les excellentes raisons qu'il employa pour le faire revenir de ses égaremens. On y voit les difficultez des Athées, & les réponses de M. *Burnet*. Ce livre est excellent & merite d'être lû par tous ceux qui aiment les raison-

nemens folides & judicieux en matiere de Religion. (*Bernard Rep. des
Lett.* 1716. *p.* 145.

11. *La Vie de Matthieu Hale.*
(En Anglois) 1682. It. *traduite en
François. Amsterdam* 1688. *in* 12.

12. *Remarques fur les Actes de la
derniere Affemblée du Clergé , ou examen des Methodes du Clergé de France
pour la converfion des Heretiques.* (En
Anglois) 1682. It. *trad. en François
par M. de Rofemond* 1683. *in* 12.

13. *Hiftoire des Droits des Princes
touchant la difpofition des Benefices
Ecclefiaftiques & des Loix de l'Eglife,
contenant les prétentions du Royaume
de France fur la Regale , & les démêlez de cette Couronne avec la Cour
de Rome , & plufieurs actes & lettres
touchant cette affaire.* (En Anglois.)
Londres 1682. *in* 80. It. trad. en Latin par *Henri-Louis Benthem. Lune-
bourg* 1689. *in* 40.

14. *L'Utopie de Thomas Morus
traduite en Anglois* 1683. On voit à
la tête une belle Préface fur la nature des Traductions.

15. *La Vie de Guillaume Bedell
Evêque de Kilmore en Irlande.* (En

G. Bur-
NE

16. *Lactance de la mort des Persecu-
teurs traduit en Anglois. Londres* 1687.
in 12.

17. *Voyage de Suisse , d'Italie & de
quelques endroits d'Allemagne & de
France ès années* 1685. & 1686.(En
Anglois.) *Rotterdam* 1686. *in* 8o.
2e. *édition corrigée par l'Auteur ; avec
des additions concernant la Suisse &
l'Italie , communiquées par une personne de qualité.* (En Anglois.) *Rotterdam* 1687. *in* 8°. It. *traduit en
François. Rotterdam* 1687. *in* 12. Ce
voyage est très curieux.

18. *Critique du* 9e. *livre de l'Histoire de M. Varillas , où il traite des
Revolutions arrivées en Angleterre en
matiere de Religion.* (En Anglois.)
Amsterdam 1686. *in* 12. It. *trad. en
François. Amsterdam* 1686. *in* 12. Cette traduction est de M. *le Clerc.*

19. *Défense de la Critique du* 9e. *livre
de l'Histoire de M. Varillas, où il parle
des revolutions arrivées en Angleterre
en matiere de Religion.* (En Anglois.)
Amsterdam 1687. *in* 12. It. *trad. en*

François

François. Amfterdam 1687. *in* 12. Cette traduction eft encore de M. *le Clerc. Varillas* eft rudement mené dans ces deux Ouvrages ; dont le fecond eft contre la réponfe qu'il avoit fait au premier.

20. *Critique du* 3e. *&* 4e. *volume de M. de Varillas en ce qui concerne les affaires d'Angleterre.* (En Anglois.) *Amfterdam* 1687. *in* 12. It. trad. *en François. Amfterdam* 1687. *in* 12. Le Traducteur de cet ouvrage eft different de celui des deux précedens.

21. *Lettre à M. Thevenot contenant une critique de l'Hiftoire du divorce de Henri VIII. écrite par M. le Grand, in* 12. 1688. It. *Nouvelle édition augmentée d'un Avertiffement & des Remarques de M. le Grand qui fervent de réponfe à cette lettre. Paris* 1688. *in* 12.

22. *Critique de l'Hiftoire des Variations.* (En Anglois.) *Londres* 1689. *in* 40. It. *trad. en François. Amfterdam* 1689. *in* 12. *pp.* 55.

23. *Le foin Paftoral.* (En Anglois) 1692. It. 1713. avec une Préface & un Chapitre ajoûté. C'eft une efpece d'Inftruction Paftorale qu'l publia

Tome VI. D

G. Bur- quelque temps après avoir pris pof-
NET. feffion de fon Evêché.

24. *Quatre Difcours au Clergé du
Diocefe de Salisbury. Le premier fur
la verité de la Religion Chrétienne. Le
2e. fur la divinité & la mort de Jefus-
Chrift. Le 3e. fur l'autorité de l'E-
glife , & le 4e. fur l'obligation de per-
feverer dans la Communion de l'Eglife.*
(En Anglois) 1694. *in* 12.

25. *Effay fur la vie de la feue Reine
d'Angleterre.* (En Anglois) 1695.
It. trad. en François (par *David Me-
zel.*) *La Haye* 1695. *in* 12. Il y en
a aufli une traduction Allemande faite par *Jean-George Pritius* , & imprimée à *Lipfic.*

26. *Remarques fur un Livre intitulé :* Obfervations fur le Docteur
Burnet & Jean Tillotfon , à l'occafion de l'Oraifon funebre de celui-ci
faite par celui-là. (En Anglois.)
Londres 1696. *in* 8o. Ces Remarques ont été traduites en François.

27. *Explication des trente-neuf articles de la Confeffion de Foi de l'E-
glife Anglicane.* [En Anglois.] *Londres* 1700. *in fol.* Cet ouvrage qui
eft fort eftimé a été imprimé deux
fois la même année.

28. *Expofition du Catechifme de* G. Bur-
l'Eglife Anglicane. [En Anglois.] NET.
1710.

29. *Quelques Sermons prêchez en
differentes occafions , avec un Effai
pour un nouveau livre d'Homelies en
fept Sermons.* [En Anglois.] *Londres* 1714. *in* 8o.

30. *La Nature & l'excellence de la
Religion Chrétienne , avec une Préface
de* M. Burnet, *une Lettre de* M. Tillotfon, *& des Penfées Chrétiennes pour
tous les jours du mois par le Docteur
Lucas. Delft.* 1722. *in* 8o. *Toutes*
ces pieces font traduites de l'Anglois.

31. *L'Hiftoire de fon temps, premier
volume contenant l'Hiftoire depuis le
rétabliffement du Roy Charles* II.-*jufqu'à la revolution qui mit fur le trône
Guillaume* III *& Marie, & un abregé hiftorique de l'état des affaires , tant
Civiles qu'Ecclefiaftiques depuis Fac-
ques* I. *jufqu'à l'an* 1660. [En Anglois.] *Londres* 1724. *in fol.* Le ftile
de cet ouvrage n'eft nullement hiftorique. On n'y voit ni élegance,
ni nobleffe, ni varieté. Ce n'eft proprement qu'un ftile de converfation,
mais un ftile languiffant, negligé,

D ij

G. Pur-
net.

dur, chargé des mêmes termes & des
mêmes idées. Pour ce qui est de l'ouvrage même, on accuse l'Auteur de
trop de credulité; on prétend qu'il
donne pour vraies des choses que
certaines gens ne lui disoient que
pour se moquer de lui, ou pour s'en
défaire, quand il venoit les impor-
tuner de ses questions; on ajoûte
même qu'il s'abandonne trop à son
ressentiment, & que quand il parle
des personnes ou des partis qu'il n'aimoit point, la haine a plus de part
à ce qu'il en dit que la verité; c'est
le jugement que plusieurs même en
Angleterre ont porté de cet Ouvrage, & qu'on ne peut gueres s'empêcher de faire en le lisant avec un
esprit desinteressé. On assure dans le
Journal des Savans du mois de Novembre 1726. que M. *Cunningham*
connu par son édition d'*Horace* &
M. *Johnson* Seigneur Ecossois ont
revû cet ouvrage, & en ont retranché un grand nombre d'endroits in-
jurieux à des personnes respectables;
mais ils en ont laissé encore trop. Il
s'est fait deux traductions Françoises
de cet ouvrage, toutes deux assez

mal écrites & faites à la hâte, l'une G. Bur-
par M. de *la Pilloniere*, & l'autre NET.
anonyme; la premiere sous ce titre;
Mémoires pour servir à l'Histoire de la
Grande Bretagne, sous le Regne de
Charles II. & de Jacques II. La Haye
17 2 5. *in* 1 2. 3. *tom.* La 2e. sous cet
autre: *Histoire des dernieres Revolu-*
tions d'Angleterre, contenant ce qui
s'est passé de plus remarquable & de
plus secret depuis le rétablissement de
Charles II. jusqu'à l'avenement du
Roy Guillaume & de la Reine Marie
à la Couronne. La Haye 1725. *in* 40.
2. *vol.* avec des Portraits. Cette
derniere traduction a été réimprimée
à *Trevoux* en 4. vol. *in* 1 2.

V. son Eloge. *Jour. Lit. tom.* 6.
p. 202. *Nov. Lit. tom.* 2. *p.* 414.
Bibl. ancien. & mod. tom. 3. *p.* 388.

JACQUES OZANAM.

JACQUES *Ozanam* nâquit en JACQUES
1640. dans la Souveraineté de OZA-
Dombes, d'un pere riche, & qui avoit NAM.
plusieurs Terres. Sa famille étoit
Juive d'origine, mais il y avoit long-

temps qu'elle avoit embrassé le Chris-
tianisme, & qu'elle faisoit profession
de la Religion Catholique. Elle étoit
même illustrée par plusieurs Charges
qu'elle avoit possedées dans des Par-
lemens de Province.

Jacques Ozanam étoit cadet, &
par la loi de son Pays tous les biens
devoient appartenir à l'aîné; son pere
voulut réparer ce desavantage par
une excellente éducation. Il le destinoit à l'Eglise pour faire tomber
sur lui quelques petits Benefices, qui
dépendoient de la famille; mais il ne
se sentoit pas de goût pour l'état Ecclesiastique; quelques livres de Mathematiques qui lui étoient tombez
entre les mains, l'avoient déja déterminé par le plaisir qu'il y avoit trouvé à
se livrer entierement à cette science.

Quoiqu'il n'eut point de maître,
il y fit cependant de lui-même de si
grands progrès qu'à l'âge de 15. ans
il composa un ouvrage de Mathematique, qui n'a jamais été imprimé, mais où il a trouvé dans la suite
des choses dignes d'entrer dans ceux
qu'il a fait imprimer.

Il étudia pendant quatre ans en

Theologie moins par goût que par
obéiſſance ; mais ſon pere étant mort,
il quitta la Clericature, pour ne plus
s'occuper que des Mathematiques.
Il alla enſuite à *Lyon* où il ſe mit à
les enſeigner, pour y trouver de
quoi ſubſiſter.

Quoique ce fût une reſſource aſſez
peu conſiderable, *Ozanam* s'y livra à
une paſſion qui le poſſeda quelque
tems, & qui ſuffit ſouvent pour épui-
ſer bien-tôt les bourſes les mieux gar-
nies ; je veux dire celle du jeu. Outre
cela il en uſoit fort genereuſement
dans l'occaſion. Deux étrangers à
qui il enſeignoit les Mathematiques
à *Lyon* lui ayant parlé du chagrin
où ils étoient de n'avoir point reçû
des lettres de change qu'ils atten-
doient de leur pays pour aller à *Paris*,
il leur demanda ce qu'il faudroit,
& ſur ce qu'ils dirent cinquante piſ-
toles, il les leur prêta ſur le champ
ſans vouloir de billet. Ces étrangers
arrivez à *Paris* en firent le recit à feu
M. *Dagueſſeau*, pere de M. le Chancelier. Ce Magiſtrat touché d'une
action ſi noble, les engagea à faire
venir à *Paris Ozanam* ſur l'aſſurance

qu'il leur donna de le faire connoître & de l'aider de tout son pouvoir.

Ozanam se détermina donc à quitter *Lyon* ; mais à peine fut-il à *Paris* , que sa mere tomba malade &
souhaita le voir ; il y courut aussi-
tôt , mais il la trouva morte. Elle
avoit eu dessein de le faire son heritier , mais son frere aîné empêcha
l'effet de cette bonne volonté.

Ozanam revint donc à *Paris* &
n'eut plus aucun commerce avec une
famille dont il ne tenoit que son
nom. Il se défit de la passion du jeu ,
& les Mathematiques furent son uni-
que fonds.

Il étoit jeune, assez bien fait, assez
gai, quoique Mathematicien ; des
avantures de galanterie vinrent le
chercher. Une femme qui se disoit
de condition , & qui logeoit dans la
même maison que lui , tenta vivement sa vertu. Il lui demanda si elle
n'avoit pas besoin d'argent, elle en
convint, & il en fut quitte pour quelques Louis d'or.

Cette avanture l'engagea à songer
au mariage, & il épousa une femme
presque sans bien , qui l'avoit touché

ché par fon air de douceur , de mo-
deftie , & de vertu , & ces belles apparences ne le tromperent pas. Il en
a eu jufqu'à douze enfans , dont la
plûpart font morts en bas âge.

Dans les temps de paix, où *Paris*
étoit plein d'étrangers, les Mathematiques lui faifoient un bon revenu ; mais il diminuoit fort pendant
la guerre ; & les François y fup-
pléoient peu , parce qu'il les avoit
éloignez de lui en fe livrant aux
étrangers, & que dans les fciences ,
comme dans toutes chofes, l'habitude
& un certain train établi ont beaucoup de pouvoir. Il employoit ces
temps de repos à compofer des ouvrages.

Ses ouvrages lui coûtoient peu ; il
les compofoit avec une extrême facilité, quoique fur des matieres fi
difficiles. Sa premiere façon étoit la
derniere , & il ne favoit ce que c'é-
toit que des ratures & des corrections. Quelquefois il refolvoit des
problêmes embaraflez en allant par
les rues , quelquefois même en dor-
mant.

A l'âge de 61. ans , c'eft-à-dire en

1701. il perdit fa femme , & avec elle tout le repos, & tout le bonheur de fa vie. La guerre qui s'alluma auffi-tôt après pour la fucceffion d'Efpagne lui enleva tous fes écoliers & le réduifit à un état fort trifte. Ce fut en ce temps là qu'il fut reçû à l'Academie des Sciences en qualité d'Eleve , qualité qu'on vouloit relever par un homme de fon âge & de fon merite.

Sans tomber malade il eut un tel preffentiment de fa mort , qu'il refufa de prendre pour difciples quelques Seigneurs étrangers fous prétexte qu'il alloit mourir. Il fut en effet peu de temps après, c'eft-à-dire le 3. Avril 1717. attaqué d'une apoplexie , dont il mourut en moins de deux heures : il étoit alors âgé de 77. ans.

Il favoit trop d'Aftronomie pour donner dans l'Aftrologie judiciaire, & il refufoit courageufement tout ce qu'on lui offroit pour l'engager à tirer des Horofcopes. Une fois feulement il fe rendit aux inftances d'un Comte de l'Empire , qu'il avoit bien averti de ne le croire pas. Il dreffa

par l'Aſtronomie le theme de ſa na- J. Oza-
tivité, & enſuite ſans employer les nam.
regles de l'Aſtrologie, il lui prédit
tous les bonheurs qui lui vinrent dans
l'eſprit. Ce Comte fit faire en même-
temps ſon Horoſcope par un Medecin très entêté de cet Art, qui s'y
croyoit fort habile, & qui ne man-
qua pas d'en ſuivre exactement &
avec ſcrupule toutes les regles. Vingt
ans après le Séigneur Allemand apprit à *Ozanam* que toutes ſes pré-
dictions étoient arrivées, & qu'aucune de celles du Medecin n'avoit
eu ſon effet. Cette nouvelle lui fit
un plaiſir tout different de celui qu'on
vouloit lui faire. On vouloit le com-
plimenter ſur ſon habileté dans l'Aſtrologie, & on le confirmoit dans
la perſuaſion où il étoit de la fauſſeté
de cette ſcience prétendue.

Il étoit d'un eſprit doux, d'une
humeur gaye, même dans les temps
où il ſe trouvoit plus à l'étroit, d'un
cœur & d'une generoſité digne de
l'éducation qu'il avoit reçûe. Son ex-
terieur étoit ſimple, ſes manieres nobles, & ſa conduite ſans reproche.
Sa dévotion n'étoit pas ſeulement

J. Oza-
NAM.

solide, elle étoit tendre & ne dédai-
gnoit pas certaines petites choses qui
sont moins à l'usage des hommes que
des femmes, & moins encore à l'usage
des Mathematiciens. Il ne se permet-
toit point d'en savoir plus que le simple peuple en matiere de Religion.

Il savoit en Mathematique tout
ce qu'un homme qui n'invente point
peut savoir. Tous ses Ouvrages ne
roulent que sur l'ancienne Geometrie ; la nouvelle n'y paroît point,
étant beaucoup plus jeune que lui.

Catalogue de ses Ouvrages.

1. *La Geometrie-pratique, conte-*
nant la Trigonometrie theorique & pra-
tique, la Longimetrie, la Planimetrie,
& la Stereometrie. Paris 1684. *in* 12.

2. *Tables des Sinus, Tangentes &*
Secantes, & des Logarithmes des Si-
nus & des Tangentes, & des nombres
depuis l'unité jusqu'à dix mille, avec
un traité de Trigonometrie par de nou-
velles démonstrations, & des pratiques
très faciles. Paris 1685. *in* 8°. It.
nouvelle édition augmentée 1720.

3. *Traité des Lignes du premier gen-*
re, de la construction des équations, & des
lieux Geometriques, expliquées par une
methode nouv. & facile. Paris 1687. 4°.

4. *L'Ufage du Compas de propor-* J Oza-
tion expliqué & démontré d'une ma- nam.
niere courte & facile, & augmenté d'un
Traité de la divifion des champs. Paris
1688. *in* 8o. *pp* 138. It. *nouvelle édi-*
tion 1700.

5. *Ufage de l'inftrument univerfel*
pour refoudre promptement & très-exac-
tement tous les problêmes de la Geome-
trie-pratique fans aucun calcul. Paris
1688. *in* 12. It. nouv. édit. 1700.

6. *Dictionnaire Mathematique, ou* ✝
idée generale des Mathematiques. Pa-
ris 1690. *in* 40. L'Auteur y donne
par occafion la folution d'un affez
grand nombre de problêmes de très-
longue haleine.

7. *Methode Generale pour tracer des*
cadrans fur toutes fortes de plans. Pa-
ris 1685. *in* 12. Cet ouvrage a été
imprimé plufieurs fois : cette édition
qui eft la feconde eft plus ample que la
premiere, qui a paru en 1673. *in* 12.

8. *Cours de Mathematiques, qui*
comprend toutes les parties de cette fcien-
ce les plus utiles & les plus neceffaires.
Paris 1693. *in* 8o. 5. *vol.*

9. *Recreations Mathematiques &*
Phyfiques qui contiennent plufieurs pro-

J. Oza-
Nam.

blêmes utiles, & agréables d'Arithme-
tique, de Geometrie, d'Optique, de
Gnomonique, de Cosmographie, de Me-
chanique, de Pyrotecnie & de Physi-
que, avec un Traité des Horloges éle-
mentaires. Paris 1694. in 80. 2. tom.
Nouvelle édition augmentée. Paris 1724.
in 80. 4. tom.

10. *Nouvelle Trigonometrie, où l'on*
trouve la maniere de calculer toutes sor-
tes de Triangles rectilignes, sans les ta-
bles des Sinus, & aussi par les tables
des Sinus, avec une application de la
Trigonometrie à la mesure des lignes
droites accessibles & inaccessibles sur la
terre. Paris 1699. in 12.

11. *Methode facile pour arpenter ou*
mesurer toutes sortes de superficies, &
pour toiser exactement la Maçonnerie,
les Vuidanges des terres, & tous les
autres corps, avec le toisé du bois de
charpente, & un traité de la sepa-
ration des terres. Paris 1699. in 12.
It. edit. corrigée 1725.

12. *Nouveaux élemens d'Algebre,*
ou Principes generaux pour resoudre
toutes sortes de problêmes de Mathe-
matiques. Amsterdam 1702. in 80.
M. *de Leibnitz* parle ainsi de cet ouvrage dans le Journal des Savans de

1703. » L'Algebre de M. *Ozanam* me J. Oza-
» paroît bien meilleure que la plûpart nam.
» de celles qu'on a vûes depuis quel-
» que temps, qui ne font que copier
» Defcartes & fes Commentateurs.
» Je fuis bien aife qu'il faffe revivre
» une partie des préceptes de *Viete*, qui
» méritoient de n'être point oubliez.

13. *Les Elemens d'Euclide par le P.*
Dechales. Nouvelle édition corrigée &
augmentée. Paris 1709. *in* 12. It. 1720.

14. *Geometrie-Pratique du Sieur*
Boulanger, augmentée de plufieurs no-
tes & d'un Traité de l'Arithmetique
par Geometrie par M. Ozanam. *Paris*
1691. *in* 12.

15. *Traité de la Sphere du monde, par*
Boulanger, revû, corrigé & augmenté
par M. Ozanam. *Paris in* 12.

V. fon Eloge, dans l'*Hiftoire de*
l'*Acad. des Sciences an.* 1717. &
Europe Savante tom. 2. p. 275.

JEAN WOWER.

JEAN *Wower* que quelques-uns
appellent mal à propos *Wouwert*,
Puifqu'il fe nomme toûjours lui-même *Wower*, nâquit à *Hambourg* le

E iiij

JEAN
WOWER.

10. Mars 1574. felon *Elmenhorst*; ce qui ne s'accorde pas avec ce que *Wower* dit lui-même dans une lettre du 21. Mai 1594. *Annus reſtat & quod excurrit quod quatuor luſtra non impleverium.* Ainſi il devoit être né une année plus tard.

Nicolas Wower ſon pere étoit d'une ancienne nobleſſe des Pays-Bas, mais ayant été obligé d'abandonner ſa Patrie, parce qu'il faiſoit profeſſion de la Religion Proteſtante, il alla demeurer à *Hambourg*.

Jean Wower fit ſes Humanitez à *Hambourg* ſous la conduite du fameux Profeſſeur *Wernerus Rolevincius*; ſon pere l'envoya en 1692. à *Leyde*, où il demeura cinq ans pour s'y perfectionner dans l'étude des belles Lettres. Il contracta pendant ce ſéjour amitié avec les plus Savans hommes de ce temps, *Gruter*, *Douſa*, *Merula*, *Heinſius*, *Meurſius*, *Scaliger*, &c. De là il vint en France, où il ſe fit encore beaucoup d'amis. Il paſſa enſuite en Italie & y demeura deux ans. Il s'y fit connoître à pluſieurs Prelats & à quelques Cardinaux, qui lui firent beaucoup de careſſes; il eut même par leur moyen accès auprès

du Pape, qui lui témoigna beaucoup JEAN
d'eſtime, & voulut ſe l'attacher par WOWER.
une penſion honorable; mais *Wower*
le remercia ſous prétexte de ſa mauvaiſe ſanté.

Il revint d'Italie en 1602. après
s'y être beaucoup perfectionné dans
les belles Lettres, qui faiſoient l'é-
tude favorite de ce temps. De retour
en Allemagne, il accepta la Charge de Conſeiller du Comte *d'Ooſt-
Friſe*, & fut ſon Envoyé à *la Haye*
pour la pacification *d'Embden*, &
puis à la Cour de *Jean Adolphe* Duc
de Holſtein. Il plût tellement à ce
Prince dés la premiere converſation,
qu'il lui fit promettre avec ſerment
de s'engager à ſon ſervice.

Pluſieurs choſes purent l'engager
à ſe rendre à ſes ſollicitations; premierement, le caractere de ce Duc
qui étoit ſavant, & avoit formé en
1606. à *Gottorp* une riche Bibliotheque. Secondement, l'eſperance d'une
plus groſſe penſion & d'un emploi
plus conſiderable qu'il n'avoit auprès
de ſon premier Maître. Troiſiéme-
ment, la proximité de ſa patrie.

Le Duc de Holſtein le fit ſon
Conſeiller, & lui donna enſuite la

JEAN
WOWER.

Charge de Gouverneur de *Gottorp*, qui n'est gueres accordée qu'à des personnes de confideration. A peine avoit-il exercé cette derniere Charge pendant trois ans, qu'il tomba dans une maladie qui le mina peu à peu. Il en mourut le 30. Mars 1612. âgé de 37. ans. Son Maître le regreta fort, & le fit enterrer avec beaucoup de pompe dans la grande Eglise de *Sleswic*.

Il a vêcu dans le celibat, & n'a jamais voulu entendre parler de mariage.

Il ne manquoit ni d'érudition ni de bonnes qualitez, mais on lui attribue aussi de grands défauts. Il affectoit de paroître Stoicien, mais il n'étoit rien moins que cela, & il n'a jamais été content de son état; il aimoit passionnémenr les chiens & les chevaux, & étoit fort adonné à l'yvrognerie. On l'a traité de Plagiaire, & on avoit coûtume de son temps de l'appeller avec son compatriote Lindenbrog *les Corsaires de Hambourg*.

Il étoit né dans la Religion Protestante; quelques-uns prétendent qu'il l'abandonna pendant son séjour

en Italie pour embraſſer la Catholi- JEAN
que, mais cette prétention eſt ſans WOWER.
fondement. Il déclare lui-même dans
une de ſes Lettres à Baudius qu'il n'a
jamais ſongé à changer de Religion,
quoiqu'il ſoit perſuadé que ceux qui
ont entrepris la Réforme avoient retranché mal à propos pluſieurs choſes, dont il falloit ſeulement ôter
les abus.

Il a eu pluſieurs envieux qui ſe
ſont efforcez à l'envie de le calom-
nier. Un des plus animez contre lui
a été *Frederic Lindenbrog* fameux critique de ſon temps. *Wower* fit tout
ce qu'il pût pour éteindre la jalouſie
& la haine qu'il avoit conçûe contre
lui, il lui écrivit pour cela pluſieurs
lettres pleines d'eſtime & d'amitié;
mais cela ne fut pas capable de gue-
rir ſon cœur ulceré; il cacha à la verité la paſſion qui le dominoit, mais
il lui donna un libre cours après la
mort de *Wower*, & ne ceſſa depuis
de le déchirer & de cenſurer ſes ouvrages.

Quant au temperament de *Wower*,
il paroît que la colere y dominoit,
& qu'il étoit fort paſſionné pour

JEAN
WOWER.

l'honneur & la gloire. Il est fait mention dans son Testament d'une somme de soixante écus qu'il laissa à celui qui feroit son Oraison funebre.

Son style est élevé & orné, mais souvent peu naturel, & quelquefois languissant : on remarque dans tous ses ouvrages une trop grande affectation à imiter les anciens.

Il faut éviter de le confondre avec *Jean Wower d'Anvers*, dont je parlerai dans l'article suivant.

Catalogue de ses Ouvrages.

1. *Petronius Arbiter cum notis & animadversionibus. Lugd. Bat.* 1595. & 1604. *in* 8o. It. *Helenopoli* 1610. It. *Amstelod.* 1624. Wower dédia ces remarques sur *Petrone* à *Joseph Scaliger*, quoiqu'il traite dans plusieurs de ses lettres la Dédicace des Livres de folie, & qu'il y rapporte plusieurs raisons pour engager les Savans à n'y point donner. Ses remarques sont savantes, & ont été jugées dignes d'entrer dans les éditions qu'on a faites dans la suite de *Petrone. Scioppius* (a) dit que cette édi

---

(a) *De arte Critic,* p. 18.

tion de *Petrone* eft fi hardie & fi heureufe qu'elle eft capable de décourager ceux qui fe mêlent de critique, & de les détourner d'y travailler.

2. *De Polymathia Tractatio.* Hamburgi 1603. *in* 40. It. *Bafileæ* 1604. *in* 40. It. 3a. *editio Lipfiæ* 1665. *in* 8°. Cette troifiéme édition eft accompagnée d'une Préface de *Jacques Thomafius*, & des tables & des fommaires dreffez par *Joachim Fellerus.* Cet ouvrage n'eft qu'une petite partie d'un plus grand que *Wower* avoit apparemment deffein de faire, *De Studiis Veterum*, & qu'il n'a pas cependant fait. Il a été eftimé des Savans. *G. J. Voffius* s'en eft beaucoup fervi dans la compofition de fon Livre, *De Arte Grammaticâ*, quoiqu'il ne l'ait cité nulle part, on a accufé *Wower* d'avoir pillé dans cet ouvrage les Recueils de *Cafaubon* fur le fujet qu'il y traite ; mais *Thomafius* l'en a juftifié dans fa Préface de la troifiéme édition.

3. *Panegyricus Chriftiano IV. Daniæ Regi dictus, cum Majeftati ejus Senatus populufque Hamburgenfis Homagium præftaret. Hamburgi* 1603. *in*

JEAN
WOWER.

80. It. *Hanoviæ* 1613. *in* 80. Dans le 1. tome d'un Recueil intitulé : *Orationes ad Pontifices , Imperatores , Reges atques Principes Gratulatoriæ.* Le ſtyle de ce Panegyrique eſt trop ampoulé , comme l'Auteur ſemble l'avoir reconnu lui-même. A peine fut-il imprimé que quelques perſonnes crurent y remarquer des choſes qui pouvoient préjudicier aux libertez de la Ville de *Hambourg* , ce qui engagea le Senat à en défendre la vente, juſqu'à ce que les premieres feuilles en euſſent été corrigées.

4. *Commentatio de cognitione veterum novi orbis. Francofurti* 1605. *in* 80. Il promettoit dans ſes lettres de faire réimprimer cet ouvrage avec des augmentations , mais il n'a pas executé cette promeſſe.

5. *Notæ Epidicticæ in Q. ſeptimii Tertuliani opera. Francofurti* 1603. & 1612. *in* 80. Wower ayant trouvé dans la Bibliotheque du Vatican un exemplaire de Tertulien , qui avoit appartenu à *Fulvius Urſinus* , ou à *Ciaconius* , & ſur lequel le poſſeſſeur avoit tâché de corriger pluſieurs endroits qui avoient paru juſques-là

inintelligibles, il obtint la permission   JEAN
de transcrire ces corrections , sous WOWER.
promesse de publier à son retour un
Commentaire entier sur Tertullien.
Mais cette promesse n'a pas eu son
effet , le Commentaire est resté là ,
& les notes seules ont paru.

6. *Minutii Felicis Octavius , &*
Julius Firmicus de erroribus profanarum
Religionum cum notis. Basilea. 1603.
in 80. Cette édition a été suivie de
plusieurs autres. Les notes quoique
judicieuses n'ont couté que dix jours
à l'Auteur ; il est vrai que *Scaliger*
l'aida dans les endroits difficiles. On
les a inserées dans toutes les éditions
posterieures aux siennes.

7. *Apuleii Opera emendata & aucta.*
Francof. 1605. *in* 12. La dissertation
qui est à la tête de cette édition , &
qui concerne la vie & les écrits d'*A-*
pulée est curieuse & digne d'être lûe,
& les corrections qui sont à la fin
sont courtes , mais judicieuses.

8. *Dies Æstiva , sive de Umbra*
Pagnion. Francofurti 1610. *in* 80. It.
Oxonii 1636. *in* 12. Ce petit livre
traite de l'Antiquité , la necessité &
l'utilité de l'ombre , ce qui donne

JEAN
WOWER.
occasion a l'Auteur de faire voir sa grande lecture, & de faire des excursions dans la Theologie, la Philosophie, la Physique & la Fable. *Lindenbrog* prétend que W*ower* ayant trouvé cet ouvrage parmi les papiers de Gulielmius, ne fit qu'en changer la forme, & y entre-mêler quelques vers Latins qu'un autre avoit composé. Mais la haine qu'il lui portoit rend son témoignage peu recevable.

9. *Syntagma de Græca & Latina Bibliorum Interpretatione edente Geverh. Elmenhorstio. Hamburgi* 1618. *in* 8o. It. *cum Briani Waltonis Dissertatione de Linguis Orientalibus. Daventriæ* 1658. *in* 12.

10. *Epistolarum centuria duæ. Hamburgi* 1618. *in* 8o. Ces Lettres ont été imprimées par les soins du fidele ami de *Wower Gebrard Elmenhorst.* Le style en est trop affecté, & elles pourroient être mieux rangées qu'elles ne font. Cependant elles font remplies de tant de bonnes choses, qu'on ne se repentira jamais de les avoir lûes. La plûpart roulent sur la littérature. On y trouve des jugemens sur plusieurs ouvrages, des remarques

ques fur les moyens de perfectionner
les fciences & autres chofes femblables. L'Editeur a retranché plufieurs
endroits, où *Wower* s'étoit trop laiffé
aller à fon reffentiment , & où emporté par cette paffion il avoit dit
des chofes, qu'il n'auroit jamais dites
de fang froid.

11. *Sidonii Apollinaris Opera cum
notis. Hanoviæ* 1617. *in* 80. Par les
foins d'*Elmenhorft*.

V. *Witten Memoriæ Philos*. Vies
Allemandes des Savans de *Clarmund*.
Bayle Dictionnaire.

JEAN WOWER.

JEAN *Wower* que la reffemblance
du nom & la conformité des études a fait confondre par plufieurs Auteurs avec le précedent, nâquit à *Anvers* le 28 Mai 1576. d'une famille
noble. Il commença fes études fous
les Jefuites, & eut pour Maître le P.
Heribert R*ifweyde*.

Il alla les continuer à *Louvain*,
où il logea chez *Lipfe* , qui conçut
une fi grande amitié pour lui, qu'il

Tome VI. E

JEAN
WOWER.

le choisit pour un de ses Executeurs Testamentaires , & recommanda à lui seul le soin de ses manuscrits.

Wower employa ensuite trois ans à voyager en France, en Espagne, en Italie & en Allemagne. A son retour il obtint la Charge de Conseiller de la Ville d'*Anvers*. On lui donna ensuite une place dans le Conseil des Finances & dans le Conseil de Guerre.

L'Infante *Isabelle-Claire-Eugenie* Gouvernante des Pays-Bas l'ayant envoyé au Roy d'Espagne *Philippe IV*. ce Prince l'honora de la dignité de Chevalier.

Il est mort le 23. Septembre 1635. âgé de 69. ans. Il étoit parent de Wower de Hambourg, & se trouva avec lui à *Paris* en 1599.

Catalogue de ses Ouvrages.

1. *Eucharisticon Cl. & incomparabili Viro Justo Lipsio. Antuerpiæ* 1603. Cet ouvrage est un effet de sa reconnoissance envers son Maître, dont il fit ensuite graver le portrait, au bas duquel il mit un éloge fort court, mais très-énergique.

2. Il fit imprimer après la mort

de *Lipfe* deux Centuries de fes lettres, & *Tacite* & *Seneque* avec des
Commentaires très amples de ce Savant, & y ajoûta des Préfaces.

3. *Affertio Lipfiani Donarii adverfus Gelaftorum fugillationes. Antuerpiæ* 1607. *in* 40. Ce livre eft encore
à l'honneur de fon Maître, qu'il défend contre les railleries que les Proteftans faifoient de fa dévotion à l'é-
gard de la Vierge, à qui il avoit con-
facré une plume d'argent, & à qui
il laiffa à fa mort fa robbe fourrée;
action qui leur fit dire par une fade
allufion, qu'il avoit voulu donner
une fourrure à Notre-Dame de Hal,
parce que fes Miracles, qu'il avoit
tant vantez, étoient extrêmement
froids.

4. *Panegyricus Ser. Alberto & Ifa-
bellæ Belgarum Principibus. Antuerpiæ* 1609. *in* 80.

5. *Vita B. Simonis Valentini Sa-
cerdotis. Antuerpiæ* 1612. *in* 80.

6. *De Confolatione liber ad Petrum
Paulum Rubenium fuper Philippi fra-
tris ejus morte. Antuerpiæ* 1615. *in* 4°.

Il avoit commencé encore plufieurs
autres ouvrages; mais l'occupation

F ij

JEAN WOWER. que lui donnerent les Charges auſ-quelles il fut élevé l'empêcha de les finir & de les donner au public.

V. *Valer. Andreæ Bibl. Belgica. Francisci Swertii Athenæ Belgicæ.*

RENE' LE BOSSU·

RENE' LE BOSSU. RENE' *le Boſſu* nâquit à *Paris* le 16. Mars 1631. de *Jean le Boſſu* Seigneur de *Courbevoye*, Avocat General à la Cour des Aides, & de *Madelaine de la Lane*, ſœur de *Noel de la Lane* Docteur de Sorbonne.

Né avec toutes les qualitez qui font un grand homme, & élevé de la maniere la plus propre à cultiver ſes talens, il fit ſes premieres études à *Nanterre* chez les Chanoines Reguliers avec un ſuccès qui promettoit beaucoup pour la ſuite.

Le 24. Juillet 1649. il prit l'habit de cet Ordre dans l'Abbaye de Sainte Genevieve, & il fit profeſſion le 7. Août de l'année ſuivante 1650.

Il fut d'abord employé à l'inſtruction des enfans qu'on éleve à *S. Vin-*

vent de *Senlis*. Il fit enfuite fa Philofophie & fa Theologie, & reçût
l'Ordre de Prêtrife le 7. Mars 1657.

Il enfeigna après la Rhetorique
fuccessivement en differentes Mai-
fons ; ce qu'il fit avec beaucoup de
fruit pendant dix ou douze années,
aprèslefquelles on le fit revenir à l'Abbaye de Sainte Genevieve pour être
Bibliothecaire avec le P. *du Molinet;*
mais il n'y demeura que trois ans.

Vers l'an 1677. il fut envoyé à
Chartres pour être fous-Prieur de
l'Abbaye de Saint Jean. Il y eft mort
d'une defcente accompagnée de revolution de matieres le 14 Mars 1680.
âgé feulement de 49. ans.

Il s'étoit fort appliqué à l'étude
de la Theologie, mais il paroît par
les écrits qu'il a laiffez que fon inclination le portoit principalement
vers la Philofophie & les belles Lettres.

Il aimoit extrêmement l'étude,
mais cet amour ne le rendoit point
d'un accès difficile, il étoit roûjours
d'une humeur égale & d'un commerce aifé. La fuperiorité de fon efprit ne paroiffoit que dans fes ouvra-

R. LE
Bossu.

R.
Bossu.

LE ges, & elle étoit cachée dans son entretien sous une modeste docilité, bien plus rare que l'érudition.

Il a laissé un grand nombre d'ouvrages manuscrits, dont on peut voir la liste dans le 1. tome du Journal Litteraire p. 221. & à la tête de son édition du Traité du Poëme Epique de 1714. Il n'en a publié que deux.

1. *Parallele des principes de la Physique d'Aristote, & de celle de René Descartes. Paris 1674. in 12.* Ce n'est pas pour faire voir l'opposition qui paroît être entre la Physique d'*Aristote* & celle de *Descartes* que le P. *le Bossu* a donné ce parallele, mais plûtôt pour proposer quelque voye d'accommodement entre ces deux Philosophes, & pour faire voir qu'ils ne sont pas en effet aussi opposez, qu'on l'a toûjours crû. Le public n'a pas paru faire grand cas de cet ouvrage.

2. *Traité du Poëme Epique. Paris 1675. in 12.* It. *Paris 1693.* It. *Amsterdam 1693.* It. *Paris 1708.* It. *6e. édition augmentée de Remarques, d'un Discours préliminaire sur l'excellence de l'ouvrage & d'un Abregé Histori-*

que de la vie de l'Auteur. La Haye
R. LE
1714. *in* 80. Cette derniere édition Bossu.
a été faite par les ſoins du P. *le Cour-*
rayer, les paſſages Grecs & Latins
s'y trouvent au bas des pages, ce qui
n'eſt point dans les autres. L'ouvrage eſt un des plus conſiderables que
nous ayons en ce genre, ſoit pour la
diſpoſition & la clarté qui paroît
dans la methode de l'Auteur, ſoit
pour l'exactitude qu'il a apportée
dans l'examen de ſa matiere, ſoit
enfin pour la ſolidité avec laquelle il
traite les choſes mêmes qui ſemble-
roient en avoir le moins. C'eſt le jugement qu'en porte M. *Baillet.*

V. ſon Eloge par *le P. le Courrayer.*

FRANÇOIS PHILELPHE.

F RANÇOIS *Philelphe* nâquit à
FRAN-
Tolentino petite Ville de la Mar-
ÇOIS PHI-
che d'Ancone en Italie le 25. Juillet
LELPHE.
1398. de parens fort pauvres, qui
vivoient du travail de leurs mains.
L'heureux naturel de leur fils les engagea à le faire étudier. Il trouva
d'ailleurs des Patrons qui lui four-

F. Phi- nirent les moyens neceſſaires pour
Leiphe. aller à *Padoue* continuer ſes études,
qu'il avoit commencées dans ſa Patrie.

Il y fit en peu de temps des progrès ſi conſiderables, qu'il s'acquit
l'eſtime & l'affection de tout le monde ; mais il les perdit bien-tôt après
par ſon libertinage & ſes débauches,
qui allerent à un point, que ſes protecteurs le firent ſortir de chez eux,
& que le Magiſtrat même le chaſſa
de la Ville.

Il ſe retira à *Veniſe* où il forma le
deſſein d'entrer dans un Monaſtere,
mais il en fut détourné par un de ſes
amis, qui lui repreſenta qu'un état
de continence ne pourroit convenir
long-temps à un homme d'un temperament tel que le ſien. Il en forma donc un autre, ce fut de faire
un voyage en Grece, où les ſciences
fleuriſſoient alors ; il dit dans ſes lettres qu'il y fut déterminé par le deſir qu'il avoit d'apprendre parfaitement la langue Grecque. Ce deſir
peut y avoir eu quelque part ; mais
il eſt probable qu'il eut auſſi en vûe
de faire oublier par une abſence de
quelques

quelques années fes débauches de *Padoue* , & le châtiment qu'il en avoit
reçû.

Quoiqu'il en foit , il fortit de *Venife* à l'âge de 22. ans , & alla à *Conftantinople* , où il acquit une fi grande connoiffance de la Langue Greque fous *Emmanuel Chryfoloras* , qu'il
gagna l'amitié des principaux de la
Cour , & même de l'Empereur *Jean
Paleologue* , qui l'envoya au Pape
Eugene IV. & aux Princes d'Italie
pour leur demander du fecours contre les Turcs.

Son Maître conçut auffi tant d'eftime pour lui , qu'il lui donna en
mariage fa fille *Theodora Chryfoloras*. La principale raifon qui engagea *Philelphe* à ce mariage fut l'ef-
perance qu'il eut de pouvoir apprendre infenfiblement de fa femme, toute
la douceur & la fineffe de la Langue
Greque & de fa prononciation ; ce
qui lui réuffit.

Il retourna en Italie , après une
abfence de fept ans & cinq mois. La
renommée y avoit déja fait connoître
fon habileté , & on fouhaittoit par
tout avec empreffement fa venue.

Tome VI. G

Philelphe alla d'abord à *Venise*, où il crut trouver de l'emploi. Mais la peste qui regnoit dans cette Ville, & l'absence des principaux Senateurs qui s'en étoient retirez ne permettoient gueres de songer à lui ; il s'ennuia bien-tôt d'être en ce lieu sans rien faire, & en sortit malgré les instances de ses amis, qui vouloient le retenir, pour aller à *Boulogne*.

Il trouva là ce qu'il souhaittoit ; à peine y fut-il arrivé que le Cardinal Legat lui donna une Chaire de Professeur en Eloquence & en Philosophie morale, avec quatre cens cinquante écus d'appointemens. Il conserva ce poste jusqu'en 1428. car la Ville de *Boulogne* ayant été alors assiegée par les troupes du Pape, il fit des pertes si considerables qu'il s'empressa d'accepter une Chaire d'Eloquence que la Republique de *Florence* lui fit offrir. Les gages en étoient à la verité moins considerables ; mais la situation où il se trouvoit, & l'esperance de quelque chose de meilleur ne lui permirent pas d'hesiter sur le parti qu'il avoit à prendre.

F. Phi-
lelphe.

Il fe rendit donc à *Florence* au mois d'Avril 1429. après avoir obtenu un paffeport du Legat. Tout lui rit d'abord. Il fe voyoit tous les jours plus de quatre cens Auditeurs, parmi lefquels fe trouvoient fouvent plufieurs Senateurs; *Côme de Medicis, Pallas Stroza* & *Leonard Aretin,* lui donnoient toutes les marques imaginables d'amitié; mais tout cela lui procura des envieux & des ennemis qui lui cauferent dans la fuite de grands chagrins.

Il commença cependant à s'en procurer lui-même par fa profufion & fa dépenfe. Accoutumé à employer les appointemens qu'il recevoit à *Boulogne* à acheter des livres & à regaler fes amis, il voulut vivre fur le même pied à *Florence*; mais comme fes revenus étoient bien moindres, il contracta bien-tôt des dettes. Ses Creanciers qu'il ne pouvoit payer le firent mettre en prifon, dont il ne fortit qu'après que fes amis fe furent cottifez pour payer ce qu'il devoit.

Il s'engagea après fa fortie à Pro-

F. Phi-
lelphe.

feſſer encore trois ans, à condition qu'il auroit par an trois cens cinquante écus. Ses envieux commencerent alors à agir contre lui ; ils perſuaderent de diminuer les appointemens des Profeſſeurs, ſous prétexte de ſoulager le treſor public ; mais *Philelphe* ſe remua tant, & fit en preſence des *Sages de la Republique* un diſcours ſi fort, qu'on reſolut de ne rien innover ſur cet article. Cette voye ayant manqué à ſes ennemis, ils en tenterent une autre ; ce fut de prévenir *Côme de Medicis* contre lui ; mais ils ne purent encore réuſſir de ce côté là, & *Philelphe* ſçut toûjours diſſiper leurs mauvais deſſeins. Ils reſolurent enfin de l'attaquer à force ouverte ; & appoſterent un aſſaſſin, qui le bleſſa au viſage, mais qui ne pût venir à bout de le tuer, parce que quoiqu'il fût ſans armes, il ſçût cependant ſe défendre contre lui.

Philelphe connut par là qu'il ne faiſoit pas bon pour lui à *Florence*, ainſi dès que ſes trois années furent finies, il quitta cette Ville & alla demeurer à *Sienne*. Mais il n'y fut pas long-temps en repos ; car le mal-

heureux qui l'avoit voulu aſſaſſiner F. Phi-
l'y ſuivit , dans le deſſein d'achever lelphe.
ce qu'il n'avoit pû faire à *Florence.*
Heureuſement pour *Philelphe* il fut
découvert & arrêté , & on le punit
de ſon crime en lui coupant la main
droite.

Une autre diſgrace l'obligea à quitter *Sienne.* Les deux freres *Côme* &
Laurent de Medicis tâchoient chacun
de leur côté de s'emparer du Gouvernement de la Republique ; *Laurent* ayant eu le deſſus tint ſon frere
quelque temps en priſon , & l'obligea à ſe retirer enſuite dans l'Etat de
Veniſe. Mais celui ci ayant trouvé le
moyen d'être rappellé à *Florence* , &
ſe voyant le maître, chaſſa & proſcri-
vit tous ceux qui avoient été contre
lui. *Philelphe* qui s'étoit attaché à
Laurent lorſqu'il l'avoit vû ſuperieur
à ſon frere ſe trouva de leur nombre,
& fut par là contraint de chercher
une retraite ailleurs.

Il retourna à *Boulogne* , où on lui
rendit la Chaire d'Eloquence & de
Philoſophie morale qu'il avoit auparavant. C'étoit en 1439. *Philelphe*
s'ennuia bien-tôt du ſéjour de cette

F. Phi-
lelphe.

Ville , & à peine y eut-il demeuré quâtre mois, qu'il fongea à s'aller établir ailleurs. Un fils qu'il avoit eu de *Theodora Chryfoloras* , & qui demeuroit avec lui le quitta alòrs. Soit qu'il eut fait cette démarche de concert avec fon pere , foit qu'il l'eut fait à fon infçu , *Philelphe* profita de cette occafion pour fortir de *Boulogne*, & l'alla joindre à *Milan* , où il fit venir fa famille en 1440.

On le reçut dans cette Ville à bras ouverts, & il eut le plaifir de s'y voir aimé & eftimé de tout le monde ; mais fa fatisfaction fut troublée au bout d'une année par la mort de fa femme *Theodora*, qui arriva le 3. Mai 1441. Il en avoit eu trois enfans , deux garçons, *Jean Marius* & *Xenophon* , & une fille qui fut mariée à *Jerôme Bindoti*.

Il fe remaria l'année fuivante à une Milanoife nommée *Urfine Bofnagi* , avec laquelle il vêcut tranquillement jufqu'à la mort de *Philippe Marie Vifconti* Duc de Milan, protecteur des Savans, & particulierement le fien , arrivée le 13. Août 1447.

Les troubles qui s'éleverent alors F. Phi-
dans cet Etat lui causerent bien des LELPHE.
disgraces & des chagrins. Le peuple
vouloit former une Republique,
mais *François Sforce*, qui avoit épou-
sé *Blanche Marie* fille de *Philippe
Marie*, prétendoit lui succeder ; ne
trouvant pas les Milanois disposez
à le recevoir, il assiega *Milan*, &
réduisit cette Ville à une telle extrêmité, que la famine y fit perir un
nombre prodigieux de personnes.

Philelphe soupçonné de quelque
penchant pour *François Sforce*, fut
sous ce prétexte privé quelque temps
de la distribution du pain qu'on faisoit au peuple, & on ne lui en donna qu'après l'avoir obligé d'écrire
aux Florentins pour leur demander
du secours. Cette lettre lui valut outre sa nourriture deux mille écus
dont on le gratifia ; mais on n'en
attendit point l'effet ; car les principaux de la Ville las de souffrir si
long-temps la famine, firent entrer
Sforce de nuit dans la Ville, & le
reconnurent pour leur Duc.

La destinée de *Philelphe* commença alors à être plus heureuse. Le nou-

veau Duc aimoit les gens de Lettres, & devint son protecteur. La peste qui survint à *Milan* en 1451. l'obligea à se retirer à *Cremone*, où une fille qui le servoit étant morte subitement, la populace qui l'accusoit de cette mort alla en furie fondre chez lui, & le chassa de la Ville avec toute sa famille à l'insçu du Magistrat. Il demeura quelque temps avec elle dans la campagne sans savoir ce qu'il deviendroit; mais lorsque le tumulte fut appaisé, quelques-uns des principaux de la Ville lui donnerent une maison dans un Village voisin, & il y demeura jusqu'à la fin de l'année, qu'il retourna à *Milan*.

Il quitta encore cette Ville en 1453. après avoir obtenu son congé du Duc, & alla à *Naples* dans le dessein de presenter au Roy *Alphonse* son ouvrage satyrique qui lui étoit dédié. Il passa par *Rome* où le Pape *Nicolas* V. le reçût fort bien, & lui fit un present de cinq cens ducats. Il trouva à *Capoue* le Roy *Alphonse*, qui reçût fort obligeamment son livre, & lui donna en presence de sa Cour l'Ordre de Chevalerie &

la Couronne de Poete. Le Pape l'honora auſſi à ſon retour du titre de *Se-*
cretaire Apoſtolique.

Tant d'honneurs lui inſpirerent une
telle vanité, qu'il oublia entierement
ſon bienfaiteur *François Sforce*, &
qu'il s'oublia lui-même. Il fut aſſez
fou, pour prendre à ſon retour un
habit de cavalier, & pour mettre
ſix chevaux dans ſon écurie, comme
s'il avoit changé d'état, & que ſes
honneurs euſſent augmenté ſes revenus.

Le Pape *Callixte* II. ayant deſſein
de vendre la Bibliotheque que *Ni-*
colas V. avoit amaſſé à grands frais,
Philelphe qui avoit à cœur tout ce
qui regardoit les ſciences & les lettres, s'y oppoſa fortement ; & cette
action lui procura de la part de *Pie*
II. ſon ſucceſſeur une penſion de
deux cens ducats. Il crut que cette
liberalité meritoit qu'il fit le voyage
de *Rome* pour remercier ce Pontife.
Il y alla donc en 1458. L'année ſuivante le Duc *Sforce* l'envoya à *Man-*
toue trouver encore le Pape pour le
ſaluer de ſa part.

En 1475. *Sixte* IV. le fit venir

F. Phi-
lelphe.

à *Rome* où il expliqua avec beaucoup
de succès les *Questions Tusculanes* de
Ciceron, quoiqu'il fût déja âgé de
77. ans. Il voulut ensuite avoir encore la gloire d'enseigner dans quelques Universitez d'Italie qu'il visita
pour ce sujet. Enfin étant allé de
Milan à *Boulogne*, il mourut en cette
Ville l'an 1481. âgé de 83 ans. Il
étoit alors si pauvre, qu'on fût obligé de vendre les meubles de sa chambre, & les ustensiles de sa cuisine pour
payer ses funerailles.

Les Auteurs qui font mention
de *Philelphe* ne parlent presque que
de ses mauvaises qualitez. C'étoit
un homme vain, plein de lui-même,
& grand amateur de ses productions,
qui se croyoit superieur à tous les
gens de Lettres, & ne vouloit point
souffrir d'égal. La lâcheté qu'il eut
d'abandonner le parti de *Côme de
Medicis* son bienfaiteur fait assez
connoître qu'il ne s'attachoit qu'à
ceux dont il pouvoit esperer d'avantage, & découvre son mauvais cœur.

Grammairien entêté, il faisoit des
moindres minuties de la Grammaire
des choses importantes. Un jour

dans une difpute qu'il eut avec un F. Phi-
Grec nommé Timothée, & où il ne lelphe.
s'agiffoit que de la quantité d'une
fyllabe, il convint de payer une certaine fomme d'argent en cas qu'il fût
condamné, à condition qu'il difpo-
feroit à fa volonté de la barbe de fon
adverfaire, fi la victoire lui étoit
adjugée. *Philelphe* fut vainqueur, &
quelques inftances & quelques offres
que lui fit Timothée pour obtenir
fa grace, fa barbe fut rafée & *Philelphe* la porta par tout en triomphe.

Catalogue de fes Ouvrages.

1. *Legum apud veteres fcriptores
commemoratarum annotatio. Bononiæ.*
Dans le Recueil de fes difcours.

2. *Lyfiæ Oratoris Orationum dua-
rum, alterius funebris de Laudibus
Athenienfium, judicialis alterius adverfus Eratofthenem adulterum Latina
verfio. Mediolani.*

3. *Ariftotelis præceptorum Rhetori-
ces de Caufis civilibus ad Alexan-
drum Regem verfio Latina. Florentiæ.*
Cette Traduction fe trouve auffi dans
les éditions Greques & Latines d'A-
riftote.

4. *Hippocratis de Flatibus &*

F. PHI-*passionibus versio Latina. Mediolani.*

LELPHE. 5. *Apophthegmatum Plutarchi Che-*
ronensis ad Trajanum Cæsarem è Græco
in Latinum translatio. Mediolani.

6. *Xenophontis Socratici de Pædia*
Cyri, de Republica Lacedemoniorum,
de Regis Agesilai Laudibus versio La-
tina. Cette version se trouve dans toutes les éditions Greques & Latines
de Xenophon faites à *Basle* ; Henri
Etienne l'a conservée dans la sienne,
mais il y a fait quelques corrections.

7. *Vitæ Lycurgi & Numæ Pompilii*
à Plutarcho conscriptæ traductio La-
tina. Mediolani.

8. *Galbæ & Othonis Cæsarum Vitæ*
ex Plutarcho Latine reddita. Medio-
lani. Paul Jove dit que toutes ces
versions n'ont pas l'approbation de
ceux qui entendent toutes les finesses
de la Langue Greque, mais qu'elles
ne laissent pas d'être lûes par ceux
qui ne savent que le Latin. Nannius
& M. Huet ajoûtent, que pour avoir
été trop scrupuleux à l'égard des
mots, il a souvent perdu la pensée
de ses Auteurs.

9. *Plutarchi Apophthegmata Laco-*
nica è Græco in Latinum traducta.
Mediolani.

10. *Satyrica exhortatio, versibus* F. PHI-
scripta ad Inclytum Principem Medio- LELPHE.
lanensium pro Genuensibus & exulibus
Florentinis. Jena.

11. *Conviviorum libri* ii. Cet ouvrage est un des plus estimez de *Philelphe*; *Vivés* le loue comme une
preuve de la grande connoissance
qu'il avoit de l'Antiquité, de l'Histoire, & de la Philosophie. Il a été
imprimé plusieurs fois entre autres à
Paris en 1552. *in* 8°.

12. *Commentationum Florentinarum
libri III. de Exilio, de Infamia & de
Pauperiate. Mediolani.* Cet ouvrage
n'est pas achevé.

13. *Satyræ. Mediolani* 1476. *in fol.*
It. *Venetiis* 1502. *in* 4°. 3. *editio.*
Parif. 1518. *in* 40. Ces Satyres sont
au nombre de cent, partagées en
dix livres, & contiennent chacune
cent vers, ce qui les lui a fait appeller
Hecatosticha. Borrichius dit que les
vers de *Philelphe* sont rudes & mal
polis, mais qu'ils ne laissent pas d'a-
voir de la force. *Vossius* ajoûte qu'il
peche souvent contre la Proso-
die. Au reste ces Satyres ont leur
merite par rapport aux faits qu'elles
contiennent.

F. PHI-LELPHE. *lelphe* avoit deſſein de faire ce Poëme en dix livres de mille vers chacun, mais il n'en a publié que les cinq premiers. Ils traitent de la Muſi-que.

15. *Carmen ſapphicum Adonicum-que de Laudibus Papæ Nicolai V. Mediolani.* Comme ce Poëme étoit trop long, il l'a partagé en deux li-vres qu'il a intitulé *Nicolaus.* C'eſt peut-être ce titre qui a fait tomber dans l'erreur Louis Jacob & Sa-gittarius qui l'appellent *Nicolas Phi-lelphe.*

16. *Sfortias ſive opus metricum de rebus Italicis.* Il commença cet ou-vrage en 1451. & ne le finit que quatorze ans après.

17. *De Vita & rebus geſtis Fran-ciſci Sfortiæ liber ſingularis.* Cet ou-vrage eſt different du précedent quoi-qu'il traite le même ſujet.

18. *De Morali diſciplina libri V. Venetiis* 1452. *in* 4º.

19. *Orationes, cum quibuſdam aliis operibus. Mediolani* 1481. *in* 4º.

20. *Odæ & Carmina. Brixiæ* 1497. *in* 4º. C'eſt la ſeule édition que l'on ait de ces Poëſies.

21. *Epistolarum libri XVI. Brixiæ*
in 4°. 1485. It. *Venetiis* 1498. *in* 40.
It. *Basileæ* 1500. It. *libri XXXVII.*
Venetiis 1502. *in fol.* It. *Daventriæ*
1604. Il n'y a dans cette édition
que les plus courtes & les plus
belles. It. *Tubingæ.* 1516. avec quelques Lettres de Politien. It. *Ham-*
burgi 1681. It. *Epistolæ breviores ele-*
gantioresque. Romæ 1705. *in* 12.
Morhof dans son Polyhistor juge
peu avantageusement de ces Lettres,
il n'y trouve que des mots & rien
d'instructif.

    Varillas a débité dans ses *Anec-*
dotes de Florence que *Philelphe* ayant
trouvé le livre de *Ciceron de Gloria,*
en fit un traité *de Contemptu Mundi,*
composé de plusieurs lambeaux de
ce livre, qu'il jetta ensuite au feu;
mais il s'est trompé en donnant à *Phi-*
lelphe ce qu'on a attribué à *Alcyo-*
nius , outre que *Philelphe* n'a point
fait d'ouvrage *de Contemptu Mundi.*

    V. *Paul Jove in Elogiis. Joannis*
Henrici Toppii Historia Vita & scrip-
torum Philelphi ex ejus Epistolls collecta
in Miscellaneis Lipsiensibus tom. 5.

    14. *Opus Lyricum. Mediolani. Phi-*

F. PHI-
DELPHE.

GISBERT CUPER.

GISBERT
CUPER.

GISBERT *Cuper* nâquit le 14. Septembre 1644. à *Hemmen* petit Bourg situé dans cette partie du Duché de Gueldres qu'on appelle l'*Over-Betuwe*. Un Ministre, homme de Lettres, prit soin de ses premieres études dans la maison de son pere, qui étoit Greffier & Secretaire General de la Province. On l'envoya ensuite à *Nimegue* sous un Professeur de Rhetorique, dont il prit les leçons pendant trois ans, après lesquelles il fit dans la même Ville un cours de Philosophie, un autre de Mathematique & d'Histoire, un troisiéme de Jurisprudence & un quatriéme de Theologie.

Après s'être suffisamment instruit de toutes ces sciences, il forma le dessein de s'attacher dans la suite uniquement aux belles Lettres, dont il alla faire une étude particuliere à *Leyde* sous *Jean Frederic Gronovius*.

Les voyages font en plusieurs pays une partie considerable de la bonne

éducation

éducation ; *Cuper* commença les siens GISBERT
par la France , où il eut soin de vi- CUPER.
siter les Savans , & il se disposoit
à aller faire la même chose en Italie,
lorsqu'il apprit à *Paris* qu'on l'avoit
choisi pour être Professeur en Histoire à *Deventer.*

Un choix si honorable pour lui,
lui fit abandonner son premier dessein , & il retourna en Hollande
prendre possession de son poste. C'é-
toit en 1668 & il n'avoit alors gueres que 24. ans. Cependant il se fit
bien-tôt un grand nom par les Eleves
qu'il forma , & par les Ouvrages
qu'il donna au public.

On le jugea même bien-tôt capable d'entrer dans les Charges de la
Republique. En 1675. il fut fait
Bourguemaître de *Deventer.* En 1686.
on le nomma Député de la Province
d'*Over-Issel* à l'Assemblée des Etats
Generaux , & il remplit ce poste jusqu'en 1693. qu'il fut fait membre
des Etats d'*Over-Issel.* En 1706. il
fut Député des Etats Generaux à
l'Armée des Pays-Bas. Il a été outre
cela chargé en plusieurs occasions de
differentes Commissions importantes.

Tom. VI. H

GISBERT
CUPER.

Tous ces emplois n'ont point affoibli l'amour qu'il avoit pour les belles Lettres, qui faisoient son délassement, & ausquelles il donnoit tous ses momens de loisir. A l'Armée même & au milieu des camps il écrivoit de longues & savantes Lettres qui font connoître la sagacité de son esprit & l'étendue de ses connoissances.

Le Roy ayant permis après la paix à l'Academie des belles Lettres & Inscriptions d'ajoûter à la classe des Academiciens Honoraires quelques étrangers celebres par leur érudition; M. *Cuper* fut un des trois qu'elle choisit, & on ne peut être plus sensible à cette nomination, qu'il appelloit *son enrollement d'honneur.*

Après avoir langui plusieurs mois, miné insensiblement par une fievre lente, il mourut le 22. Novembre 1716. âgé de 72. ans, laissant quatre ou cinq filles.

C'étoit un homme affable, poli, prévenant, sur-tout à l'égard de ceux en qui il voyoit quelque talent pour les Lettres, aimé de tout le monde. Son érudition lui avoit attiré

le refpect, l'eftime, & la confiance GISBERT
de tous les Savans de l'Europe, CUPER,
& il étoit confulté de toutes parts
comme l'oracle du monde favant.

Catalogue de fes Ouvrages.

1. *Obfervationum libri III. Ultrajecti* 1670. *in* 80. *pp.* 355. Ces obfervations roulent fur differens Auteurs Grecs & Latins dont M. *Cuper* rétablit le texte, ou explique des
paffages difficiles.

2. *Obfervationum liber IV. Daventriæ* 1678. *in* 80. *pp.* 198. Cette
partie eft dans le même goût que les
précedentes. M. *Cuper* la dédia à
Guillaume Cuper fon pere, qui à
l'âge de 75. ans foûtenoit encore de
penibles emplois dans fa Republique,
& étoit capable de s'en délaffer dans
la lecture des Ouvrages de fon fils.
Il y a beaucoup d'érudition dans ces
obfervations, & il y regne une fage
critique.

3. *Harpocrates five explicatio ima-
gunculæ argenteæ antiquiffimæ fub Har-
pocratis figura ex Ægyptiorum inftitu-
to folem repræfentantis. Amftelodami*
1676. *in* 8°. *pp.* 114. It. *editio al-
tera, & monumenta antiqua inedita,*

H ij

GISBERT
CUPER.

Accedit Stephani le Moine Epistola de Melanophoris. Trajecti ad Rhenum 1687. *in* 40. *pp.* 294. La differtation fur *Harpocrate* contient toute la Mythologie de cette Divinité Egyptienne, que M. *Cuper* croyoit être la même que le Soleil. L'Auteur y explique en paffant plufieurs paffages des Anciens, & y fait de temps en temps des digreffions fort favantes. M. *Baudelot* ayant combattu dans fon livre *de l'Utilité des voyages* le fentiment de M. *Cuper*, celui-ci a tâché dans fa feconde édition de réfoudre fes difficultez. La feconde piece de l'édition de 1687. renferme dix ou douze monumens antiques, & plufieurs Infcriptions qu'on a déterrées pour la plûpart en Gueldre. M. *Cuper* avoue de bonne foi qu'il y en a un grand nombre fur lefquelles il n'a pû rien avancer de certain. Mais lors même qu'il a eu des doutes, & qu'il n'a formé que des conjectures, il les a appuyées & embellies d'une infinité de rares paffages & de reflexions judicieufes, *Journ. Sav. du* 10. *Mai* 1688.

4. *Apotheofis vel Confecratio Ho-*

meri, ſive Lapis Antiquiſſimus, in Gisbert *quo Homeri conſecratio ſculpta eſt,* Cuper, *Commentario illuſtratus. Amſtelodami* 1683. *in* 4º. *pp.* 324. Cet ouvrage, ſuivant M. *Bayle*, eſt rempli d'une curieuſe Litterature, & les Antiqui-tez y naiſſent les unes des autres, & s'y accumulent agréablement.

5. *In Lactantium de Mortibus Per-ſecutorum notæ.* Ces Notes ont paru pour la premiere fois en 1684. avec le livre de *Lactance*, qu'un ſavant Suedois nommé *Jean Colombus* pu-blia à *Abo* en Finlande. Elles ont été réimprimées, mais bien plus amples à *Utrecht* en 1692. dans l'édition de M. *Bauldri*, avec une Préface de M. *Cuper*, qui peut ſeule paſſer pour un grand ouvrage, parce qu'il y exa-mine pluſieurs points d'Hiſtoire, qui ont un rapport eſſentiel à celle de *Lactance*.

6. *Hiſtoria trium Gordianorum. Daventriæ* 1697. *in* 8º. Cet ouvrage eſt contre quelques Antiquaires, qui ſur la diverſité des Medailles, join-tes aux termes équivoques de quel-ques Hiſtoriens, vouloient introdui-re un quatriéme Prince de ce nom

GISBERT
CUPER.

dans l'Histoire Romaine. Tel est l'Abbé *de Bos* dans son *Histoire des quatre Gordiens prouvée & illustrée par les Medailles. Paris* 1695. *in* 12. Ouvrage qui avoit déjà été attaqué par M. *Galland* dans sa *Lettre tou-chant l'*Histoire *des quatre Gordiens prouvée par Medailles. Paris* 1696. *in* 40. Comme M. *du Bos* publia un nouveau livre pour défendre son système contre M. *Galland* & M. *Cuper*, intitulé: *Pro quatuor Gordia-norum Historia Vindiciæ. Paris.* 1700. *in* 12. M. *Cuper* avoit dessein de re-pliquer: mais ses occupations ne lui ont pas permis de l'executer. Il n'a publié que le projet de sa réponse qui devoit paroître avec une secon-de édition de son Histoire des trois Gordiens. Il se trouve dans l'*Histoire Critique de la République des Lettres tom.* 11. *p.* 197.

7. *De Elephantis in nummis Ob-viis exercitationes duæ.* Cet ouvrage dont on peut voir le projet dans le 10e. tome de l'*Histoire Critique de la République des Lettres p.* 277. n'a paru qu'après la mort de son Au-teur dans le troisiéme tome du Tre-

for des *Antiquitez Romaines de Sal-* lengre. On peut affurer que c'eft de tous les Ouvrages de M. *Cuper* celui qui eft le plus rempli de recherches curieufes ; auffi c'étoit fon ouvrage favori, & il y avoit travaillé pendant plus de vingt années. [*Jour. Lit. tom.* 10. *p.* 230.]

8. *Traduction de diverfes Lettres Latines fur d'anciennes Infcriptions trouvées en Orient, adreffées à M. Huet.* Inferées dans les Mémoires de Trevoux 1703. Mai p. 876.

9. On trouve onze de fes Lettres dans le Recueil fuivant : *Celeberrimorum Virorum Epiftola de re numifmatica ad M. Zachariam Goefium. Vitembergæ* 1716. *in* 80.

10. On a donné dans la *Republique des Lettres* 1704. Août & Septembre, des extraits fort curieux de plufieurs Lettres qu'il a écrites à M. *Jurieu*, au fujet de fon *Hiftoire Critique des Dogmes & des Cultes bons ou mauvais*, & des réponfes de M. *Jurieu*.

11. *Lettre à M. Bafnage fur fon Hiftoire des Juifs.* Inferée dans l'*Hiftoire des Ouvrages des Savans* 1706. Novembre p. 504.

GISBERT CUPER.

GISBERT CUPER.

12. *Lettre à M. Masson sur quelques points de Litterature.* Inſerée dans l'*Histoire critique de la Republique des Lettres* tom. 4. p. 297.

Cet article eſt tiré du *Dictionnaire Flamand d'Halma*, de l'*Histoire de l'Academie des Inſcriptions*, & du tom. 13. de l'*Histoire Critique de la Republique des Lettres.*

BERNARD LAMY.

B. LAMY.

BERNARD *Lamy* nâquit au *Mans* l'an 1640. apparemment dans le mois de Juin, puiſqu'il fut baptiſé le 29. *Alain Lamy* Seigneur de *la Fontaine* ſon pere, quoiqu'aſſez mal à ſon aiſe, lui donna d'abord des Maîtres particuliers ſous leſquels il ne profita pas beaucoup. L'obligation qu'on lui impoſoit d'apprendre par cœur les Regles de la Syntaxe le dégoûtoit de l'étude; les premiers élemens de l'Hiſtoire Romaine & de la Geographie qu'un de ces Maîtres lui enſeigna lui plurent davantage, & diſſiperent le dégoût qu'il avoit pris pour la Langue Latine.

Lorſqu'il

Lorſqu'il fut un peu avancé, on B. LAMY.
l'envoya au College du *Mans* étudier
ſous les Prêtres de l'Oratoire, & il y
fit de grands progrès dans les Humanitez & dans la pieté. Le genre de vie
de ſes nouveaux maîtres lui plût autant que leurs leçons, & il reſolut de
l'embraſſer. Il vint pour cela à *Paris*
en 1658. & entra à l'Inſtitution.

Aggregé à la Congregation, il
s'appliqua avec ardeur à en remplir
tous les devoirs, & à ſe perfectionner l'eſprit par l'étude & l'application, & le cœur par la pratique des
vertus Chrétiennes.

Il avoit une grande diſpoſition
pour les ſciences & il les a toutes
embraſſées. » Il a ſçû, dit M. *du*
» *Pin*, accorder les amuſemens des
» belles Lettres, & les fleurs de la
» Rhetorique & de la Poëſie avec
» l'application à l'étude des Langues;
» les meditations profondes des Ma-
» thematiques avec les épines de la
» Critique ; la Philoſophe Payenne
» avec la morale Chrétienne, & les
» Arts liberaux avec l'étude de l'E-
» criture Sainte, des Rabbins, & de
» la Theologie.

Tome VI. I

B.LAMY.

Après avoir fait sa Philosophie à *Saumur* sous le P. *de la Fontenelle*, il alla en 1661. à *Vendôme* professer les Humanitez. Il fut tiré de ce lieu en 1664. & on l'envoya à *Julli* continuer le même emploi.

Il reçût l'Ordre de Prêtrise en 1667. & fut ensuite chargé pendant deux ans de l'éducation de la jeunesse au College du *Mans*, d'où il retourna à *Saumur* pour y étudier en Theologie. Le P. *le Porc* & le P. *Martin* y furent ses maîtres dans cette science. Son cours achevé, il enseigna la Philosophie dans la même Ville, & ensuite dans celle d'Angers.

Son attachement à la nouvelle Philosophie déplût à quelques personnes qui vivoient encore sous le joug d'Aristote, & on lui procura un ordre de la Cour qui l'obligea de sortir d'*Angers*. On l'envoya donc en 1676. à *Grenoble*, où le Cardinal *le Camus* ayant eu occasion de le connoître conçût beaucoup d'estime pour lui, voulut l'avoir auprès de sa personne, & en retira des services considerables pour le gouvernement de son Diocese.

Aprés avoir, pendant pluſieurs années contribué à l'inſtruction & à l'é-
dification de ce Diocèſe, il alla demeurer à *Rouen*, où il eſt mort le 29
Janvier 1715. âgé de 75. ans. Il avoit
toûjours joui d'une parfaite ſanté
malgré ſes travaux & ſes fatigues;
mais un chagrin également vif & me-
ritoire cauſa la maladie dont il mourut. Un jeune homme que la lecture
de ſes livres avoit arraché à l'Hereſie, s'étoit mis ſous ſa direction, &
avoit en ſuivant ſes avis déja fait des
progrès ſurprenans dans la pieté &
dans les ſciences. Il eſperoit des talens & des diſpoſitions de ce proſe-
lyte les plus grandes choſes, lorſqu'il
apprit que l'infidele s'étoit replongé
dans ſes premieres erreurs. Cette
nouvelle lui cauſa une triſteſſe profonde, ſa ſanté en fut violemment dé-
rangée, & un vomiſſement de ſang,
qui ſurvint, l'emporta.

Il étoit modeſte, aimoit la paix,
fuyoit autant qu'il pouvoit les diſputes, n'attaquoit jamais, ſe défendoit
avec moderation. Il avoit l'eſprit aiſé, & l'élocution facile, il écrivoit
bien en François & en Latin, &

B. LAMY.

I ij

B. LAMY. pouſſoit les conjectures & les raiſon-
nemens juſqu'où ils pouvoient aller.
L'Auteur de ſa vie obſerve une choſe qui merite d'être remarquée, c'eſt
que preſque tous ſes ouvrages étoient
imparfaits au ſortir de ſes mains, ſa
vivacité ou une inconſtance naturelle, qui le dégoutoit d'une trop longue
application à la même choſe, ne lui
permettant pas de les limer ; mais
lorſqu'il vouloit les faire reparoître,
il les revoyoit avec un très-grand
ſoin, en retranchoit le ſuperflu, &
y faiſoit des additions. C'eſt ce qui
fait que les dernieres éditions de ſes
livres ſont beaucoup meilleures que
les premieres ; tout y eſt mieux dige-
ré, mieux prouvé, & en meilleur
ordre.

Au reſte il n'étoit pas de ces ſavans
en qui la ſcience étouffe la pieté ; il
joignoit à une profonde érudition
les vertus d'un Miniſtre du Seigneur,
& ſa charité, ſon humilité, ſon eſprit
de pauvreté, ſes mortifications ont
toûjours été un ſujet d'édification
pour ceux avec qui il a vêcu.

Catalogue de ſes Ouvrages.

1. *La Rhetorique ou l'Art de par-*

ler. *Paris* 1675. *in* 12. 2e. *édition. Pa-* B.LAMY.
ris 1676. *in* 12. 3e. *édition , revûë &*
augmentée. Paris 1688. *in* 12. 4e. *édit.*
aug. Paris 1701. *in* 12. It. *Paris* 1715.
in 12. Cet ouvrage quoiqu'aſſez imparfait dans la premiere édition fit
beaucoup d'honneur à l'Auteur. Le
P. *Malebranche,* qui n'étoit nullement
louangeur , en fut toute ſa vie le pa-
negyriſte. Il augmenta ſans doute ſes
éloges à meſure que le P. *Lamy* le re-
toucha ; ce qu'il a fait à chaque édition. Lorſqu'il donna même la quatriéme , il avertit qu'il la donnoit
moins comme une nouvelle édition,
que comme un ouvrage tout nou-
veau : ›› J'ai , dit-il , dans ſa Préface,
›› refondu l'ancien, je l'ai retouché
›› par tout , & augmenté de nouvel-
›› les reflexions , d'exemples , &c.
Quelque reputation qu'ait eu cette
Rhetorique , elle n'a pû avoir l'approbation de M. *Gibert* , qui dans
ſes Jugemens des Savans la critique
preſque dans toutes ſes parties. ›› Elle
›› a , dit-il , deux parties , l'une en
›› quatre livres , qui regarde l'*Art de*
›› *parler, ou la Grammaire,* l'autre en
›› un ſeul livre aſſez court, qui regar-

B.LAMY. » de *l'Art de persuader ou la Rheto-*
» *rique.* Dans la premiere l'Auteur
» traite beaucoup de choses étrange-
» res au sujet même qu'il s'y propose;
» dans la seconde il ne traite pas les
» points principaux qu'il a en vûe.
» De-là il résulte un ouvrage, qui,
» à parler juste, n'est ni une Rheto-
» rique ni une Grammaire, & qui
» néanmoins porte le nom de tous les
» deux.

2. *Nouvelles Reflexions sur l'Art
Poëtique. Paris* 1678. *in* 12. Personne ne s'étoit encore avisé de traiter
cette matiere de la maniere dont le
P. *Lamy* s'y est pris; car en expli-
quant quelles font les causes du plaisir que donne la Poësie, & quels font
les fondemens de toutes les regles de
cet Art, il fait connoître en même-
temps le danger qu'il y a dans la lecture des Poëtes. M. *du Pin* assure
que ses reflexions font très-judicieu-
ses; cependant l'Auteur de la vie du
P. *Lamy*, avoue que l'ouvrage est
superficiel, & que les matieres n'y
font point assez approfondies.

3. *Traité de Mechanique, de l'é-
quilibre des solides & des liqueurs.* Pa-

ris 1679. *in* 12. It. *nouvelle édition* B. LAMY.
augmentée d'une nouvelle maniere de
démontrer les principaux Phenomenes
de ces ſciences. Paris 1687. *in* 12.
Cet ouvrage & les ſuivans mirent le
P. *Lamy* en grande reputation parmi
les Mathematiciens. Il n'y a rien cependant de nouveau ni de particulier à l'Auteur que la methode & la
clarté.

4. *Traité de la Grandeur en gene-*
ral, qui comprend l'Arithmetique,
l'Algebre & l'Analyſe. Paris 1680.
in 12. It. ſous ce titre : *Elemens des*
Mathematiques, ou Traité de la Gran-
deur en general, 2e. *édition augmentée.*
Paris 1691. *in* 12. 3e. *édit. aug. Paris*
1704. *in* 12. 4e. *édit. Amſterdam* 1710.
in 12. It. *Paris* 1715. *in* 12. Cette quatriéme édition a été faite ſur la troiſiéme de *Paris.* Ce qu'il y a de ſingulier par rapport à cet ouvrage,
c'eſt que le P. *Lamy* l'a compoſé en
faiſant à pied le voyage de *Grenoble*
à *Paris.* Il l'a augmenté & corrigé,
ſuivant ſa coûtume, à chaque nouvelle édition. Il a trouvé le ſecret
par l'ordre & la netteté qui y regne
de faire d'une ſcience auſſi abſtraite

B.LAMY. que l'Algebre, une science aisée, dont
les principes sont simples, & les termes clairs.

5. *Entretiens sur les sciences, dans*
lesquels on apprend comme on se doit
servir des sciences pour se faire l'esprit
juste & le cœur droit, avec la methode
d'étudier. Lyon 1684. *in* 12. It. *Bruxel-*
les 1684. 3e. *édit. aug. d'un tiers. Lyon*
1694. *in* 12. 4e. *corrigée & aug. Lyon*
1706. *in* 12. Les sept entretiens qui
composent ce volume renferment
d'excellentes leçons, & des reflexions
judicieuses. ,, elles sont quelquefois
,, assez superficielles, selon M. *Bayle*;
,, mais, c'est, dit-il, une marque du
,, jugement de l'Auteur, car il ne
,, faut pas qu'un livre qui doit servir
,, à tous ceux qui étudient soit rem-
,, pli de profondeurs & d'abstrac-
,, tions. Ce ce qu'il y a de louable,
,, c'est qu'il ne perd point de vûe
,, la fin principale de nos actions,
,, & qui est de rapporter tout à Dieu,
,, & que son dessein est de former des
,, Savans qui ayent de la pieté, & qui
,, ne se proposent dans leurs études
,, que la gloire de Dieu, & l'utilité
,, de l'Eglise.

6. *Elemens de Geometrie.* *Paris* B. LAMY. 1685. *in* 80. 2e. *édition , revûe & augmentée.* *Paris* 1695. *in* 12. 3e. *édition.* 4e. *édition , revûe & augmentée.* *Paris* 1710. *in* 12. Les dernieres éditions font fort differentes de la premiere.

7. *Nouvelle maniere de démontrer les principaux Theoremes des élemens des Mechaniques.* *Paris* 1687. *in* 12. It. jointe à l'édition nouvelle qui s'eſt faite cette année à *Paris* de ſon Traité de Mechanique. Ce petit ouvrage eſt une lettre adreſſée à M. *Dizulamant* Ingenieur de *Grenoble* qui a donné lieu à un petit differend entre le P. *Lamy* & M. de *Beauval.* Celui-ci avoit dit dans l'*Hiſtoire des Ouvrages des Savans ,* que cette Lettre rouloit ſur les mêmes principes que le projet d'une nouvelle Mecanique , que M. *Varignon* avoit donné auparavant au public , & qu'il y avoit apparence que le P. *Lamy* devoit à M. *Varignon* la découverte de ces nouveaux principes. Le P. *Lamy* lui fit une réponſe qui a été inſerée dans le *Journal des Savans du* 13. *Septembre* 1688. & où il ſe défend

B.LAMY. fort & ferme du crime de Plagiarif-
me. M. de *Beauval* témoigna dans
l'*Histoire des Ouvrages des Savans* du
mois de *Decembre* 1688. n'être pas
tout à fait content de fa réponfe,
proteftant cependant qu'il n'avoit
jamais eu intention de traiter le P.
Lamy de Plagiaire. La difpute n'a
pas été plus loin.

8. *Apparatus ad Biblia Sacra per
Tabulas difpofitus, in quibus quæ ad
illa intelligenda in genere neceffaria
funt oculis fubjiciuntur ac dilucide ex-
plicantur. Gratianopoli* 1687. *in fol.*
Cet ouvrage confifte en vingt tables,
où le P. *Lamy* a renfermé tout ce
qu'il a jugé neceffaire pour bien entendre l'Ecriture. Il les a dreffées
pour l'Inftruction des Seminariftes
de *Grenoble* ; mais M. l'Evêque de
Châlons voulant rendre plus commun
un livre fi utile, engagea M. *François Boyer* Chanoine de *Montbrifon,*
& non pas le P. *Lamy*, comme le
dit M. *du Pin*, à le traduire en François. Il parut en cette Langue fous
le titre d'*Introduction à la lecture de
l'Ecriture Sainte. Lyon* 1689. *in* 12.
& cette traduction a été depuis infe-

rée dans le Dictionnaire de la Bible B. LAMY.
de M. *Simon. Lyon* 1703. *in fol.*

9. *Démonſtration de la verité & de
la ſainteté de la morale Chrétienne.
premier & deuxiéme entretien. Paris*
1688, *in* 12. 2. *tom.* pp. 211. *&* 224.
Le Pere *Lamy* s'étoit propoſé de donner en forme d'entretiens un corps
entier de morale , dont toutes les
parties fuſſent rangées dans un ordre naturel , & les preuves tirées des
ſentimens que chacun trouve dans
ſon cœur, & de ce qu'il experimente.
Pour executer ce deſſein, il devoit encore donner trois autres entretiens.
Mais ce qu'il n'a point fait alors, il l'a
fait dix-huit ans après , en donnant
une nouvelle édition des deux premiers entretiens entierement refon-
dus , & devenus comme un ouvrage
nouveau. Cette nouvelle édition a
paru ſous ce titre : *Démonſtration ou
preuves évidentes de la verité & de la
ſainteté de la Morale Chrétienne. Ouvrage qui comprend en cinq entretiens
toute la Morale. Rouen in* 12. premier entretien 1706. pp. 273. 2e. entretien 1706. pp. 370. 3e. entretien
1707. pp. 308. 4e. entretien 1709.

B. LAMY. *pp.* 344. 5e. entretien 1711. Cet ouvrage est trop diffus, il est chargé de
beaucoup d'inutilitez, & la force des
preuves y est diminuée par l'abondance des paroles. Le P. *Lamy* a reconnu lui-même ce défaut, & il
travailloit à rendre son livre plus
nerveux & plus court, lorsqu'il fut
attaqué de la maladie dont il est
mort.

10. *Harmonia sive Concordia quatuor Evangelistarum, in quâ vera se-
ries actuum & Sermonum Domini Nos-
tri Jesu Christi, hoc est vera vita ejus
historia restituitur, adjecta suis locis
novi ordinis ratione.* Paris 1689. *in*
12. Le P. *Lamy* a soutenu dans cet
ouvrage trois sentimens qui ont été
pour lui la source d'une longue dispute. 1e. que S. *Jean Baptiste* avoit
été emprisonné deux fois, une à *Jerusalem* par ordre du grand Sanhe-
drim, & l'autre en Galilée par le
commandement d'*Herode*. 2e. Que
Jesus-Christ ne mangea pas l'Agneau
Pascal dans la derniere Cene, & qu'il
fut crucifié le jour même que les
Juifs le mangeoient. 3e. Que *Marie
Madelaine*, *Marie* sœur de *Lazare*,

& la femme Pechereſſe étoient la B. LAMY,
même perſonne. Son livre n'eut pas
plûtôt été publié qu'il ſe vit bien-tôt
attaqué de toutes parts. Le premier
qui lui fit quelques difficultez fut
M. *Bulteau* Docteur de Sorbonne,
un de ſes Approbateurs. Le P. *Lamy* y ſatisfit par la lettre ſuivante.

11. *Lettre du P. Lamy au R. P.
F. P. D. L'O.* (Fourré Prêtre de
l'Oratoire) *dans laquelle il éclaircit
quelques points de la nouvelle harmonie des Evangiles. Argumens pour les
deux priſons de S. Jean. Argumens
qui prouvent que Jeſus-Chriſt dans la
derniere Cene, dans laquelle il inſtitua
le Sacrement de l'Euchariſtie, n'a pas
mangé l'Agneau Paſcal. De la Ma-
gdelaine. Paris* 1690. *in* 12. 2e. *édition.
Paris* 1699. *in* 12.

12. *Traité Hiſtorique de l'ancienne
Pâque des Juifs, où l'on examine à
fond la queſtion celebre, ſi J. C. fit
cette Pâque la veille de ſa mort, & ce
que l'on en a cru. Avec de nouvelles
preuves des deux priſons de S. Jean-
Baptiſte. Paris* 1692. *in* 12. Le P. *Lamy* ſe voyant attaqué de tous côtez
ſur ſes ſentimens reſolut, pour ré-

B. LAMY. pondre à toutes les difficultez qu'on lui avoit faites, de traiter ces matieres d'une maniere plus étendue qu'il n'avoit fait jusques-là, & publia pour cet effet cet ouvrage qui a eu plusieurs suites relatives aux differens livres publiez contre lui.

13. *Suite* (premiere) *du traité historique de l'ancienne Pâque des Juifs. Reflexions sur le nouveau systême du R. P. Hardouin Jesuite touchant la derniere Pâque de J. C. Paris 1693. in 12.* Le P. *Lamy* entreprend ici de combattre le sentiment que le P. *Hardouin* avoit soutenu dans un ouvrage *de supremo Christi Domini Paschate. Paris 1693. in 4°.* où il avoit prétendu que les Juifs avoient immolé l'Agneau Pascal le quatorziéme jour de la Lune, seulement jusqu'à la Captivité de *Babylone*, mais que s'étant multipliez extrêmement depuis, ils ne pûrent plus l'immoler tous le même soir, & qu'ainsi plusieurs ne s'acquittoient de cette ceremonie que le lendemain. Peu de temps après que les Reflexions du P. *Lamy* eurent paru, on répandit un écrit sur le même sujet sans nom d'Auteur, ni

B. LAMY.

d'Imprimeur divifé en deux parties, dont la premiere eft intitulée : *Extrait du Traité du P. Hardouin fur la derniere Pâque de Notre Seigneur;* la feconde eft une *lettre fur les Reflexions du P. Lamy.* Ce n'eft qu'une répétition que le P. *Hardouin* a faite en François de ce qu'il avoit dit auparavant en Latin. Le P. *Lamy* répondit en peu de mots à ce qu'il y avoit de nouveau, dans une lettre inferée dans le *Journal des Savans du* 7. Decembre 1693.

14. *Suite* (deuxiéme) *du Traité Hiftorique de l'ancienne Pâque des Juifs. Reflexions fur quelques Differtations de l'Auteur de l'Analyfe des Evangiles, & fur un livre intitulé : Apologie de M. Arnaud & du P. Bouhours. Paris* 1694. *in* 12. Cette fuite eft contre deux perfonnes, le P. *Mauduit* Prêtre de l'Oratoire qui a inferé dans fon *Analife de l'Evangile* deux Differtations, où il attaque ce que le P. *Lamy* avoit tâché d'établir fur la Pâque des Juifs, & l'Auteur de l'Apologie de M. *Arnaud* & du P. *Bouhours,* fur les difficultez duquel il dit cependant peu

B. LAMY. de choses, parce qu'elles ne renfer-
moient rien de nouveau.

15. *Suite* (troisiéme) *du Traité*
Historique de l'ancienne Pâque des
Juifs. Réponse à la lettre de M. Tille-
mont sur la derniere Pâque de Nôtre
Seigneur. Paris 1694. *in* 12. M. *Til-*
lemont avoit d'abord inseré dans le
premier tome de ses Memoires deux
notes, où il combattoit le sentiment
du P. *Lamy* sur la derniere Pâque
de J. C. & sur les deux emprison-
nemens de S. *Jean-Baptiste*, & qu'il
lui avoit communiquées auparavant.
Le P. *Lamy* avoit tâché de répondre
à ses difficultez dans son traité de la
Pâque ; mais M. de *Tillemont* ne se
rendant point à ses raisons, ajoûta
à la fin du second tome de ses Mémoires une longue lettre où il com-
bat fortement le P. *Lamy* sur ce qui
regarde la Pâque de J. C. Cette suite
est une réplique à cette lettre.

16. *Suite* (quatriéme) *du Traité*
Historique de la Pâque des Juifs. Re-
flexions sur le systême de Louis de Leon
touchant la derniere Pâque de J. C.
nouvellement proposé par le R. P. Da-
niel avec les preuves des deux prisons
                                    de

de S. Jean-Baptifte mifes en ordre Geo- B. LAMY.
metrique. Paris 1695. *in* 12. *Louis de
Leon* Efpagnol , Ermite de S. Au-
guftin , publia en 1590. à *Salaman-
que* , où il étoit Profeffeur en Theologie , un ouvrage *in* 4o. intitulé :
*De Utriufque Agni Typici ac veri im-
molationis legitimo tempore* , où il prétend prouver que J. C. fit la Pâque
legale au commencement du quatorziéme jour de la Lune ou à la fin
du treiziéme. Les preuves qu'il ap-
porte pour montrer qu'il ne fit pas
la Pâque à la fin du quatorziéme
lui font communes avec le P. *Lamy.*
Mais ce qu'il prétend que le temps
ordonné par la Loy pour immoler la
Pâque étoit le commencement du
quatorze ou le foir du treize lui eft
particulier. Le P. *Daniel* a crû ce
fyftême fi propre à fauver toutes les
difficultez que l'on peut avoir fur
cette matiere , qu'il a jugé à propos
de donner une traduction Françoife
de l'ouvrage Latin , & d'y ajoûter
fes propres Reflexions. Le P. *Lamy*
n'y a pas cependant trouvé des raifons affez fortes pour s'y rendre ,
puifqu'il s'eft propofé de les refu-

B. LAMY. ter dans cette quatriéme suite.

17. *Réponse à une Lettre de M. Pienud* inferée dans le Journal des Savans du 21. Mars 1695. M. *Pienud* Professeur d'Humanitez au College d'Harcourt a été le premier qui ait combatu les opinions du P. *Lamy* par des livres imprimez. Car il publia en 1690. une *Dissertation sur la prison de S. Jean-Baptiste, & sur la derniere Pâque de J. C. Paris in* 12. Après avoir gardé long-temps le silence, il le rompit en faisant inferer dans le Journal des Savans du 24. Janvier 1695. une lettre où il lui porte de nouveaux coups; mais à laquelle le P. *Lamy* opposa cette réponse.

18. *Suite (cinquiéme) du Traité Historique de la Pâque des Juifs. Reflexions sur la lettre d'un Docteur de Sorbonne à un Docteur de la même maison, & sur l'Histoire Evangelique du R. P. Pezron. Paris* 1696. *in* 12. Le P. *Lamy* défend ici son systéme contre une lettre de M. *Witasse*, & contre le P. *Pezron*, qui dans son *Histoire Evangelique* a suivi un systê-me à peu près semblable à celui du

P. *Hardouin*. La difpute n'alla pas B. LAMY. plus loin avec le P. *Rezron* ; mais M. Witaffe n'en demeura pas là. Il répondit aux Reflexions du P. *Lamy* par une lettre inferée dans les 34e. & 35e. Journaux des Savans de l'an 1696

19. *Lettre pour fervir de réponfe à un Memoire* (de M. Witaffe) *inferé dans le Journal des Savans.* Cette lettre qui fe trouve auffi dans le même Journal du 10. & du 17. Decembre 1696. n'eft pas demeurée fans replique ; M. Witaffe y en a oppofé une qui fe trouve dans le huitiéme Journal de l'année 1697.

20. *Replique à la lettre de M. Witaffe*, inferée dans le Journal des Savans du 20. Mai 1697. C'eft la derniere piéce de la difpute que le P. *Lamy* a eûe avec ce favant Docteur.

21. *Suite* (fixiéme) *du Traité Hiftorique de la Pâque des Juifs. Lettres au R. P. D. G. B. Benedictin de la Congregation de S. Maur, au fujet de fes Reflexions fur le fyftême du P. Lamy. Paris* 1698. *in* 12. Ces deux lettres qui avoient paru auparavant dans

B. LAMY. le Journal des Savans du 9e. & 16e.
Decembre 1697. font contre un ouvrage du P. *Guillaume Beſſin* publié
à *Rouen* en 1697.

22. *Apparatus Biblicus , ſive manu-*
ductio ad Sacram ſcripturam tum cla-
rius , tum facilius intelligendam. No-
va editio aucta & locupletata omnibus
quæ in apparatu Biblico deſiderari poſ-
ſunt. Lugduni 1696. *in* 80. It. *Jenæ*
1709. *in* 12. It. *Amſtelodami* 1710.
in 12. Cet Ouvrage ne parut d'abord
qu'en tables. Mais les differentes éditions qu'on en a faites ayant fait connoître au P. *Lamy* que ſon ouvrage
étoit de quelque utilité , il l'a revû,
& lui a donné une autre forme. Les
mêmes matieres ſont traitées avec
bien plus d'étendue dans ce nouvel
ouvrage , & l'Auteur y a ajoûté pluſieurs choſes dont il n'avoit rien dit
dans le précedent. Il y a eu deux
traductions Françoiſes de ce livre. La
premiere ſous ce titre : *Apparat de*
la Bible , ou introduction à la lecture de
l'Ecriture Sainte , traduite du Latin du
P. Lamy. Paris 1697. *in* 12. Cette traduction eſt de l'Abbé de *Bellegarde,*
qui par là s'eſt attiré des plaintes de la

part du P. *Lamy* & du Libraire, qui a B. LAMY.
fait les deux premieres éditions
Françoises de l'Introduction. Le premier a prétendu qu'étant à la porte
de *Paris*, M. de *Bellegarde* ne devoit
pas travailler fur fon ouvrage fans
lui en faire honnêteté, il s'est plaint
outre cela que le Traducteur a travaillé avec un peu trop de negligence
& de précipitation. Le Libraire de
fon côté a foutenu que c'est un vol
qu'on lui a fait, qu'il n'y a que les
additions du P. *Lamy*, qui ayent été
traduites par l'Abbé, & que le reste
étoit mot à mot la même version,
dont ce Libraire avoit donné deux
éditions au Public; en forte que M.
de *Bellegarde* ayant déja trouvé les
deux tiers du livre traduits, est devenu Auteur à bon marché. La deuxiéme traduction est intitulée : *Introduction à l'Écriture Sainte, où l'on
traite de tout ce qui concerne les Juifs,
&c.* Lyon 1699. *in* 4º. It. *nouvelle
édit. revûe & aug.* Lyon 1709. *in* 4º. It.
Lyon 12. Le P. *Lamy* n'a reconnu que
cette traduction pour la veritable traduction de fon ouvrage, parce que
M. *Boyer* Chanoine de *Montbrison*

B.LAMY. qui en est l'Auteur, la lui ayant communiquée avant que de la donner à l'Imprimeur, & l'en ayant laissé le maître, il en a usé avec la liberté qu'on lui a donnée ; il a changé ce qu'il a jugé à propos, a retranché tout ce qui lui paroissoit superflu dans le Latin, & a ajoûté ce qui y manquoit, & ce que la meditation & la lecture lui avoient fait découvrir de nouveau. L'Auteur travailloit sur la fin de sa vie à une nouvelle édition Latine du même ouvrage, qu'il avoit depuis fort augmentée.

23. *Commentarius in Harmoniam sive Concordiam quatuor Evangelistarum, cum apparatu Chronologico & Geographico. Paris 1699. in 40. 2. vol.*

24. *Défense de l'ancien sentiment de l'Eglise Latine touchant l'Office de Sainte Madelaine, ou suite de la Dissertation Latine sur le même sujet, imprimée dans le Commentaire sur l'Evangile. Rouen 1699. in 12.* Le P. Lamy a crû devoir ajoûter cette défense à ce qu'il avoit déja dit dans le 1. tome de son Commentaire sur l'Harmonie Evangelique pour l'unité des Maries,

afin de répondre à un ouvrage intitu- B. LAMY, lé: *Differtation fur Sainte Marie Ma-delaine, pour prouver que Marie Made-laine, Marie fœur de Marthe, & la femme pechereffe font trois femmes diffe-rentes. Par le fieur Anquetin Curé des Lyons. Rouen* 1699. *in* 12. M. *Anque-tin* a oppofé à cette défenfe des *Let-tres écrites fous le nom d'un Ecclefiafti-que de Rouen,* & imprimées à *Rouen* en 1699. *in* 12. Tous ces écrits n'ont point fait changer de fentiment au P. *Lamy,* quoiqu'il n'ait pas jugé à propos de repliquer davantage.

25. *Methode de lire l'Ecriture en une année. Paris* 1700. *in* 80. Cette methode eft tirée de l'Apparat de la Bible.

26. *Traité de Perfpective où font con-tenus les fondemens de la Peinture. Pa-ris* 1701. *in* 80. *pp.* 227. Ce traité eft court & clair. L'Auteur l'avoit com-mencé il y avoit plus de trente ans, & il ne l'a repris que pour travailler avec plus de fuccès à fon ouvrage fur le Temple de Salomon.

27. *De Tabernaculo Fœderis, de Sancta Civitate Jerufalem, & de Tem-plo, libri feptem. Paris* 1720. *in fol.* Le

B. LAMY. Pere *Lamy* a travaillé pendant trente ans à cet ouvrage. Il en a publié un projet en 1697. esperant pouvoir le publier alors, cependant il n'a été donné au public que quelques années après sa mort ; il y a de grandes recherches, & les figures dont il est rempli sont fort bien gravées.

Le Pere *Lamy* a laissé outre cela deux ouvrages imparfaits. Le premier est une *Histoire* Latine *de la Theologie Scholastique.* Il y recherche la naissance des diverses opinions de l'Ecole. Il vouloit dresser & y inserer un catalogue chronologique des livres de Theologie composez par les Scholastiques ; mais ses autres travaux l'ont empêché de s'appliquer à celui-là. Le second est un Traité *De Jesu Christo Homine Deo.*

V. sa vie à la tête de son livre *de Tabernaculo Fœderis,* & *du Pin Bibl. des Aut. Ecclesiast.*

GASPAR BARTHOLIN.

GASPAR *Bartholin* nâquit le 12. Fevrier 1585. à *Malmoé*, Ville de la Province de Schonen, qui appartenoit alors au Danemarc, & où fon pere étoit Miniftre. Il fit connoî- tre dès l'âge de trois ans ce qu'on devoit attendre de lui, puifqu'il ne lui fallut que quatorze jours pour apprendre parfaitement à lire. *Brochmand*, qui rapporte ce fait, en dé- bite un autre qui trouvera bien des incredules; c'eft que lorfqu'il com- mença à parler, il fut un an à pro- noncer des mots extraordinaires en- tierement differens de ceux qu'il pou- voit entendre des perfonnes qui avoient foin de lui, & parmi lefquels on en reconnut plufieurs qui étoient Hebreux.

Il fe trouva fi avancé à l'âge de treize ans, qu'il compofoit des dif- cours en Latin & en Grec, & les recitoit dans des affemblées avec une grande prefence d'efprit. Il étoit alors en état d'aller vifiter les Académies,

G. BAR-
THOLIN.

mais ses parens le trouvant encore
trop jeune pour cela, voulurent qu'il
attendit quelques années.

Quand il eut près de dix-huit ans
il alla étudier dans l'Université de
Copenhague, d'où il passa en 1603. à
Rostoc & ensuite à *Wittemberg*. Il demeura trois ans dans cette derniere
Ville, & s'y appliqua à la Philosophie & à la Theologie avec une telle
ardeur, qu'il se levoit toûjours avant
le jour, & ne se couchoit que très
tard. Ces études finies il fut reçû
Maître és Arts en 1607. à l'âge de
22. ans, & non pas à 20. ans, comme disent *Brochmand* & *Vindingius*,
qui oublient qu'ils ont mis sa naissance en 1585.

Bartholin commença alors à voyager, suivant la coutume de son pays;
après avoir parcouru une partie de
l'Allemagne, la Flandre & la Hollande, il passa en Angleterre, d'où il
retourna en Allemagne, pour aller
ensuite en Italie. Il reçût par tout
des marques de distinction, on lui
offrit même à *Naples* une Chaire d'A-
natomie; car la Medecine avoit fait
depuis son départ de *Wittemberg* le

principal objet de fes études, & il
n'avoit rien oublié pour s'y perfectionner dans les differentes Univer-
fitez par lefquelles il avoit paffé ; mais
il refufa ce pofte malgré les condi-
tions avantageufes qu'on lui offroit.

G. BAR-
THOLIN.

Il vint enfuite en France, où on
tâcha de le retenir à *Sedan* en lui donnant uneChaire deProfeffeur en Langue Greque ; mais il refufa encore
cette place ; & après avoir été jufqu'aux frontieres d'Efpagne, il retourna en Italie dans le deffein d'a-
chever de fe perfectionner par la pratique dans la fcience de la Medecine.
Il alla pour cela à *Padoue*, où il s'appliqua avec beaucoup de foin à l'a-
natomie & à la diffection des corps.

Après quelque féjour en ce lieu, il
retourna à *Bafle* où il avoit déja étudié quelque temps en Medecine, &
Gafpar Bauhin lui donna le Bonnet
de Docteur en cette Faculté en 1610.
Dès qu'il l'eût reçû, il fe rendit à
Wittemberg, où il pratiqua quelque
temps la Medecine. Mais on ne le
laiffa pas long-temps dans cette Ville; fa patrie avoit des droits fur lui,
& il étoit jufte qu'il employa pour

L ij

G. BAR-
THOLIN.

elle la science qu'il avoit acquise. Le Roi de Danemarc *Christian IV.* ayant entendu parler de lui, lui donna une Chaire de Professeur en Langue Latine à *Copenhague.*

Mais il ne la conserva pas long-temps; car au bout de six mois, c'est-à-dire en 1613. on le fit Professeur en Medecine; qualité qui lui convenoit beaucoup mieux, & pour laquelle il avoit plus d'inclination; il demeura dans ce poste pendant onze ans, au bout desquels il tomba dans une maladie violente qui fit desesperer de sa vie. Se voyant à l'extrêmité, il promit à Dieu de ne plus s'appliquer à d'autre étude qu'à celle de la Theologie, s'il lui plaisoit de lui rendre la santé. Il guerit & tint sa promesse.

Conrad Aslach Professeur en Theologie étant mort quelque tems après, on lui offrit sa place, & il en prit possession le 12. Mars 1624. Mais sa santé étoit toûjours chancelante, & il ne pût long-temps resister à la foiblesse de son temperament. Une colique violente le réduisit à une telle extrêmité, qu'il en mourut à *Sora;*

où il étoit allé conduire ſon fils aîné, G. BAR-
le 13 Juillet 1629. dans ſa quarante- THOLIN.
cinquiéme année.

Le Roy de Danemarc lui avoit
donné quelque temps auparavant un
Canonicat de *Roſchild*.

Il avoit épouſé en 1612. *Anne
Finck* fille d'un Profeſſeur en Medecine de *Copenhague*, dont il a eu ſix fils
& une fille. Les fils ſont, 1. *Bar-
tole*, Profeſſeur Royal. 2. *Thomas*,
Docteur & Profeſſeur en Medecine.
3. *Caſpar*, Docteur en Droit. 4.
Albert, Recteur de l'Ecole de *Fride-
richbourg*. 5. *Jacques*, qui mourut
en Allemagne, lorſqu'il étoit prêt à
partir pour *Sora*, dont on l'avoit
nommé Profeſſeur. 6. *Eraſme*, Docteur & Profeſſeur en Medecine.

Catalogue de ſes Ouvrages.

1. *Threnologia in obitum Annæ Ca-
tharinæ Reginæ Daniæ. Francofurti
1614. in 4o.*

2. *Oratio de Ortu, Progreſſu &
incrementis Academiæ Haunienſis.
Haunia 1620. in 4o.* It. *Witteberga
1645. in 4o.* On a joint à ce diſcours
la liſte des Recteurs & des Profeſſeurs
de l'Univerſité de *Copenhague*. de-

G. BAR- puis l'an 1540. jusquen 1620.
THOLIN.

3. *Rhetorica Major. Hafniæ in 12.* Cet ouvrage de même que les trois suivans, ont été réimprimez plusieurs fois.

4. *Rhetorica Minor. Hafniæ in 8°.*

5. *Oratoria Major. Hafniæ in 12.*

9. *Oratoria Minor. Hafniæ in 8°.*

7. *Epigrammata extemporanea & Fasciculus Carminum. Hafniæ* 1621. *in* 12.

8. *Janitores Logici bini. Hafniæ* 1612. *in* 12.

9. *Disputatio Logica de genere Syllogismi contra Scherbium. Hafniæ* 1622. *in* 12.

10. *De Quæstionibus Mixtis contra Kekermannum. Hafniæ in* 12. Tous ces ouvrages sont peu considerables, de même que les suivans.

11. *Logica Major locupletata. Hafniæ* 1625. *in* 80. Elle avoit paru auparavant sous le titre d'*Enchiridion Logicum. Argentorati* 1608. *&* 1621. *in* 12.

12. *Logica Minor. Hafniæ in* 80.

13. *Metaphysica Major. Hafniæ in* 80.

14. *Metaphysica Minor, seu En-*

Chiridion Metaphyficum. Argentorati G. BAR-
in 12. 1611. 1619. *& Francof. in* 80. THOLIN.

15. *Enchiridion Ethicum. Hafniæ
in* 12.

16. *Præcepta Phyfica breviter expli-
cata. Hafniæ in* 12.

17. *Difputatio Phyfica Bafileenfis.
. Bafileæ in* 4°. *Hafniæ in* 12.

18. *De Principiis rerum naturalium
Opufculum. Hafniæ* 1622. *in* 12.

19. *De natura Opufculum. Hafniæ*
1621. *in* 12.

20. *De Mundo Tractatus. Witter-
bergæ in* 40. *Hafniæ in* 80.

21. *Syftema Phyficum. Hafniæ* 1628.
in 4°. C'eft un recueil de dix ouvrages qui avoient déja paru feparement,
& dont voici les titres. 1. *Phyfica
generalis Major. Hafniæ in* 8°. 2.
Uranologia. Hafniæ in 80. 3. *Aftro-
logia. Hafniæ in* 8°. *Wittebergæ in* 4°.
4. *De elementis in genere, & in fpe-
cie, de terra, aere & igni inftitutio
Phyfica. Hafniæ.* 5. *De Aquis libri
duo. Hafniæ in* 8°. 6. *De Mixtione
liber unus. Ibid. in* 80. 7. *De Me-
teoris libri quatuor. Ib. in* 80. 8. *De
Rerum Naturalium perfecte Mixta-
rum qualitatibus manifeftis & occultis*

L iiij

G. BAR- *libri duo. Hafniæ in* 80. 9. *De Cor-*
THOLIN. *poribus perfecte mixtis inanimatis, seu*
Metallis, lapidibus & mineralibus.
Ibid. in 80. 10. *De anima exercita-*
tio. Hafniæ in 80. *& Witteberga in*
40. Ces petits ouvrages ont été réimprimez plusieurs fois.

22. *De lapide Nephritico Opuscu-*
lum Physico Medicum, ubi simul de
amuletis omnibus præcipuis. Hafniæ
1627. *in* 80.

23. *De Unicornu Opusculum. Haf-*
niæ 1627. *in* 80.

24. *De Pigmæis Opusculum. Hafniæ.*
in 80.

25. *De Studio Medico inchoando &*
absolvendo consilium. Hafniæ in 80.
imprimé plusieurs fois.

26. *Institutiones Anatomicæ corpo-*
ris humani utriusque sexus Historiam
exhibentes cum plurimis novis observa-
tionibus, & opinionibus, nec non il-
lustriorum quæ in Anthropologia oc-
currunt controversiarum decisionibus.
Witteberga 1611. *in* 80. It. *Argen-*
gentorati 1626. *in* 12. It. *Rostochii*
1626. *in* 12. It. *Goslariæ* 1632. *in* 80.
Ces Institutions de *Gaspar Bartholin*
ont été revûes & augmentées par son

fils *Thomas* , & imprimées plufieurs G. BAR-
fois avec fes additions fous le titre THOLIN.
d'*Anatomia reformata.*

27. *Controverfiæ Anatomicæ & affi-
nes nobiliores & rariores. Goflariæ* 1631.
in 80.

28. *Paradoxa Medica* 240. *Bafileæ in* 40.

29. *Problematum Philofophicorum
& Medicorum nobiliorum & rariorum
exercitationes decem, difputatæ in Academia Wittebergenfi. Wittebergæ in* 40.

30. *Difputationes Philofophicæ &
Medicæ decem publice in Academia
Hafnienfi difputatæ. Hafniæ in* 40.

31. *Syntagma Medicum & Chirur-
gicum de cauteriis præfertim poteftate
agentibus, feu ruptoriis. Hafniæ* 1642.
in 40.

32. *De Aere peftilenti corrigendo
confilium. Hafniæ in* 80. *& in* 40.

33. *De Luthero Panegyricus. Hafniæ
in* 40.

34. *Inftruction fur la Cene* (en Danois) *Copenhague* 1631. *in* 12.

35. *Manuductio ad veram Pfycho-
logiam ex Sacris fcripturis. Hafniæ
in* 80.

36. *De natura Theologiæ. Hafniæ* 80.

G. BAR-
THOLIN.

37. *De Partitionibus Scriptura Sacræ.* *in 4º.*

38. *Confilium de ftudio Theologico inchoando & continuando. Hafniæ 1628. in 8º.*

39. *Meditation fur l'Oraifon Domi-nicale* (en Langue Danoife.) *Copen-hague in 12.*

40. *Traité des deux Natures de Je-fus-Chrift* (en Langue Danoife.) *Co-penhague 1631. in 12.*

41. *De la Guerre.* (En Danois.) *Copenhague in 12.*

42. *De la Vifitation de la Vierge.* (En Danois.) *Copenhague 1628. in 12.*

43. *De la Benediction d'Aaron.* (En Danois.) *Copenhague 1631. in 12.*

Les meilleurs de tous ces ouvra-ges font ceux qui traitent de l'Ana-tomie , que *Bartholin* avoit cultivée avec plus de foin que les autres fcien-ces; encore a-t-on fait depuis lui beaucoup de découvertes qui font re-chercher d'avantage les ouvrages de ceux qui l'ont fuivi.

V. fon Oraifon funebre par *Gaf-par Erafme Brochman* Profeffeur en Theologie à *Copenhague* dans les *Me-*

moriæ Medicorum Henningi Witten. G. BAR-
L'Histoire de l'Université de *Copen-* THOLIN.
hague par *Erasme Windinguis. Al-*
berti Bartholini de scriptis Danorum
liber.

THOMAS BARTHOLIN.

THOMAS *Bartholin* fils de *Gas-* THOMAS
par dont je viens de parler, nâ- BARTHO-
quit à *Copenhague* le 20. Octobre LIN.
1616. Après avoir étudié dans sa patrie en Philosophie, en Theologie &
en Medecine, il alla en 1637. à *Leyde*
avec son frere aîné *Barthole* , & étudia de nouveau pendant trois ans en
Medecine ; l'application qu'il y donna ne l'empêcha pas de se perfectionner dans la Philologie sous les savans
Saumaise, Heinsius, Vossius, Golius,
Boxhornius , & de donner même
quelque temps à l'étude de la Langue
Arabe , & de la Jurisprudence.

Il voyagea ensuite en France, &
y passa deux ans , tant à *Paris* qu'à
Montpellier, pour profiter des lumieres des habiles Medecins de ces deux
Universitez. Il alla de là en Italie

avec son frere , & demeura trois ans
à *Padoue* , où il s'appliqua avec beaucoup de soin à l'Anatomie , à la Bo-
tanique & à la pratique de la Medecine. Il fut honoré en ce lieu de la
Charge de Proreéteur de l'Université
qui lui fut conferée le 26. Novembre 1642. & *Jean François Loreda-
no* Chef de l'Academie de Venise ap-
pellée *Degli Incogniti* lui procura une
place dans cette Academie.

A près avoir parcouru toute l'Italie , il alla à *Naples* , d'où il passa en
Sicile & à Malthe , visitant par tout
les Medecins les plus renommez.
Cette tournée faite , il revint à *Padoue* , & se rendit ensuite à *Basle* , où
Jean Gaspar Bauhin lui donna le Bonnet de Doéteur en Medecine le 14.
Oétobre 1645.

Il ne songea plus après cela qu'à
revoir sa patrie , où il retourna l'année suivante. Il n'y demeura pas
long-temps sans emploi ; car *Chris-
tophe Longomontan* fameux Mathematicien étant mort en 1647. on lui
donna sa place ; mais il avoit trop
d'inclination pour l'Anatomie & la

Medecine, pour pouvoir ſe borner
aux Mathematiques ; on ſeconda ſes
inclinations, en lui donnant encore
en 1648. une Chaire d'Anatomie,
qu'il a rempli pendant treize ans avec
beaucoup d'aſſiduité & d'application.
On lui eſt redevable de pluſieurs découvertes, entre autres de celles des
veines lactées, & des vaiſſeaux lym-
phatiques, comme on peut le voir
par ſes ouvrages.

Il ſe maria en 1649. & ſon mariage n'a pas été ſterile, puiſqu'il a eu
quatre filles & trois fils, *Gaſpar* Profeſſeur en Medecine, *Chriſtophe* Profeſſeur en Mathematique, & *Thomas*
qui l'a été en Hiſtoire.

Olaus Wormius Recteur de l'Univerſité de *Copenhague* & Profeſſeur
en Medecine étant mort en 1654.
Thomas Bartholin fut mis à ſa place ;
& il devint en 1656. par la mort de
Thomas Finck ſon ayeul maternel
Doyen de la Faculté de Medecine.

Son application au travail lui procura de bonne heure des infirmitez,
qui lui firent ſouhaiter en 1661 d'ê-
tre déchargé de ſes emplois ; le Roy

T. BAR-
THOLIN.

de Danemarc en lui accordant sa
demande lui conserva la qualité de
Professeur honoraire, & lui laissa la
liberté de vivre uniquement pour
lui même, après avoir vêcu si long-
temps pour les autres.

Il acheta la terre d'*Hagested* près
de *Copenhague*, où il se retira avec
sa famille pour y passer le reste de ses
jours éloigné du tumulte & du fra-
cas de la Ville. Un accident vint
troubler en ce lieü sa tranquillité. Le
feu prit en 1670. à son Château, &
réduisit en cendres sa Bibliotheque,
qu'il avoit ramassée avec beaucoup
de soin, & tous ses papiers & ses
manuscrits. Quoique cette disgrace
fût une des plus considerables qui
puisse arriver à un savant, il la soutint avec une grande constance.

Le Roy de Danemarc pour le dé-
dommager de ses pertes, lui accorda
une exemption de tout impôt pour
ses biens & ses terres, lui donna la
qualité de son Medecin avec une forte pension, & le fit son Conseiller.
L'Université de *Copenhague* ne s'in-
teressa pas moins à son affliction, &
le nomma en 1672. son Bibliothe-

caire, afin qu'il retrouva dans la Bi- **T. BAR-**
bliotheque publique ce qu'il avoit **THOLIN.**
perdu dans la fienne.

Il eft mort le 4. Decembre 1680.
âgé de 64. ans, étant Recteur de
l'Univerfité pour la quatriéme fois.
Mercklinus s'eft trompé lourdement
dans fes additions aux Auteurs Medecins de *Van-der-Linden* en le faifant mourir en 1665. à l'âge de 49.
ans.

On a remarqué en lui une fuperfti-
tion, qui paroît indigne d'un homme fi habile ; c'eft qu'il croyoit que
le précepte de s'abftenir du fang des
animaux obligeoit encore les Chrétiens, & qu'il fe conformoit avec
obftination à cette croyance.

Catalogue de fes Ouvrages.

1. *Anatomia Cafpari Bartholini
Parentis novis obfervationibus primum
locupletata. Lugduni Batavorum 1641.
in 8o. Secundum locupletata. Lugd.
Batav. 1645. in 8o. It. traduite en
François fur cette feconde édition par
Abraham du Prat. Paris 1647. in 4o.
Tertium ad Sanguinis circulationem
reformata cum novis Iconibus. Lugd.
Batav. 1651. in 8o. Haga Comit. 1655.*

**T. BAR-
THOLIN.**

& 1660. *in* 8°. It. traduite en Flamand fur cette troifiéme édition par
Thomas Staffart. Leyde 1653. *in* 80.
& *la Haye* 1658. *in* 80. It. *Lagæ Comit.* 1663. *in* 80. It. *Acceffit Appen-
dix Thomæ Bartholini de lacteis Thoracicis , & Vafis lymphaticis. Lugd.
Bat & Roterodami* 1669. *in* 8°. It.
*Iterum ad circulationem Harueianam
& Vafa lymphatica renovata. Cum
Iconibus novis. Lugd. Bat.* 1673. *in*
8°. It. *Lugd.* 1676. *in* 4°. Les nouvelles découvertes de *Bartholin* dans
l'Anatomie ont produit les divers
changemens qui fe font faits dans
ces éditions , & qui rendent les dernieres meilleures que les précedentes.

2. *Anatomica Anevryfmatis diffecti
Hiftoria. Accedit Joannis van Horne
ejufdem argumenti epiftola. Panormi*
1644. *in* 40. It. *Lugduni* 1648. *in* 80.
Bartholin publia cet ouvrage pendant
fon féjour en Sicile ; ce qui fait voir
qu'il ne demeuroit point oifif dans
les lieux où il paffoit , mais qu'il
mettoit tout fon temps à profit.

3. *De Unicornu obfervationes novæ.
Accefferunt de aureo cornu Olai Wormii eruditorum judicia. Patavii* 1645.
in 80.

in 8o. It. 2a. *editio auctior & emenda-
tior opera Caſpari Bartholini filii· Amſtelod.* 1677. *in* 12.

4. *De Monſtris in natura & Me-
dicina. Baſileæ* 1645. *in* 4°.

5. *De Angina Puerorum Campaniæ
Siciliæque Epidemica exercitationes;
ſive Commentarius in Marci Aurelii
Severini Pædanchonen. Acceſſit de
Laryngotomia Renati Moreau, Pari-
ſienſis, Epiſtola. Pariſiis* 1646. *in* 8o.
It. *Neapoli* 1653. *in* 8o.

6. *De Latere Chriſti aperto Diſſer-
tati. Lug. Bat.* 1646. *in* 8°. L'Auteur examine en Medecin tout ce qui
peut avoir rapport à ce ſujet.

7. *Antiquitatum veteris puerperii
ſynopſis, operi magno ad eruditos præ-
miſſa. Hafniæ* 1646. *in* 8o. 2a. *Editio
à filio Caſparo Bartholino Commentario illuſtrata. Amſtelod.* 1676. *in* 12.

8. *De luce Animalium libri tres
admirandis Hiſtoriis rationibuſque novis referti. Lugduni Bat.* 1647. *in* 8°.
It. *Recogniti. Accedit Conradi Geſ-
neri de raris & admirandis Herbis quæ,
ſive quod noctu luceant, ſive alias ob
cauſas Lunariæ nominantur, & obi-
ter de aliis etiam rebus quæ in tenebris*

Tome VI.   M

T. BAR-*lucent commentariolus Hafniæ* 1663.
THOLIN. *&* 1669. *in* 80. Cet ouvrage est assez
curieux & savant, selon *Morhof*,
mais ce que l'Auteur y dit des causes
de la lumiere des corps dont il parle
n'est gueres satisfaisant.

9. *De Armillis veterum , præsertim*
Danorum Schedion. Hafniæ 1648. *in*
80. It. *Amstelodami* 1676. *in* 12. La
matiere des Bracelets est épuisée dans
ce petit traité.

10. *Anatomicæ Vindiciæ Cl. V.*
Casp. Hoffmanno aliisque opposita, cum
animadversionibus in Anatomica Hof-
manni. Hafniæ 1648. *in* 40.

11, *De variis Reipublicæ Christianæ*
morbis & placidis eorum remediis Dis-
sertatio Oratoria. Hafniæ 1649. *in* 40.
L'Auteur paroît s'être diverti à appliquer dans cet ouvrage à la politique & à la morale ce qui appartient
à la medecine.

12. *Collegium Anatomicum Dispu-*
tationibus 18. *adornatum. Hafniæ* 1651.
in 40.

13. *De Cruce Christi Hypomnemata*
IV. 1a. *de Sedili medio* 2a. *de vino*
myrrhato, 3a. *de corona spinea*, 4a.
de sudore sanguineo. Hafniæ 1651. *in*

80. *cum Lipſii & aliorum Tractatibus de Cruce.* Amſtelodami 1671. *in* 12.

14. *De lacteis Thoracicis in homine brutiſque obſervatis Hiſtoria Anato-mica.* Hafniæ 1652. *in* 40. It. *Londini* 1652. *in* 8°. It. *Pariſ.* 1653. *in* 8°. It. *Genevæ* 1654. *in* 8°. It. *Lugd. Bat.* 1654. *in* 12. It. *Ultrajecti* 1654. *in* 12. It. dans le recueil intitulé : *Sibol-di Hemſterhuis Meſſis Aurea.* Heidel-bergæ 1659. *in* 8°. It. avec les Opuſ-cules ſuivans. *Hafniæ* 1670. *in* 80. La découverte des veines lactées eſt dûe à *Bartholin.*

15. *De lacteis Thoracicis dubia Ana-tomica, & an Hepatis unus immutet medendi methodum.* Hafniæ 1653. *in* 4°. It. *Pariſ.* 1653. *in* 8°. It. dans la *meſſis Aurea Hemſterhuis.* Heidel-bergæ 1659. *in* 8°. It. parmi les Opuſ-cules de *Bartholin.* Hafniæ 1670. *in* 8°.

16. *Vaſa lymphatica nuper Hafniæ in animalibus inventa, & Hepatis exe-quiæ.* Hafniæ 1653. *in* 4°. It. *Pariſiis* 1653. *in* 8°. It. dans le Recueil d'*Hemſterhuis*, & avec les Opuſcules de *Bartholin*, de même que le ſui-vant.

17. *Vaſa lymphatica in homine*

T. BAR-   *inventa. Hafniæ* 1654. *in* 4°.

THOLIN.   18. *Defensio vaforum lacteorum &*
lymphaticorum adverfus Joan. Riola-
num. Hafniæ 1655. *in* 4°. It. avec les
Opufcules de *Bartholin.*

19. *Examen lactearum contra Rio-*
lanum & Harveium. Hafniæ 1655. *in*
4°. It. *Francofurti* 1656. *in* 4°. avec
les Opufcules.

20. *Spicilegium primum ex vafis*
lymphaticis, ubi Gliffonii & Pecqueti
fententiæ expenduntur. Hafniæ 1655.
& 1658. *in* 4°. It. *Roftochii* 1660.
in 4°. It. *Amftelodami* 1661. *in* 12.
It. avec les Opufcules.

21. *Spicilegium fecundum ex vafis*
lymphaticis ubi Cl. Vir. Backii, Cat-
tierii, le Noble, Tardy, Wartoni,
Charletoni, Bilfii, &c. Sententiæ ex-
penduntur. Hafniæ 1660. *in* 4°. It.
Amftelod. avec le fpicilege précedent
par les foins de *Gerard Blafius* Profeffeur en Medecine à *Amfterdam*
1661. *in* 12. It. parmi les Opufcules.

22. *Differtatio Anatomica de He-*
pate defuncto novis Bilfianorum obfer-
vationibus oppofita. Hafniæ 1661. *in*
8°. It. parmi les Opufcules.

23. *Refponfio de experimentis Ana-*

tomicis Bilfianis, & difficili Hepatis T BAR=
refurrectione. Hafniæ 1661. *in* 8°. It. THOLIN.
Amftelod. 1661. *in* 12. It. parmi les
Opufcules.

24. *Opufcula nova Anatomica de
lacteis Thoracicis & lymphaticis vafis
uno volumine comprehenfa & ab Autore aucta & recognita. Hafniæ & Amftelodami* 1670. *in* 8°. C'eft un Recueil
des ouvrages précedens.

25. *Paralytici novi Teftamenti Medico & Philologico commentario illuftrati. Hafniæ* 1653. *in* 40. It. *Bafileæ*
1662. *in* 40. It. *Lipfiæ* 1685. *in* 80.

26. *Oratio in obitum* D. O!ai Wor-
mii. Hafniæ 1655. *in* 4°. It. dans le
Recueil de fes Difcours.

27. *Difpenfatorium Hafnienfe à
Medicis Hafnienfibus adornatum, &
à Thoma Bartholino publici juris fac-
tum. Hafniæ* 1658. *in* 4°.

28. *Oratio in obitum Henrici Fui-
ren, Medici. Hafniæ* 1659. *in* 80. It.
dans le Recueil de fes Difcours.

29. *Hiftoriarum Anatomicarum &
Medicarum rariorum centuria prima
& fecunda. Hafniæ* 1654. *in* 8°. It.
Hagæ Comit. 1654. *in* 80. Ces Hif-
toires qui font fort curieufes ont été

T. BAR-traduites en Allemand & en Fla-
THOLIN. mand.

30. *Historiarum Anatomicarum Centuria III. & IV. Accesserunt Bartholini cura observationes Anatomicæ
Petri Pawi. Hafniæ* 1657. *in* 80.

31. *Historiarum Anatomicarum &
Medicarum Centuria V. & VI. Accessit Joannis Rhodii Mantissa Anatomica. Hafniæ* 1661. *in* 80.

32. *Panegyricus Aug. Regi Daniæ
Frederico III. primo Regnorum feredi
publice Academiæ nomine dictas. Hafniæ* 1660. *in fol.*

33. *De Nivis usu Medico observationes variæ. Accessit Erasmi Bartholini de figura nivis dissertatio. Hafniæ*
1661. *in* 80. *Bartholin* a joint à cet
ouvrage un catalogue de tous les Ouvrages, qu'il avoit déjà donné au
public.

34. *Disputationes variæ Medicæ
Hafnienses. Hafniæ in* 40.

35. *Cista Medica Hafniensis, variis consultationibus, casibus rariori-
bus, vitis Medicorum Hafniensium,
aliisque ad rem Medicam, Anatomi-
cam, Botanicam & Chymicam spectan-
tibus referta. Accedit ejusdem domus*

Anatomica breviffime defcripta. Haf- **T. BAR-**
nia 1662. *in* 80. **THOLIN.**

36. *De Pulmonum fubftantià &*
motu diatribe Accedunt Marcelli
Malpighii de pulmonibus obfervationes
Anatomicæ. Hafniæ 1663. *in* 80. It.
Lugd. Bat. 1672. *in* 12.

37. *Epiftolarum Medicinalium à*
Doctis vel ad Doctos fcriptarum Cen-
turia 1. *&* 2a. Hafniæ 1663. *in* 80.
Centuria III. Hafniæ 1667. *in* 80.
Centuria IV. Hafniæ 1667. *in* 80. Ces
Lettres font curieufes & remplies de
bonnes chofes.

38 *De Infolitis partus humani viis*
Differtatio nova. Accedunt Johannis
Veflingii de Pullitione Ægyptiorum,
& aliæ ejufdem obfervationes Anato-
micæ & Epiftolæ Medicæ pofthumæ.
Hafniæ 1664. *in* 80.

39. *De Cometa confilium Medicum,*
cum monftrorum nuper in Dania nato-
rum Hiftoria. Hafniæ 1665. *in* 80.
L'Auteur en comparant dans cet ouvrage les cometes aux abcès qui fe
forment dans le corps humain, paroît avoir eu plûtôt deffein de fe
divertir, que de chercher la verité.

40. *De Medecina Danorum Domef-*

tica Dissertationes X. Hafniæ 1666.
in 80. L'Auteur a renfermé dans ce
livre tout ce qu'il y a de particulier
dans la maniere dont les Danois pra-
tiquent la Medecine. On y trouve
mille choses curieuses sur leur nourriture, leurs boisons, leurs maladies
& leurs remedes.

41. *Acta Medica & Philosophica
Hafniensia Annorum* 167:. *&* 1672.
cum figuris. Hafniæ 1673. *in* 40. *Acta
anni* 1673. *Volumen II. Hafniæ* 1675.
in 40. *Acta annorum* 1674. 1675.
1676. *Vol. III & IV. Hafniæ* 1677.
in 40. *Acta anni* 1679. *Volum. V.
Hafniæ* 1680. *in* 40. Cet ouvrage est
curieux, comme tout ce que *Bartholin* a donné en ce genre.

42. *De peregritatione Medica.
Hafniæ* 1674. *in* 40. On peut retirer
de grands avantages pour la Medecine & pour la Physique des découvertes qui se font tous les jours dans
les voyages. C'est ce qui a engagé
Bartholin à publier dans cet ouvrage
celles qu'il a faites dans ses voyages
d'Italie & de Sicile, & à enseigner
en même temps aux jeunes Medecins
& Physiciens, qu'une semblable curiosité

rioſité pourroit exciter à voyager, la T. BAR-
maniere dont ils doivent ſe conduire THOLIN.
pour faire utilement de ſemblables
obſervations.

43. *De Anatome practica ex cada-*
veribus adornanda conſilium cum ope-
rum autoris hactenus editorum Cata-
logo. Hafniæ 1674. *in* 40. L'ouvrage
de M. *Bonet* intitulé , *Sepulchretum* ,
dont cet Auteur avoit communiqué
le deſſein à *Bartholin* , a fait naître
celui-ci , qui ne contient que le ſentiment de ce ſavant homme ſur la
maniere dont il faut s'y prendre
pour retirer quelque utilité de la diſ-
ſection des corps morts.

44. *De Bibliothecæ incendio , Diſ-*
ſertatio ad Filios. Hafniæ 1670. *in* 8°.
L'Auteur déplore dans cet ouvrage
la perte de ſa Bibliotheque , & fait
connoître les écrits qu'il avoit compoſez , & qui avoient été dévorez
par les flammes.

45. *De libris legendis Diſſertatio-*
nes ſeptem. Hafniæ 1676. *in* 8°. It.
Cum Præfatione Joh. Ger. Meuſchen
de vana librorum Pompa. Hagæ Comi-
tum 1711. *in* 8°. Cette derniere édition eſt remplie de fautes. Ce livre

Tome VI. N

T. BAR-
THOLIN.

quoique petit renferme plusieurs préceptes excellens. Il est bon cependant pour le lire avec fruit d'être déja au fait des Auteurs, parce que *Bartholin* ne fait que les indiquer.

46. *Alberti Bartholini de scriptis Danorum liber posthumus, auctior editus à fratre Thoma Bartholino. Hafniæ* 1666. *in* 12.

47. *Cornari vita sobria ad usum vulgarem accommodata. Hafniæ* 1657. *in* 12.

48. *De secundinarum retentione. Hafniæ* 1657. *in* 4°.

49. *De unguento Armario.* Dans le *Theatrum sympatheticum. Noribergæ* 1662. *in* 4°.

50. *Observatio de diuturna graviditate,* dans un Recueil sur cette matiere imprimé à *Amsterdam* 1662. *in* 12.

51. *De cerebri substantia pingui & oculorum suffusione. Hafniæ* 1669. *in* 4°.

52. *De Medicis Poetis. Hafniæ* 1669. *in* 8°.

53. *Discurus de transplantatione morborum,* dans le *Theatrum Sympatheticum. Noribergæ* 1662. *in* 4°. &

à la tête du livre d'*Herman Grabe*, T. BAR-
de *Arcanis Medicorum non arcanis.* THOLIN.
Hafniæ 1673. *in* 80.

54. *Epiſtola de ſimplicibus medi-*
camentis inquilinis cognoſcendis, à la
tête du livre d'*Herman Grabe de*
modo ſimplicium medicamentorum fa-
cultates cognoſcendi. Hafniæ 1669.
in 80.

55. *Diſquiſitio medica de ſangui-*
ne vetito cum Cl. Salmaſii judicio.
Francofurti 1673. *in* 80.

56. *De ſanguinis abuſu diſputa-*
tio, avec le livre de *Chrétien Theo-*
phile de Sanguine vetito diſquiſitio
ulterior pro Thoma Bartholino. Francofurti 1676. *in* 8°. On a parlé ci-
deſſus de la ſuperſtition de Bartholin à l'égard du ſang des animaux.

57. *Orationes varii argumenti. Haf-*
niæ 1668. *in* 80. *Morhof* trouve dans
ces diſcours du ſel & de l'élegance.

58. *De cygni Anatome ejuſque can-*
tu. Hafniæ 1650. *in* 40. Ce n'eſt proprement qu'une theſe dans cette premiere édition. It. *Notulis quibuſ-*
dam auctior edita è ſchedis Paternis à
Gaſp. Bartholino Hafniæ 1668 *in* 80.

59. *De Morbis Biblicis Miſcellā-*

N ij

T. BAR-
THOLIN.

nea medica. Hafniæ 1672. *in* 8°.
Cet ouvrage & celui des Paralyti-
ques du nouveau Testament ont été
inserez dans la cinquiéme partie des
Opuscules sur l'Histoire & la Philologie sacrée recueillies par *Crenius*.

60. *Thomæ Bartholini , Joannis*
Henrici Meibomii patris , & Hen-
rici Meibomii filii de usu flagrorum
in re medica & venerea , Lumborum-
que & Renum officio tractatus ; acce-
dunt de eodem Renum officio Joachimi
Olhafii & Olai Wormii Dissertatiun-
culæ. Francofurti 1670. *in* 12.

61. *Mantissa de annulis narium ex*
Thomæ Bartholini miscellaneis , avec
le traité de *Gaspar Bartholin* son fils
de inauribus veterum syntagma. Am-
stelod. 1676. *in* 12.

62. *Joannis Rhodii Dissertationes*
duæ de acia , & de ponderibus atque
mensuris , secundis curis ex Autogra-
pho Autoris auctiores & emendatiores,
cum judiciis Doctorum & vita Celsi.
Hafniæ 1672. *in* 40. C'est *Bartholin*
qui a donné cette édition.

63. *Michaelis Lyseri Culter Ana-*
tomicus. Thomas Bartholinus edidit ,
& observationibus nonnullis variorum

medicorum, nempe ejuſdem Lyſeri, T. BAR-
Henrici à Monichen, Martini Bog- THOLIN.
dani, & Jacobi Seidelii, ac ſua præ-
fatione auxit. Hafniæ 1665. *in* 80.

64. *Epiſtola ad Joannem Danielem*
Horſtium de Chirurgia infuſoria. avec
le livre d'*Horſtus* intitulé : *Judicium*
de Chirurgia infuſoria Johannis Da-
nielis Majoris. Francofurti 1665.
in 12.

65. *De Medico perfecto Hafniæ*
1671.

66. *Diſſertatiuncula Præliminaris de*
confectione Alkermes *in diſpenſatio-*
ne illius habita. Hafniæ 1672. *in* 40.

67. *De Flammula cordis Epiſtola*
cum Jacobi Holſtii ejuſdem Argumenti
diſſertatione. Acceſſit *de carnibus*
lucentibus Danielis Puerarii reſponſio.
Hafniæ in 80.

68. *Liſſeti Benancii declaratio frau-*
dum & errorum apud Pharmacopæos
commiſſorum latinitate donata & edi-
ta à Thoma Bartholino. Acceſſit ejuſ-
dem Argumenti dialogus Johannis An-
tonii Lodetti. Francofurti 1669. *in* 8°.

69. *Diſſertationes duæ de Theriaca.*
Hafniæ 1671. *in* 4°.

70. *Carmina varii Argumenti. Haf-*
niæ 1669. *in* 8°. N iij

T. BAR- 71. On trouve outre cela plu-
THOLIN. sieurs de ses observations dans les
deux premiers volumes des *Epheme-*
rides des Curieux de la Nature.

V. l'Histoire de l'Université de
Copenhague par *Erasme Vindingius.*
Alberti Bartholini de scriptis Dano-
rum liber- Mercklini Lindenius reno-
vatus.

PIERRE ALCYONIUS.

PIERRE **P**IERRE *Alcyonius* étoit de *Ve-*
ALCYO- *nise.* Il paroît que *Paul Jove* l'a
NIUS. ignoré, puisqu'il n'en parle pas dans
l'éloge qu'il a fait de ce savant. *Jean*
Burchard Menckenius dans la Préface
qu'il a mise à la tête de son livre *de*
Exilio, garde le même silence. *Stru-*
vius dans sa *Bibliotheque ancienne* le
fait de *Florence*, mais il se trompe
en ce point ; puisque *Lilio Gregorio*
Giraldi qui vivoit de son temps, &
qui se trouva même avec lui à *Rome*
en 1527. dit expressément qu'il étoit
Venitien. *Varillas* a été exact sur cet
article, quoiqu'il ait dit bien des
faussetez d'*Alcyonius*, dont il altere

même le nom en le changeant en celui d'*Algionus.*

Alcyonus nâquit donc à *Veniſe* de parens de baſſe condition & mal partagez des biens de la fortune ; mais qui ne laiſſerent pas de le faire étudier ſous les meilleurs maîtres qu'il y eut alors à *Veniſe*, & de lui donner toute l'éducation dont ils furent capables.

On ne ſait pas au juſte l'année de ſa naiſſance, mais on ne peut pas ſe tromper en la mettant à la fin du quinziéme ſiecle ; car dans le premier de ſes entretiens ſur l'exil, qu'il ſuppoſe que ceux qu'il y introduit eurent un peu avant l'année 1512. dans laquelle les *Medicis* rentrerent à *Florence* d'où ils avoient été chaſſez, il dit en parlant de lui-même qu'il étoit à peine entré dans l'âge de puberté.

Il avoit reçû de la nature des diſpoſitions ſi heureuſes pour les ſciences, qu'il fit en peu de temps de grands progrès dans les belles lettres ſous la diſcipline de *Marc Muſurus* Candiot, qui étoit alors Profeſſeur de la Langue Greque à *Veniſe*.

N iiij

P. AL-
CYONIUS.

Ses études finies, il fut obligé de chercher quelqu'emploi qui le mit en état de subsister, & il prit celui de Correcteur d'Imprimerie, qui lui donna occasion de se perfectionner dans ce qu'il savoit déja. C'est un fait qui est rapporté par *Jove*, & dont on ne peut douter. Là-dessus *Varillas* a fait un Roman dans ses *Anecdotes de Florence*, en disant que ç'a été dans l'Imprimerie d'*Alde Manuce*, qu'on lui est *redevable de l'exactitude dont usoit Alde Manuce dans l'impression des meilleurs Auteurs Grecs & Latins*, & qu'*il y passa toute sa vie*. Il n'y a rien de vrai dans tout cela. 1. *Varillas* est le seul qui parle d'*Alde · Manuce*. 2. *Alcyonius* ne peut avoir été toute sa vie Correcteur d'Imprimerie à *Venise*, puisqu'il est sûr qu'il a été Professeur à *Florence*, & ensuite à *Rome*. 3. *Varillas* ne savoit gueres ce que c'est que les éditions Greques d'*Alde*, qui sont très fautives, & dont il y a très peu de correctes.

Alcyonius étudia aussi la Medecine, & il parvint à être Medecin d'un Couvent de Religieuses de *Venise*;

mais le peu de goût qu'il avoit pour cette fonction, & peût être le peu de reſſource qu'il y trouvoit pour ſubſiſter la lui firent abandonner entierement.

Muſurus étant mort en 1517. le Senat de *Veniſe* fit publier l'année ſuivante, que tous ceux qui pourroient prétendre à lui ſuccederdans ſon emploi, auquel étoit attachée une penſion de cent ducats d'or, euſſent à ſe preſenter dans deux mois. *Alcyonius* ne fut pas des derniers à le faire, mais quoiqu'il fût un des meilleurs diſciples de *Muſurus*, un autre l'emporta ſur lui, & ſur tous les concurrens.

Dégouté de ſa patrie par cette circonſtance, il ſe retira à *Florence* en 1522. où il obtint par le credit du Cardinal *Jules de Medicis* une Chaire de Grec avec de bons appointemens; ce qui joint à une penſion de dix ducats par mois que ce Cardinal lui donnoit pour traduire du Grec le livre de *Galien de partibus Animalium*, le mit fort au large. Il publia la même année ſon livre *de l'Exil* dont je parlerai plus bas.

P. ALCYONIUS.

P. AL-
CYONIUS.

VII

L'année suivante 1523. le Cardinal de *Medicis* son protecteur étant
parvenu au Pontificat sous le nom
de *Clement VII*. *Alcyonius* crut sa
fortune faite, & resolut d'aller à
Rome, esperant y trouver plus d'occasions de se faire connoître. Il demanda pour cela son congé à la Republique de *Florence*, mais comme
on n'avoit personne pour remplir sa
place, on le lui refusa. Ce refus lui
fit prendre le parti de se retirer sans
rien dire, & il sortit de *Florence* au
commencement de Septembre de la
même année.

Il arriva à *Rome* le 5. de ce mois
avec les plus grandes esperances du
monde, & l'esprit rempli des biens
& des honneurs qu'il croyoit devoir
bien-tôt fondre sur lui, comme le
témoignoit alors *Jerôme Negri* Venitien, dans une lettre à un de ses
amis, où il ajoûte : ,, Mais Dieu
,, veuille qu'il n'ait point abandonné
,, la realité pour courrir après l'om-
,, bre ; il y en a tant qui sont ici
,, avant lui, sans pouvoir rien attra-
,, per, que je crains qu'il ne puisse
,, retrouver ce qu'il a quitté à *Flô-*

» *rence.* La ſuite fit voir que la crainte   P. AL-
de *Negri* n'étoit pas ſans fondement. TYONIUS.
Car tout ce qu' *Alcyonus* pût avoir, &
encore avec bien de la peine, fût
une Chaire d'Eloquence dans le
College Romain.

Le reſte de ſa vie ne fut plus
qu'une ſuite de diſgraces. En 1526.
il eut le chagrin de voir piller ſa
maiſon par les troupes des *Colonnes*. Il
ne laiſſa pas de continuer ſes leçons;
mais il y avoit pour lui plus d'honneur que de profit, car ſes gages
n'étoient point payez, à cauſe des
troubles qui regnoient alors dans
Rome, & il étoit obligé d'enſeigner,
comme dit *Negri*, *per l'amor di
Dio.*

Les troupes de l Empereur *Charles-
Quint* ayant pris *Rome* l'an 1527.
Alcyonius ſe ſauva au Château Saint
Ange où le Pape s'étoit retiré, malgré les Soldats qui le pourſuivoient,
& après avoir reçû une bleſſure au
bras.

La tranquillité ne fut pas plûtôt
rendue dans cette Ville, qu'*Alcyonius* dépité, de n'avoir pas été traité
auſſi favorablement qu'il l'auroit ſou-

P. Al-
cyonius.

haité , abandonna le parti du Pape,
& alla trouver le Cardinal *Pompée
Colonne* son ennemi. Mais quelques
mois après il fut attaqué d'une maladie dont il mourut avant l'âge de
quarante ans.

M. *Bayle* dans son Dictionnaire
dit qu'*Alcyonius* avoit acquis *une
intelligence fort raisonnable du Grec &
du Latin.* On pourroit peut être parler ainsi de la connoissance qu'il
avoit de la Langue Greque , dans
laquelle il n'étoit pas fort habile ;
mais il savoit assurément plus de
Latin, que ne signifie cette expres-
sion , qui ne marque gueres qu'une
connoissance mediocre ; il y a peu
de Ciceroniens , qui ayent égalé
Alcyonius : ses ennemis même lui ont
rendu justice sur ce point.

Ce que l'on sait de ses mœurs ne
fait point d'honneur à sa memoire.
Presque tous les Auteurs qui parlent
de lui en disent du mal , ce qui ne
doit pas surprendre , puisqu'il parloit
mal de tout le monde , qu'il déchi-
roit impitoyablement les savans de
son temps , qu'il ne trouvoit de bien
fait que ce qui venoit de lui-même ,

& qu'il ne vouloit jamais écouter les
avis qu'on lui donnoit fur fes ouvrages.

Jove l'accufe d'intemperance &
d'yvrognerie. Mais il n'eft pas trop
fûr de croire entierement ce qu'il
en dit : quoiqu'il pût en être quelque
chofe, il en parle néanmoins avec
des expreffions fi vives & fi injurieu-
fes à *Alcyonius*, qu'il eft facile de
voir que la paffion feule les lui a four-
nies. En effet un faux rapport qu'on
avoit fait à *Jove*, l'avoit irrité contre
Alcyonius. Celui-ci avoit compofé
un difcours à la louange des Chevaliers qui étoient morts au fiege de
Rhodes ; des perfonnes mal intention-
nées fe fervirent de cette occafion
pour le brouiller avec *Jove*, à qui
ils firent entendre qu'il étoit fon
concurrent dans la commiffion d'é-
crire l'Hiftoire. *Jove* irrité de cette
nouvelle ne pût retenir fa bile, & la
répandit enfuite dans ce qu'il a écrit
de lui. C'étoit en lui une grande
ingratitude à l'égard d'*Alcyonius*,
qui dans le fecond entretien de fon
livre de l'Exil avoit parlé de la maniere la plus avantageufe de l'Hiftoire
de *Jove*.

P. Al-
cyonius. De tous les ouvrages qu'il a composez, il n'a été publié que les deux
suivans :

1. *Aristotelis Opera varia Latine.*
Venetiis 1521. *in fol.* Comme cette
édition est fort rare, & qu'aucun
des Auteurs modernes qui parlent
d'*Alcyonius* n'en fait mention, il est
à propos de rapporter en détail ce
qu'elle contient : On y trouve la
traduction de quatre ouvrages d'*A-
ristote.* 1. *De Generatione & interitu*
libri duo. Dans l'Epitre dédicatoire
de celui-ci, qui est adressée à *Leon*
X. il lui dit qu'ayant traduit depuis
quelque temps quelques ouvrages
d'*Aristote*, il avoit eu dessein de les
lui presenter à *Boulogne*, lorsqu'il y
eut une entrevûe avec le Roy de
France *François I.* mais qu'une maladie dangereuse l'avoit empêché de
le faire alors ; que ce délai avoit été
favorable à sa traduction, & qu'il
avoit depuis revû le Grec sur plusieurs manuscrits anciens, & sur
plusieurs Commentateurs, ce qui
lui avoit donné occasion de rendre
sa traduction plus parfaite & plus
digne de lui être presentée. 2. *Me-*

teororum libri IV. Cet ouvrage eſt
dédié à Antoine *du Prat* Chancelier
de France ; on trouve dans cette dédicace deux choſes remarquables ,
l'une que le Traducteur y fait un
extrait des choſes les plus ſingulieres
qui ſe rencontrent dans les quatre
livres des Meteores , ſemblable à celui qu'en pourroit donner un Jour-
naliſte ; l'autre qu'il avoue avoir été
engagé à entreprendre cette traduction par les exhortations de *Jean
du Pin* de *Touloufe* , Ambaſſadeur du
Roy de France à *Venife* , qui étoit
un homme très-habile dans la Langue
Grecque , & qui traduiſit même en
Latin les dix livres de l'Hiſtoire Romaine de *Dion* depuis le Duumvirat
d'*Auguſte* & d'*Antoine* , juſqu'à la
mort de *Neron*. 3. *De Mundo.* La
dédicace eſt au Duc de Mantoue *Frederic de Gonzague.* Il y heſite à décider ſi cet ouvrage eſt de *Theophraſte*
ou d'*Ariſtote* , quoiqu'il panche à le
donner au premier à cauſe du ſtile
qui eſt different de celui des autres
ouvrages d'*Ariſtote*. 4. *De Animalibus libri X. Poſteriores vulgo dicti par-
va Naturalia.* L'Epitre dédicatoire

P. Al cyonius.

adreſſée à *Octave Fregoze* Doge de *Genes* apprend l'occaſion & le ſujet qui lui a fait traduire ces dix livres. *Theodore de Gaze* ayant traduit les dix-huit premiers livres des Animaux pour contrequarrer *George de Trebiſonde* ſon rival dans la connoiſſance de la Langue Greque, qui en avoit déja fait une traduction, s'aviſa d'imiter *Apelles* qui ayant commencé un portrait de *Venus* le laiſſa exprès imparfait, perſuadé que ce ſeroit un monument de ſon habileté, puiſqu'il ne ſe trouveroit jamais perſonne aſſez hardi pour entreprendre de l'achever. *Theodore de Gaze* laiſſa par la même raiſon cette traduction imparfaite, mais *Alcyonius* voulut lui faire voir en l'achevant qu'il s'étoit trompé dans ſes idées, & que ſa vanité étoit mal fondée. Après ces quatre traductions on trouve la vie d'*Ariſtote* par *Jean Philoponus*, une lettre d'*Alcyonius* à *Jerôme Negri* ſon ami, où il s'étend fort ſur ſes propres louanges, & un Bref de *Leon X.* d té du 27. Mai 1520. qui lui eſt adreſſé.

Il eſt ſurprenant que M. *Huet* dans ſon

ſon livre *de Claris Interpretibus* ne
faſſe aucune mention d'*Alcyonius*,
puiſque les traductions dont je viens
de parler ont été inſerées dans le
Recueil des œuvres de ce Philoſo-
ſophe imprimées à *Baſle* en 1542. &
en 1546.

Au reſte ces traductions n'ont pas
eu l'approbation des Savans, quoiqu'on ne puiſſe nier qu'elles ne ſoient
très elegantes, & il eut tout lieu de
ſe repentir de les avoir publiées; car
Jean Genés Sepulveda de *Cordoue* qui
demeuroit alors à *Boulogne* ayant traduit les mêmes livres d'*Ariſtote* n'oublia rien pour décrier le travail d'*Alcyonius*; ce qu'il fit, non ſeulement
en publiant le ſien, mais encore
dans un ouvrage particulier qu'il mit
au jour ſous ce titre : *Errata Petri
Alcyonii in interpretatione Ariſtotelis, à
Jo. Geneſio Sepulveda collecta. Alcyonius*
fut ſi mortifié de cette Critique, où il
n'étoit gueres épargné, qu'il en acheta
tous les exemplaires qu'il pût trouver, & les jetta au feu ; ce qui a rendu ce livre extrêmement rare.

La mauvaiſe reception qu'on fit
à cette traduction, qui eut encore

P. Al-
CYONIUS.

Tome VI. O

P. AL-
CYONIUS. quelques autres critiques obligea *Al-cyonius* à en supprimer plusieurs autres qu'il avoit faites , & à s'en tenir à ses Dialogues sur l'Exil.

2. *Medices Legatus seu de Exilio libri duo. Venetiis* 1522. in 4°. It. *Basileæ* 1546, *in* 8°. It. *Geneva* 1624. *in* 80. avec les livres de Cardan. *De sapientia & consolatione.* It. avec quelques ouvrages de même genre sous le titre de *Analecta de calamitate litteratorum cum Præfatione Jo. Burchardi Menckenii. Lipsiæ* 1707. *in* 12. Lorsque cet ouvrage parut, on le trouva si bien écrit, que les ennemis d'*Alcyonius* ne trouvant rien a y répondre firent courir le bruit qu'il s'étoit approprié plusieurs morceaux du Traité de *Ciceron de Gloria*, dont il avoit le seul manuscrit qui fut au monde, & qu'il avoit jetté ensuite au feu, afin qu'on ne reconnut point son vol. *Jove* n'est pas le seul qui ait donné du credit à cette accusation. *Paul Manuce* rapporte dans son Commentaire sur les Epitres de *Ciceron* que *Bernard Justiniani* avoit laissé ce manuscrit avec toute sa Bibliotheque à un Monastere de Reli-

gieufes de *Venife*, mais que dans la
fuite lorfqu'on voulut l'y chercher,
on ne pût jamais l'y trouver. Il ajoûte
qu'on étoit perfuadé qu'*Alcyonius*,
qui étoit Medecin de ces Religieu-
fes, & qui avoit l'ufage de cette Bibliotheque, avoit volé fecretement
ce manufcrit précieux, & s'en étoit
fervi pour compofer fon livre de
l'Exil. Cette accufation quoique fou-
tenue par plufieurs favans Auteurs
eft folidement refutée par *Menckenius*
& par *Magliabecchi* dans quelques
lettres qui n'ont pas été imprimées.
Le ftile de l'ouvrage eft entierement
uniforme, & les difcours font fi fuivis
qu'on n'y voit aucune trace de lambeaux coufus, comme l'ont prétendu
fes envieux, qui n'ont jamais pû
les marquer. Ajoûtez à cela que fes
contemporains lui ont rendu juftice
fur ce point, entre autres *Barthelemi Ricci*, qui dans fon livre de
l'imitation dit pofitivement que per-
fonne ne doutoit que cet ouvrage ne
fût de lui, & ajoûte qu'il a eu l'a-
dreffe d'imiter parfaitement le ftile
de *Ciceron* fans copier fes phrafes.

Au refte *Alcyonius* n'eft pas le feul

O ij

P. AL-
CYONIUS.

qu'on ait accufé d'avoir pillé le livre de *Ciceron de Gloria* ; on a im-
puté la même chofe à *Jerôme Oforio*
Portugais, qui a fait un traité qui
porte le même titre, & à *François
Philelphe* par rapport à fon ouvrage
de Contemptu Mundi. Il eft vrai que
Varillas eft le feul Auteur qui ait
chargé *Philelphe* d'une femblable accufation, encore l'a-t-il fait par une
de ces méprifes qui font affez ordinaires à cet Ecrivain, en le prenant
pour *Alcyonius*.

Le livre de l'Exil eft un Dialogue fait à l'imitation de ceux de *Ciceron* ou *Jean de Medicis*, qui fut
depuis le Pape *Leon X.* s'entretient
de l'exil avec fon coufin *Jules de
Medicis*, qui fut enfuite *Clement VII.*
& avec *Laurent de Medicis* fon neveu
depuis Duc d'*Urbin*. L'Auteur feint
qu'ils eurent cet entretien peu de
jours après que *Jules II.* eut nommé
Jean de Medicis Legat pour comman-
der l'armée qui devoit reprendre
Boulogne. Il choifit exprès ce temps,
parce que les Medicis avoient été
alors chaffez de *Florence*, où ils rentrerent en 1512. Le Cardinal Legat

fait le principal perſonnage, & rap- P. Æ⸱
porte toutes ſortes de raiſons & cyonius.
d'exemples pour prouver que l'exil
n'eſt pas un mal. C'eſt ce qui a fait
donner à l'ouvrage le titre de *Medices Legatus.* Le ſtile en eſt très-
pur & très-agréable ; il eſt cependant trop travaillé, & il y a quelque choſe de trop recherché pour un
Dialogue familier entre des parens.
Les diſcours du Legat reſſentent
plûtôt la leçon d'un Profeſſeur qui
lit ſes cayers en Chaire, qu'un entretien, ou l'on parle ſur le champ.

Varillas s'eſt trompé à ſon ordinaire, quand il a dit que ce livre
étoit adreſſé au Provediteur *Cornaro,*
qui avoit été exilé par la Republique
de Veniſe ; s'il avoit vû le livre même, il y auroit trouvé que c'eſt à
Nicolas Scomberg, Dominicain, Archevêque de *Capoue.*

V. *Jovii Elogia. Pierius Val. de in-
felicit. Litterat.* La Préface de *Mene-
knius,* qui accompagne le traité de
l'Exil, *Bayle* Dictionnaire ; mais
principalement le *Jour.* des *Savans*
de *Veniſe* de l'année 1710. tome 3.
où l'on redreſſe tous les Auteurs

qui avoient parlé auparavant d'*Alcyonius*.

JEAN BEGAT.

JEAN *Begat* nâquit à *Dijon* vers l'an 1523. de *Nicolas Begat* Avocat du Roy au Bailliage de *Chatillon-sur-Seine*, qui posseda cette Charge depuis 1504. jusqu'en 1528., & de *Françoise Agneau*, dont il joignit dans la suite le nom au sien. On ne sait en quels lieux & sous quels Maîtres il fit ses études. Les écrits qu'il a laissez apprennent seulement qu'il avoit acquis une connoissance exacte des Langues Greque & Latine, & des belles Lettres ; mais que son application se tourna principalement du côté de la Jurisprudence dans laquelle il a excellé.

Bien different de ceux qui apportent au Barreau des études cruës & mal digerées, il n'y parut, qu'après avoir pendant plusieurs années formé son jugement par la meditation, & ne se fit recevoir Avocat au Parlement de *Dijon*, qu'à la fin de 1547.

Il ne tarda pas à y recevoir les
applaudiffemens qui accompagnent
ordinairement le merite. *Julien Ta-
bouet* Procureur General au Senat
de *Chambery*, parlant d'un plaidoyé
qu'il entendit faire à *Begat* en 1550.
l'appelle *primi nominis Advocatum.*
Charles Fevret dans fon Dialogue
fur les Avocats celebres du Parlement de Bourgogne, racontant ce
qu'il avoit oui dire aux anciens du
Barreau, convient à la verité que
l'éloquence de *Begat* n'avoit pas at-
teint à cette perfection qui n'étoit
pas encore connue en France de fon
temps ; mais il affure que ce fut le
premier de la Province, qui fçut
joindre à une érudition profonde en
tout genre, de la politeffe dans la
diction & de l'ornement dans le
difcours.

Une preuve certaine de la confiance que l'on avoit dès lors en fon
habileté, c'eft que, quoique les Elus
des trois Etats de la Province euffent
des confeils ordinaires choifis parmi
les plus habiles Avocats de *Dijon*,
ils ne laiffoient de confulter très-
fouvent *Jean Begat*, comme on le

J. BEGAT. voit par leurs Regiftres. On y trouve même que le 7. Fevrier 1552. ils
le députerent à la Cour, pour y
aller folliciter un grand nombre
d'affaires importantes, & fur tout
la revocation d'une Déclaration du
Roy, par laquelle les Francs-Com-
tois étoient reputez Aubains en
France. Il acquit beaucoup d'honneur dans cette Commiffion ; &
ayant eu celui d'être entendu au
Confeil Privé du Roy fur l'affaire
du droit d'Aubaine, il y obtint le
18. Avril 1553. un Arrêt portant,
qu'il ne feroit rien innové fur ce
point à l'égard des peuples du Comté
de Bourgogne. Le difcours qu'il fit
en cette occafion, fut trouvé fi beau,
qu'on l'a confervé dans les Archi-
ves des Etats de la Province, & *Jean
Bacquet* en a inferé le précis dans fon
traité du droit d'Aubaine.

Begat ne fut gueres moins heureux
dans toutes les autres commiffions
dont on le chargea. C'eft pourquoi
les Elûs des Etats, voulant recon-
noître fes bons fervices, & ayant
appris que pendant fon féjour à *Paris*, il avoit été pourvû par le Roy
d'une

d'une Charge de Conſeiller Clerc au J. BEGAT, Parlement, quoiqu'il fut marié, & que d'ailleurs cette Charge eut été ſupprimée, ils écrivirent le 8. Mai 1553. au Cardinal de Lorraine & au Garde des Sceaux, pour lui faire avoir les Lettres de diſpenſe neceſſaires. Il les obtint en effet le 18. du même mois, & fut reçû en cette Charge le 9. Juin ſuivant.

Depuis ce temps-là il s'eſt fait peu de choſes dans le Parlement de Bourgogne, où il n'ait eu bonne part, & il y a eu peu de commiſſions difficiles & honorables, dont il n'ait été chargé par ſes Confreres. J'en rapporterai quelques exemples des plus remarquables.

En 1554. le Parlement eut de grands démêlez avec *Lazare Morin*, alors Procureur General, tant au ſujet de ſa Religion, qui étoit ſuſpecte, que parce qu'il ſe croyoit en droit de s'abſenter, tant qu'il lui plairoit, ſans congé de ſa Compagnie. Elle avoit voulu y mettre ordre par les voyes ordinaires. Mais le Procureur General y ayant mis obſtacle, en recuſant preſque tous

Tome VI. P

J,BEGAT. les Officiers du Parlement, ils résolurent le 30. Juillet de cette année de députer quelqu'un d'entr'eux, pour en aller porter les plaintes au Roy. *Begat*, quoique des derniers reçûs, fut choisi pour cela, & répondit parfaitement à l'esperance qu'on en avoit conçûe. Non seulement il obtint la même année un Arrêt du Conseil, par lequel il fut défendu au Procureur General de s'absenter de la Ville de *Dijon*, sans permission du Parlement; mais il fit si bien que peu de temps après *Lazare Morin* reçut ordre du Roy de se défaire de sa Charge.

Son merite lui attira pendant ce voyage une grande marque de distinction de la part du Garde des Sceaux *Bertrand*. Car s'étant presenté au Conseil Privé une affaire de droit public très-importante, le Garde des Sceaux fit l'honneur à *Begat* de l'y appeller & de prendre son avis. Honneur fort rare dans tous les tems, & sur-tout à l'égard de personnes aussi jeunes qu'il étoit alors.

Le 6. Août 1558. il fut encore député à la Cour par sa Compagnie,

pour une autre affaire, qu'elle n'a-
voit pas moins à cœur que la premiere. Les Elus des Etats de la Province, songeant dès ce temps là aux
moyens de se soustraire à l'autorité
du Parlement, avoient obtenu des
Lettres Patentes du Roy, favorables
à leurs vûes, & en poursuivoient
l'enregistrement avec vivacité. *Begat*
fut chargé d'en poursuivre la revocation. Les circonstances des temps
ne lui permirent pas d'obtenir ce
qu'il désiroit; mais il obtint du moins
que le Procureur General seroit oui
plus amplement sur la prétention
des Elus. Pendant cette poursuite il
tomba malade à *Paris*, & en pensa
mourir.

Le fameux Edit du mois de Janvier 1561. obtenu par les Calvinistes,
fournit une nouvelle matiere à la
gloire de *Begat*. Ceux de cette Secte,
encouragez par l'enregistrement qui
avoit été fait de cet Edit au Parlement de *Paris*, demandoient la même chose en celui de *Dijon*, ou plûtôt vouloient l'y forcer. Les Elus
des Etats de Bourgogne, & les Maire
& Echevins de *Dijon*, soutenus de

J.Begat. l'autorité du Duc d'*Aumale* Gouverneur de la Province, s'y opposerent
de toutes leurs forces. Le Parlement
après avoir oui leurs Remontrances, & en avoir meurement déliberé,
résolut le 28. Avril 1562. que pour
certaines grandes considerations,
avant que de proceder à la publication de cet Edit, le Roy seroit averti
par deux Députez de la Compagnie
des raisons pour lesquelles cette publication seroit préjudiciable à ses
interêts, & à la sûreté des Villes de
la Province, comme aussi de plusieurs séditions & conspirations, qui
avoient été découvertes, depuis que
cet Edit avoit été apporté.

Le 4. Mai suïvant la Cour s'étant
assemblée pour nommer ces députez,
Begat fut élû unanimement avec
Guillaume Remond pour aller faire ces
remontrances. Jamais Commission
ne fut plus délicate. Il s'agissoit de
s'opposer à une faction aussi puissan-
te, que l'étoit alors celle des Calvinistes, & de détruire l'ouvrage du
Chancelier de l'*Hospital*, qu'on savoit être l'Auteur de cet Edit. Mais
les difficultez ne les arrêterent pas;

ils demanderent audience au Confeil J. BEGAT. Privé, & *Begat* y porta la parole avec tant de force & d'éloquence, que leurs Remontrances furent approuvées, & la conduite du Parlement louée par tout le Confeil. Ainfi l'Edit ne fut pas publié.

La tranquillité qui fut procurée par ce moyen à la Bourgogne ne fut pas de longue durée. Les Calviniftes ayant excité de nouveaux troubles dans le Royaume, & pris les armes de tous côtez, la neceffité des temps engagea le Roy à leur accorder un nouvel Edit de Pacification au mois de Mars fuivant, & de l'envoyer auffi-tôt au Parlement de *Dijon* pour l'enregiftrer. Comme cet Edit accordoit aux Huguenots le libre exercice de leur Religion, il confterna extrêmement les Bourguignons, qui jufques-là avoient été préfervez du melange des deux Religions. Les Etats de la Province étoient alors affemblez à *Dijon*. Ils réfolurent de s'oppofer à la publication de cet Edit; le 4. Mai 1563. ils envoyerent au Parlement plufieurs Députez des trois Ordres, pour lui reprefenter,

J.Begat. qu'ayant confideré les grands incon-
veniens, qui étoient inféparables de
cet Edit, ils étoient réfolus d'en faire
au Roy leurs très-humbles Remontrances; priant la compagnie d'en
faire autant de fa part, & cependant
de furfeoir la publication de l'Edit.
Plufieurs oppofitions tant de la part
du Clergé que de la Ville de *Dijon*
s'étant jointes à celles des Etats, le
Parlement par Déliberation du 7e. du
même mois de Mai ordonna que
Jean Begat unanimement élû iroit faire entendre au Roy les raifons qui
lui avoient fait differer la publication de l'Edit, laquelle feroit cependant furcife.

Begat s'acquitta de cette commiffion avec autant de courage & de
force que de la premiere; mais fon
zele n'eut pas le même effet; on l'ap-
prouva, mais on lui répondit, qu'il
falloit ceder au temps & publier l'E-
dit. Il eut beau infifter, & foutenir
avec fermeté les Privileges de la Province, qu'il prétendoit être bleffez
par cet Edit; il ne pût rien obtenir
& fut obligé de s'en retourner en
Bourgogne.

Il fit au Parlement un long dé- J. BEGAT.
tail de ce qui s'étoit paſſé dans cette
affaire, & lui en preſenta une relation, qui malheureuſement s'eſt per-
due; nous avons ſeulement ſa Remontrance qui a été imprimée. Le
Parlement inſtruit des volontez du
Roy s'y ſoumit, & ordonna la publication de l'Edit par Arrêt du 19.
Juin 1563.

Ce qu'on avoit apprehendé ne man-
qua pas d'arriver. L'incompatibilité
des deux Religions, & de ceux qui
les profeſſoient, fit naître une infinité de querelles dans le Royaume.
Il eſt vrai que la Bourgogne fut une
des Provinces où elles éclaterent le
moins, par la prudence de ceux qui
furent prépoſez pour les empêcher;
à quoi *Begat* fut ſouvent employé.

Les Etats de Bourgogne ayant obtenu en 1566. des Lettres Patentes
adreſſées à *Jean de la Gueſle* premier
Preſident du Parlement, pour proceder à la Reformation de la Coutume de la Province avec deux Conſeillers de la même Compagnie qu'il
choiſiroit, *Jean Begat* fut l'un de
ceux ſur qui il jetta d'abord les yeux,

J. Begat. Il n'oublia rien pour faire voir qu'il étoit digne de cet honneur. Il dreſſa auſſi-tôt ſur chaque Titre de cette Coûtume de longs & ſavans Memoires, & il eut la gloire de voir ſes ſentimens ſuivis preſque en tout point dans les conferences que tinrent ces Commiſſaires pendant les années 1568. & 1569. C'eſt ce qui a fait que les cayers de Reformation qu'ils dreſſerent ont paſſé pendant près d'un ſiecle pour l'ouvrage de *Begat* ſeul, & qu'ils ont été même imprimez deux ou trois fois ſous ſon nom.

grande en France, elle ne l'étoit pas moins dans les pays étrangers. En 1570. il en reçût la marque la plus glorieuſe dont un particulier pût être honoré. Le Roy d'Eſpagne & les Suiſſes avoient quelques differens pour les limites de la Franche-Comté. Ils choiſirent des Arbitres pour les regler, & *Begat* fut un de ceux qui furent nommez pour cela. *Begat* ne voulut point accepter cette charge ſans le communiquer au Parlement, qui convint qu'il confulteroit la Cour pour en J. BEGAT. avoir la permiffion.

On ne fait fi elle lui fut accordée; mais le Roy lui fit peu de temps après une grace qui prouve le cas qu'il faifoit de fon merite. Car ayant par un Edit du mois de Mars 1571. retabli en fa faveur la Charge de quatrieme Prefident au Parlement de *Dijon*, fupprimée depuis quelques années, il l'en fit pourvoir le 7. du même mois ; & fes provifions font mention des grands fervices qu'il avoit rendus à l'Etat & au Public.

Le Parlement, qui fouffroit d'ailleurs avec peine ces fortes de rétabliffemens, n'apporta aucun obftacle à celui-ci. Il vit avec joie recompenfer le merite d'un de fes principaux Membres. L'Edit fut prefenté le 6. Avril, enregiftré le même jour, & *Begat* reçû le lendemain en cette nouvelle Charge. Mais il n'en jouit pas long-temps, étant mort le 21. Juin 1572. âgé de 49. ans.

Il a eu plufieurs enfans de *Michelle Contault* fille d'un Confeiller au Parlement de *Dijon*, qu'il avoit époufée le 8. Novembre 1547. Qua-

J. BEGAT. tre feulement lui ont furvêcu ; une fille nommée *Anne*, dont il eſt parlé avec éloge dans les *Bigarures d'Etienne Tabourot*, & qui épouſa en 1571. *Jean Fyot*, auquel *Begat* reſigna ſa Charge de Conſeiller ; & trois fils, *Claude*, *Jean* & *François*. Le premier fut marié & pourvû le 29. Novembre 1574. de la Charge de Lieutenant au Bailliage d'*Auxonne*, où il fut reçû le 31. Janvier 1575. mais il mourut de peſte ſans poſterité le 31. Juillet 1587. Le ſecond eſt mort Chevalier de Malthe en 1579. Le troiſiéme a été Chanoine de la Sainte Chapelle de *Dijon*.

Catalogue de ſes Ouvrages.

1°. *Remontrance de l'Affemblée des trois Etats du Duché de Bourgogne au Roy Charles IX. ſur l'Edit* qui avoit accordé aux Proteſtans l'exercice de leur Religion. *Anvers*, *Guillaume Sylvius* 1564. *in* 40. Cette Remontrance fut fort applaudie ; *Pierre de Saint Julien*, dans ſes *Melanges paradoxales*, dit qu'aucune Remonce n'a été mieux reçûe de ſon temps, ce qu'on peut juger, parce qu'elle a été traduite en Latin, en Italien,

en Eſpagnol & en Allemand. L'Auteur ſe plaignit qu'on l'eut publiée
à ſon inſçû, & peu correctement.
Ainſi l'ayant revûe & corrigée, &
ajoûté en marge les citations des
paſſages, il l'envoya à la Reine Mere. Ce fut ſur cette nouvelle copie,
que le même Imprimeur en fit la
même année 1564. une nouvelle édition *in* 12. qui fut encore ſuivie
d'une autre à *Toulouſe* en 1565. *in*
4°. Cette Remontrance ſe trouve
auſſi dans le troiſiéme tome des *Memoires de M. le Prince* p. 395. À
peine eut-elle paru que quelque Cal-
viniſte tâcha de la refuter par un petit livre intitulé : *Apologie de l'Edit
du Roy pour la pacification de ſon
Royaume contre la Remontranſe des
Etats de Bourgogne in* 8°. 1564. &
dans le tome troiſiéme des *Memoires
de M. le Prince* p. 494 Comme on
n'y combattoit pas ſeulement la Remontrance, mais qu'on y faiſoit encore paſſer les Bourguignons, & ſur
tout leurs Députez pour des ſujets
rebelles & déſobéïſſans aux ordres du
Roy ; *Begas* crût devoir ſur cela une
juſtification à ſes compatriotes & à

J. BEGAT. lui-même. Ce qui produisit l'ouvrage
suivant.

2. *Reponse pour les Deputez des
trois Etats du Pays de Bourgogne contre
la calomnieuse accusation publiée sous
le titre* d'Apologie de l'Edit de Charles IX. pour la pacification du
Royaume *in* 12. Ce livre est sans
nom d'Imprimeur & sans date ; mais
il doit avoir paru en 1564. puisque la traduction Latine imprimée
à *Cologne in* 80. est de cette année.

3. *Commentarii rerum Burgundica-
rum à primis Burgundiæ Regibus, us-
que ad Carolum Ducem, qui apud Nan-
cium occisus est anno 1476. Autore
Joanne Agno Begatio.* Ces Memoires
sont imprimez a la tête du Commentaire de *Jacques Auguste de Chevanes*
sur la Coutume de Bourgogne. *Châlons* 1665. *in* 40. M. *de la Marc*
dans son *Conspectus Historicorum Burgundiæ*, l'a accusé d'Anachronismes
& de peu d'exactitude sur certains
faits. Mais on peut dire, pour ex-
cuser l'Auteur, que sa mort préma-
turée lui ôta le loisir de revoir & de
corriger cet abregé de l'Histoire de
sa Province, ou qu'il avoit perdu le
dessein de le publier.

4. *Tractatus duo.* 1. *De Retractu* J.BEGAT. *Gentilitio.* 2. *De Cenfu, Reditu & Emphyteufi*, imprimés pour la premiere fois en 16§2. *in* 40. *Lyon* avec le Commentaire de *Jean de Pringles* fur la Coutume de Bourgogne, mais fi défigurez par des fautes d'impreffion énormes, & par des omiffions de mots, & même de plufieurs lignes entieres, qu'ils étoient à peine reconnoiffables. *Jacques-Auguste de Chevanes* les a auffi donnez dans fon édition des Coutumes de Bourgogne faite à *Châlons* en 1665. *in* 4°. mais outre qu'il a confervé religieufement toutes les fautes qui font dans l'édition précedente, il a coupé le Traité du Retrait lignager en lambeaux, pour les ranger fous les articles de la Coutume, où ils pouvoient avoir du rapport; ce qu'il a même affez mal executé en quelques endroits. M. le Prefident *Bouhier* a donné de nouveau ces deux traitez dans fon édition de la Coutume du Duché de Bourgogne faite à *Paris* en 1717. *in* 40. mais rétablis en l'état où ils étoient, lorfqu'ils font fortis des mains de l'Auteur.

J. BEGAT.　5. *Variæ Senatus Divionensis deci-cisiones Begatii curâ Collectæ.* Infe-rées dans l'édition de la Coutume de Bourgogne de **M.** le Président *Bouhier.*

6. *Begat* n'étoit pas toûjours oc-cupé d'études serieuses, il se délas-soit quelquefois avec les Muses, & traduisit même les Odes d'*Anacreon* en vers François. M. *Bouhier* ne doute point que cette traduction ne soit celle que *Richard Renvoisy*, Maî-tre des enfans de Chœur de la Sain-te Chapelle de *Dijon* mit en Mu-sique à quatre parties, & qu'il fit imprimer à *Paris* chez *Richard Bre-ton.* Car *du Verdier* qui en parle, & qui ne connoissoit pas l'Auteur de cette traduction, convient qu'elle étoit differente de celle de *Remi Bel-leau.*

V. son éloge par M. le Président *Bouhier* à la tête de son édition de la Coutume du Duché de Bourgo-gne.

ANTOINE GALLAND.

ANTOINE *Galland* nâquit en
1646. de parens fort pauvres,
mais honnêtes gens, à *Rollo* Village
de Picardie à deux lieues de *Mont-
didier*, & à ſix de *Noyon*.

Il perdit ſon pere à l'âge de quatre ans, & ſa mere ne ſachant à quoi
l'employer, & réduite elle-même à
vivre du travail de ſes mains, vint
enfin à bout de le placer dans le College de *Noyon*, où le Principal &
un Chanoine de la Cathedrale voulurent bien partager entre eux le ſoin
& les frais de ſon éducation.

Il reſta en ce lieu juſqu'à l'âge de
13. à 14. ans, qu'il perdit tout à la
fois ſes deux protecteurs ; ce qui l'o-
bligea à retourner chez ſa mere avec
un peu de Latin, de Grec, & même
d'Hebreu, dont elle ne connoiſſoit
point le merite, & dont il n'étoit
pas non plus en état de faire un grand
uſage.

Elle ſe détermina auſſi-tôt à lui
faire apprendre un métier. *Galland*

A. GAL-
LAND.

suivit en cela sa volonté malgré sa repugnance, & demeura un an entier auprès du Maître chez qui on l'avoit mis en apprentissage. Mais au bout de ce temps dégouté du métier, & se croyant destiné à quelque chose de meilleur, il quitta son Maître, & vint à *Paris*, sans autre ressource que la connoissance d'une vieille parente, qui y étoit en condition, & d'un Ecclesiastique qu'il avoit vû quelquefois chez son Chanoine à *Noyon*.

Tout lui réussit au-delà de ses esperances ; car le sous-Principal du College du Plessis, à qui on le produisit lui trouvant beaucoup de disposition pour les sciences, se chargea de lui faire continuer ses études, & le donna ensuite à M. *Petitpied* Docteur de Sorbonne. Il eut alors occasion de se fortifier dans la connoissance de l'Hebreu & des autres Langues Orientales par la facilité qu'il avoit d'en aller prendre des leçons au College Royal, & par l'envie qui lui vint de faire le catalogue des manuscrits Orientaux de la Bibliotheque de Sorbonne.

De

De la maiſon de M. *Petitpied*, *Gal-* A. GAL-
land paſſa au College de Mazarin , LAND.
qui n'étoit pas encore en plein exercice , mais un Profeſſeur nommé
Gaudouin y avoit raſſemblé un certain nombre d'enfans de trois ou
quatre ans ſeulement , & ſe propo-
ſoit de leur faire apprendre le Latin
fort aiſément & fort vite , en mettant auprès d'eux des gens qui ne
leur parlaſſent jamais d'autre langue.

Galland aſſocié à ce travail , n'eut
pas le temps de voir quel en ſeroit
le ſuccès ; car M. *de Nointel* nommé à l'Ambaſſade de *Conſtantinople*
l'emmena avec lui , pour tirer des
Egliſes Greques des atteſtations en
forme ſur leur créance touchant l'Euchariſtie , qui faiſoit alors un grand
ſujet de diſpute entre M. *Arnaud* &
le Miniſtre *Claude.*

Galland arrivé à *Conſtantinople* ſe
rendit bien-tôt familier le Grec vulgaire par le frequent commerce qu'il
eut avec pluſieurs Prelats Grecs ,
qui avoient été depoſſedez par les
Turcs , & qui s'étoient refugiez auprès de l'Ambaſſadeur. Il tira d'eux
les atteſtations qui faiſoient le prin-

Tome VI. Q

A. GAL-
LAND.

cipal objet de son voyage, & y joignit tout ce qu'il put recueillir de
leurs entretiens.

Il accompagna ensuite M. *de Nointel*, qui ayant renouvellé avec la
Porte les capitulations du commerce, prit cette occasion pour aller vi-
siter les Echelles du Levant, d'où il
passa à *Jerusalem*, & dans les autres
lieux de la Terre Sainte qui ont de
la réputation. Il n'eut garde de negliger dans ce voyage les Antiquitez qu'il trouvoit sur sa route, il co-
pioit les Inscriptions, dessinoit le
mieux qu'il pouvoit les autres monumens, ou même les enlevoit, lorsqu'il le pouvoit.

Galland ne jugea pas à propos de retourner à *Constantinople* avec M. de
Nointel; il aima mieux revenir à *Paris*,
où il arriva en 167 . Quelques Medailles qu'il avoit apportées lui procurerent la connoissance de Messieurs
Vaillant, *Carcavy* & *Giraud*, qui
l'engagerent à faire un second voyage
au Levant; & il en rapporta l'année
suivante beaucoup de medaillons,
qui ont passé dans le cabinet du Roy.

En 1679. *Galland* fit un troisié-

me voyage aux dépens de la Com- A. GAL-
pagnie des Indes Orientales , qui LAND.
pour faire fa cour à M. *Colbert* avoit
imaginé de faire chercher dans le
Levant par un connoiffeur , ce qui
pourroit enrichir fon Cabinet & fa
Bibliotheque. Le changement qui
arriva dans cette Compagnie fit ceffer au bout de dix-huit mois la Commiffion de *Galland* ; mais M. *Colbert*
qui en fut informé l'employa par lui
même , & après fa mort M. *de Lou-*
vois l'obligea à continuer encore
quelque temps fes recherches , fous
le titre d'*Antiquaire du Roy.* Pendant
ce long féjour au Levant *Galland*
apprit à fond le Turc , l'Arabe , le
Perfan, & fit quantité d'obfervations
fingulieres.

Il étoit prêt de s'embarquer à
Smyrne , quand il penfa perir par
un furieux tremblement de terre.
La maifon où il étoit fut renverfée ,
& il fe trouva enfeveli fous fes ruï-
nes , de maniere cependant qu'il y
avoit la refpiration libre ; ce fut ce
qui le fauva ; car on ne put l'en retirer que le lendemain.

Il repaffa en France à la premiere
Q ij

A. GAL-
LAND.

occasion, & à son retour à *Paris*, M. *Thevenot* Garde de la Bibliotheque du Roy l'employa jusqu'à sa mort, qui arriva quelques années aprés, c'est-à-dire en 1693.

M. d'*Herbelot* l'engagea ensuite à travailler avec lui à l'impression de sa Bibliotheque Orientale; mais ce savant étant mort en 1695. laissant cet ouvrage à moitié imprimé, il s'attacha à M. *Bignon* premier President du Grand Conseil, qu'il perdit encore l'année suivante. Il semble que ce fut la destinée de *Galland* de perdre en moins de rien ces protections utiles que son merite lui procuroit; mais celle de ce digne Magistrat passa les bornes ordinaires, car il lui laissa une petite rente viagere. Pour surcroit de consolation M. *Foucault* Conseiller d'Etat qui étoit alors Intendant en Basse-Normandie, l'appella auprès de lui.

Dans cet agréable loisir, au milieu d'une ample Bibliotheque, & d'un riche amas de Medailles, il composa plusieurs petits ouvrages, dont quelques-uns ont été imprimez.

Quoiqu'il demeurât encore à *Caen*
en 1701. il ne laiſſa pas d'être admis dans l'Academie des Inſcriptions à ſon renouvellement. Il revint à *Paris* en 1706. & commença
à ſe rendre aſſidu à ſes aſſemblées ,
aſſiduité qu'il a toûjours eue juſqu'a
ſa mort.

En 1709. il fut nommé Profeſſeur
en Langue Arabe au College Royal.

Il eſt mort le 17. Fevrier 1715. âgé
de 69. ans. Suivant ſes dernieres volontez ſes manuſcrits Orientaux ont
paſſé dans la Bibliotheque du Roy ,
ſon *Dictionnaire Numiſmatique* , qu'il
avoit commencé dès qu'il avoit été
admis dans l'Academie des Inſcriptions, *contenant l'explication des noms
de digniteℤ, des titres d'honneur, &
generalement de tous les termes ſingu-
liers qu'on trouve ſur les Medailles
antiques, Greques & Romaines*, a été
remis à cette Academie, & *une traduction de l'Alcoran*, qu'il avoit tra-
vaillée avec beaucoup de ſoin , & à
laquelle il avoit ajoûté des *Remarques Hiſtoriques Critiques fort amples,
& des notes Grammaticales ſur le texte*
a été donnée à M. l'Abbé Bignon.

A. Gal-
land.

M. *Galland* aimant l'étude avec passion, travailloit sans cesse, dans quelque situation qu'il se trouvât. Ses besoins l'occupoient peu, & il n'avoit aucune attention pour ses commoditez. Il ne se proposoit pour objet dans son travail que l'exactitude, sans se mettre en peine des ornemens. Pour ce qui est de son caractere, rien de plus aimable. Il étoit simple dans ses mœurs & dans ses manieres comme dans ses ouvrages, vrai jusques dans les moindres choses, d'une probité & d'une droiture que rien n'étoit capable d'alterer.

Catalogue de ses Ouvrages.

1. Il a eu beaucoup de part à l'édition du *Menagiana* dont le premier volume parut en 1693. & le second en 1694.

2. *Les paroles remarquables, les bons mots & les maximes des Orientaux. Traduction de leurs ouvrages en Arabe, en Persan, & en Turc; avec des Remarques. Paris* 1694. *in* 12. L'Auteur a fait ce Recüeil à l'imitation de *Valere Maxime* & de *Plutarque*, qui nous ont laissé par

écrit quantité de réponfes ingénieu- A. GAL-
fes des anciens Grecs & Romains. LAND.
Il l'a divifé en deux parties, dont
la premiere contient les paroles remarquables des Orientaux, qui font
voir la vivacité de leur efprit & la
droiture de leur ame, & la feconde
leurs maximes qui montrent les regles qu'ils fuivoient dans leur conduite.

3. *Lettres touchant l'Hiftoire des quatre Gordiens prouvée par les Medailles.*
Paris 1696. *in* 12. L'Hiftoire des quatre Gordiens eft de M. du Bos, M.
Galland ne l'attaque pas directement
dans cette Lettre, il entreprend feulement de faire voir que les autoritez
qui y font employées ne fervent de
rien pour établir l'exiftence d'un quatriéme *Gordien.*

4. *Lettre touchant quatre Medailles
Antiques publiées par le R. P. Cha-
millard. Caen* 1697. *in* 12.

5 *Lettre touchant la nouvelle explication d'une Medaille d'or du cabinet
du Roy. Caen* 1698. *in* 12. Il s'a-
git dans cette lettre d'une Medaille
de Galien, qui porte cette legende:
Galliena Augufta. M. *de Vallemont*

A. GAL-
LAND.

en avoit publié une explication que M. *Galland* entreprend de combatre. Il a fait inferer fur le même fujet une *Lettre* dans le *Journal des Savans* du 15. Août 1701.

6. *Observations sur les explications de quelques Medailles de Tetricus le pere, & d'autres tirées du Cabinet de M. de Ballonfeaux. Caen* 1701. *in* 8°. *pp.* 96. Ces obfervations font contre le P. *Hardouin* qui avoit donné aux legendes de ces Medailles des explications que M. *Galland* n'approuvoit pas. Les fiennes ne font pas à beaucoup près fi ingenieufes, ni fi recherchées. Tout le fecret qu'il y trouve, c'eft quelque tranfpofition ou quelque corruption de lettres; tous les prétendus Myfteres, que le P. *Hardouin* y trouve, ne viennent, felon lui, que de l'ignorance & du peu d'exactitude des Monetaires de ce temps là. (*Jour. Sav.*) 1702.

7. *De l'origine & du progrès du Caffé, sur un manuscrit Arabe de la Bibliotheque du Roy. Caen* 1699. *in* 12. Ce petit ouvrage eft très-curieux, mais il eft fort rare, M. *Galland* n'en ayant fait tirer que peu d'exemplaires,

res, qui furent preſque tous diſtri-
buez à ſes amis.

8. *Les Mille & une Nuit. Contes
Arabes traduits en François. Paris
1704. & ſuiv. in 12. 10. tomes. & pluſieurs fois depuis, tant à Paris qu'ailleurs.*
M. Galland n'a pû découvrir en quel
temps, ni par qui cet ouvrage a été
compoſé. Les Contes qu'il renferme
pechent preſque toûjours par le défaut de vraiſemblance, ceux des
Mille & un Jour dont M. *Petis de la
Croix* a traduit une partie du Perſan
ſont bien plus ingenieux & plus
vraiſemblables, quoique le merveil-
leux y regne auſſi quelquefois, ſuivant le goût des Orientaux. Les 12.
volumes que M. *Galland* a donnez
ne font gueres que le quart de l'ouvrage.

9. *Bibliotheque Orientale de M.
d'Herbelot. Paris 1697. in fol.* M.
Galland a travaillé à l'édition de
cet ouvrage conjointement avec M.
d'Herbelot, juſqu'à la moitié ; car ce
ſavant étant mort dans le cours de
l'impreſſion M. *Galland* ſe vit chargé entierement de ce ſoin. C'eſt lui
qui en a fait la Préface.

Tome VI. R

A. GAL-
LAND.

10. Il a donné une *Relation de la mort du Sultan Osman , & du Couronnement du Sultan Mustapha , traduite du Turc.*

11. On trouve dans les *Memoires de Trevoux* quatre pieces de sa façon. 1. *Lettre sur deux Medailles de Gratien* 1701 *Juillet* p. 184. 2. *Observations sur l'explication d'une Medaille Greque de Caracalla.* 1701. *sept.* p. 261. 3. *Lettre contenant la découverte d'une Medaille antique du Tyran Amandus, & la description de quelques autres Medailles curieuses.* 1701. *Nov.* p. 245. 4. *Lettre à M. Morel à l'occasion de sa lettre Latine touchant les Medailles Consulaires* 1702. *Fev.* p. 102. *& Juill.* p. 87.

12. *L'Histoire de l'Academie des Inscriptions* contient aussi les pieces suivantes de sa façon. 1. *L'Histoire de la Trompette & de ses usages chez les anciens.* tom. 1. p. 104. 2. *Explication d'une Medaille singuliere d'Helene,* avec cette inscription : *HELENA N. F.* p. 248. 3. *Discours sur quelques anciens Poëtes , & quelques Romans peu connus.* tom. 2. pag. 728. 4. *Explication d'une Medaille*

Greque de Marc Antoine & d'Octa- A. GAL-
vie, tom. 3. p. 210. 5. *Explica-* LAND.
tion d'une Medaille Greque de Neron
frappée à Nicée dans la Bithynie p.
215.

13. *Explication d'une Medaille*
d'Augufte en argent frappée par les
foins de L. Caninius Gallus défendue
contre l'explication de M. Schott. Dans
le tome 7e. de l'*Hiftoire Critique de*
la Republique des Lettres p. 1.

Les principaux manufcrits qu'il a
laiffez font :

Une *Relation de fes Voyages.*

Une *defcription finguliere de la*
Ville de Conftantinople.

Des *additions à la Bibliotheque*
Orientale de M. d'Herbelot.

Un *Catalogue raifonné des Hifto-*
riens Turcs, Arabes & Perfans.

Une *Hiftoire generale des Empe-*
reurs Turcs.

Une *Traduction de l'Alcoran.*

V. *l'Hiftoire de l'Academie des*
Infcriptions de M. de Boze.

PHILIPPE CALLIMACO
ESPERIENTE.

PHILIPPE CALLI-MACO ES-PERIENTE

IL s'est trouvé en même-temps; c'est-à-dire à la fin du quinziéme siecle, quatre savans qui ont porté le nom ou le surnom de *Callimaco*, & il est bon de les faire connoître chacun en particulier, avant que de venir à celui qui fait le sujet de cet article, pour empêcher qu'on ne les confonde.

Le premier est *Dominique Callimaco* natif de *Sienne*, qui vivoit à *Rome* sous le Pontificat de *Paul II.* Après avoir rempli differens postes en differens endroits, & principalement à *Rome*, il retourna à *Sienne* où il fut préposé avec plusieurs autres au Gouvernement de cette Ville. Mais ayant dans un Conseil reproché tacitement à ses confreres, qu'ils songeoient moins à bien gouverner, qu'à s'enrichir aux dépens du peuple, il fut déposé, & eut quelques disgraces à essuyer. Il paroît par *Platine* qu'il aimoit les an-

tiquitez , & qu'il ſavoit en connoître le prix.

Le deuxiéme eſt *Callimaco Mon-*
teverde natif de *Mazzara* en Sicile.
Il vivoit en 1477. & eut de grandes
relations avec *Calderino* , qui étoit
alors à *Rome* en réputation de ſavant homme. Il a fait quelques ouvrages comme , *de laudibus Siciliæ :*
Commentaria Peſtica , Epiſtolæ fami-
liares ; mais il ne parôît pas qu'ils
ayent été imprimez·

Le troiſiéme eſt *Angelo Callimaco*
Sicilien , qui étoit probablement de
Meſſine. Il s'appliqua à la Poëſie Latine, & compoſa en cette Langue un
Poëme intitulé *Rhegina* , à la louange du Cardinal *Pierre Iſuaglia* Archevêque de *Reggio* en Calabre, &
appellé pour ce ſujet par les Auteurs
Cardinalis Rheginus. On a auſſi de
lui une lettre à ce même Cardinal ,
qu'il écrivit à la téte des Oeuvres
Aſtronomiques de *Gabriel Pirovano*
Milanois, dont il lui fit preſent. Elle
a été imprimée dans le 26e. tome du
Journal de *Veniſe* p. 380.

Le quatriéme eſt *Philippe Calli-*
maco Eſperiente , dont j'ai à parler.

R iij

P. CALLI-MACO ES-PERIEN-TE.

Il nâquit à *San-Gimignano*, dans les Etats de Florence, ce qui a donné occasion à l'erreur de *Vossius* & de ceux qui l'ont suivi, qui l'ont fait Florentin. Le veritable nom de sa famille, qui étoit très-noble & très-illustre à *San-Gimignano* est *Buonaccorsi*. Il s'avisa de le changer en celui de *Callimaco*, lors qu'étant allé à *Rome* sous le Pontificat de *Pie II.* il forma avec *Pomponius Lætus* une Academie, dont tous les membres changerent leurs noms en noms Latins ou Grecs. *Bayle* s'est trompé lorsqu'il a dit dans son Dictionnaire au mot *Experiens* qu'il changea celui de *Geminianus* en celui de *Callimachus*.

Le surnom d'*Esperiente* lui a été donné à cause de la grande experience qu'il avoit dans les affaires du monde, experience que les differens états de prosperité & d'adversité, par lesquels il avoit passé, lui avoient fait acquerir.

Leur Academie subsista pendant la vie de *Pie* II. mais *Paul* II. lui ayant succedé en 1464. s'imagina qu'elle cachoit quelque mystere, & prévenu par des personnes mal in-

tentionnées, il regarda cette ſocieté
de Savans comme une troupe de
Conjurez. C'eſt ce qui l'engagea à
les pourſuivre avec la derniere ri-
gueur. On en arrêta pluſieurs, à qui
on donna la queſtion pour découvrir leur prétendu complot. *Jove* &
après lui *Voſſius* prétendent qu'il fut
un de ceux qui furent arrêtez & mis à
la queſtion , comme le chef de la çon-
juration. Mais ils ſe ſont trompez
tous les deux. *Platine* qui étoit mieux
inſtruit de ce fait , dans lequel il
étoit même intereſſé , parle tout
differemment ; il dit que le Pape n'eut
pas plûtôt donné ſes ordres pour arrêter les perſonnes qui lui étoient
ſuſpectes , que *Callimaco* prit la fuite
avec un de ſes amis , qui fut cependant arrêté en chemin.

Pour lui il eut le bonheur d'échap-
per , & de ſe ſauver en Pologne,
après avoir erré long-temps en divers endroits , & avoir parcouru
toute la Grece , les Iſles de Chypre
& de Rhode, l'Egypte , les Iſles de
la Mer Egée, la Thrace & une partie de la Macedoine. Il trouva en
Pologne un protecteur dans la per-

R iiij

sonne de *Gregoire Sanocée*, que d'autres nomment *George*, Archevêque
de *Leopol*. Ce Prelat ayant pris de
l'amitié pour lui, lui fit bien-tôt
oublier toutes ses disgraces par les
bons traitemens qu'il lui fit.

On ne sait pas précisément le tems
de son arrivée en Pologne, & de
son séjour à *Leopol* ; ce qu'il y a de
sûr, c'est qu'il étoit à Constantinople en 1473. & qu'il doit être arrivé
peu de temps après en Pologne. Cette datte découvre la fausseté de ce
que quelques Auteurs ont dit qu'on
avoit déliberé dans la Diete de *Petri-
cow*, de le livrer au Pape, contre
lequel on disoit qu'il avoit fait une
conjuration, puisque ce Pape, qui
étoit *Paul* II. étoit mort en 1471.
long-temps avant que *Callimaco* ar-
rivât en Pologne. Il se peut faire cependant que quelques-uns croyant
que *Sixte* IV. son successeur voulut
autant de mal à *Callimaco* que *Paul*
II. ayent proposé de l'obliger à ses
dépens ; quoiqu'il en soit de ce fait,
la chose ne fut point executée.

Callimaco avoit été peu reglé dans
sa jeunesse ; ce qui a donné occasion

à *Paul Jove* d'en faire un portrait P. CALLI-
fort déſavantageux. Il le repreſente MACO ES-
comme un homme adonné au vin, PERIEN-
& qui du côté du corps & de l'eſprit TE.
n'avoir rien que de mépriſable. Mais
la paſſion, & la haine que *Jove* avoit
pour lui, ont eu plus de part à tout
ce qu'il en a dit que la verité. Ce
qu'il fit, & ce qu'il devint en Pologne ſuffit pour en donner une idée
toute differente.

En effet le Roy *Caſimir* III. en
conçût tant d'eſtime qu'il crût devoir lui donner le ſoin de l'éducation de ſes enfans. Il le fit même
quelque temps après ſon Secretaire,
qualité qu'il conſerva ſous *Jean Al-*
bert ſon fils & ſon ſucceſſeur.

Callimaco fut outre cela employé
dans pluſieurs negociations importantes.

En 1475. ou 76. il alla à Conſtantinople en qualité d'Ambaſſadeur
du Roy de Pologne pour tâcher de
détourner les Turcs d'attaquer la
Valachie qu'ils menaçoient.

En 1486. le Roy *Caſimir* l'envoya
encore en Ambaſſade à l'Empereur
Frederic III. & enſuite à la Repu-

P.CALLI-
MACO Es-
PERIEN-
TE.

blique de Venise pour les engager à former une ligue contre le Turc. Il demeura plus de deux mois à *Venise* où il vit les funerailles du Doge *Marc Barbarigo* mort le 14. Août 1486. & on l'y combla d'honneurs. Il alla aussi à *Rome* pour le même sujet. Mais ses poursuites n'eurent aucun effet. Enfin las de voir que les Venitiens ne finissoient rien, il s'en retourna en Pologne, d'où le Roy l'envoya de nouveau à Constantinople, où il fit une treve de deux ans avec la Porte.

Il lui arriva en 1488. un accident qui l'affligea beaucoup. Le feu prit à sa maison & consuma ses meubles, sa Bibliotheque, & plusieurs de ses écrits.

La mort du Roy *Casimir* arrivée en 1492. fut pour lui un nouveau sujet de chagrin; mais *Jean Albert* son fils lui ayant succedé après quelques debats, il se vit encore plus en faveur qu'il n'avoit été auparavant. Comme le nouveau Roy avoit été son éleve & son disciple, il lui donna beaucoup de part à sa confiance. Les affaires de la plus grande conse-

quence lui étoient confiées, il ne ſe P. CALLI-
faiſoit rien ſans ſon avis, les digni- MACO ES-
tez & les honneurs ſe diſtribuoient PERIEN-
à ſa volonté, en un mot tout lui TE.
paſſoit par les mains.

Un ſi grand credit dans un étranger ne pouvoit manquer de lui atti-
rer l'envie des Polonois, qui n'ou-
blierent rien pour lui nuire, mais
il ſçut toûjours ſurmonter leurs tra-
verſes & diſſiper leurs mauvais deſſeins. *Jove* prétend que les Grands
du Royaume le chaſſerent enfin de
la Cour, comme l'auteur de la ſan-
glante défaite des Polonois dans la
Moldavie, perſuadez qu'il avoit
conſeillé au Roy d'expoſer à la bou-
cherie la plus grande partie de la
Nobleſſe, comme le moyen le plus
propre pour établir en Pologne un
Gouvernement arbitraire.

Il n'y a pas un mot de vrai dans
tout cela. La défaite de la Moldavie
n'arriva que par la perfidie d'*Etienne*
Prince de Moldavie qui attaqua les
Polonois, lorſqu'ils ſe repoſoient ſur
la bonne foi d'un traité qu'ils venoient de conclure avec lui ; & *Callimaco* fut toûjours en credit & en

autorité jufqu'à fa mort, qui arriva à *Cracovie*, non pas le 29. Octobre, comme le dit *Voffius*, mais
le 1. Novembre 1496. Voici l'Epitaphe que l'on mit fur fon tombeau.

*Philippus Callimachus Experiens,
Natione Thufcus, Vir Doctiffimus,
utriufque fortunæ exemplum imitandum,
atque omnis virtutis cultor præcipuus;
Divi olim Cafimiri, & Johannis Alberti Poloniæ Regum Secretarius ac-
ceptiffimus, relictis ingenii ac rerum à
fe geftarum pluribus monumentis, cum
fummo omnium bonorum mærore &
Regiæ domus atque hujus Reipublicæ incommodo anno falutis noftræ
M. CCCC. XCVI. Calendis No-
vembris Vita decedens. Hic fepultus
eft.*

Cette Epitaphe jointe au témoignage de *Staniflas Sarnicius* & de
Martin Cromer fait voir que tout ce
que *Jove* a rapporté de fa mort n'eft
qu'un Roman. Il dit que les Seigneurs de la Cour l'ayant chaffé en
l'abfence du Roy, il s'alla cacher
dans un Village chez un de fes anciens amis; qu'étant mort en ce lieu,
on fit fecher fon corps dans un four,

& on le garda dans une armoire, P.CALLI-
parce qu'on n'ofoit divulguer fa MACO ES-
mort; mais que le Roy l'ayant fçu PERIEN-
le fit tranfporter à *Cracovie* dans TE.
l'Eglife de la Trinité, où il lui fit
drefler un tombeau de bronze.

La Popeliniere s'eft trompé grof-
fierement dans fon *Hiftoire des Hif-
toires*, quand il a fait vivre *Callimaco* en 1552. *Nicolas Reufner* a fait
la même chofe dans fes Portraits des
Hommes illuftres, en le faifant mourir exilé à *Vienne*. *Konig* s'eft auffi
imaginé mal à propos que *Philippe
Callimachus*, & *Callimachus Experiens*
étoient deux Auteurs differens.

Catalogue de fes Ouvrages.

1. *P. Callimachi Experientis Hiftoria de iis quæ à Venetis tentata funt,
Perfis ac Tartaris contra Turcos mo-
vendis, non folum verborum elegantia
confcripta fingulari, verum etiam mul-
tis graviffimis confultationibus ad id
bellum conficiendum referta. Haganoæ*
1533. *in* 40. It. dans les *Commentarii
Rerum Perficarum. Francofurti* 160.
in fol. Callimaco a compofé cet ouvrage en Pologne. On y a joint un
difcours qu'il fit en 1486. au Pape

P.CALLI-
MACO ES-
PERIEN-
TE.

Innocent VIII. pour l'engager à se liguer avec le Roy de Pologne contre les Turcs.

2. *Attila in* 40. sans date, & sans nom de lieu. Cette édition qui est la premiere a été faite par les soins de *Q. Emiliano Cimbriaco* vers l'an 1489. & suivant les apparences à *Trevise*, ou *Cimbriaco* a fait imprimer dans le même-temps quelques ouvrages de sa façon. C'est une Histoire d'*Attila* qui a été imprimée depuis à *Haguenau* en 1531. *in* 40. ensuite à *Basle* en 1541. *in* 8°. dans le Recueil Historique intitulé : *Opus Historiarum nostro saculo couvenientissimum*; & à Francfort en 1581. *in fol.* dans les *Decades Rerum Hungaricarum Bonfinii.*

3. *Historia de Rege Vladislao seu Clade Varnensi. Augusta Vindelicorum* 1519. *in* 40. Cette édition est la premiere. *Brutus* ne l'a pas connue ; car lorsqu'il en donna une nouvelle sur un manuscrit, il parle de l'ouvrage, comme d'un ouvrage qui n'avoit pas encore été publié. Son édition a été faite à *Cracovie* en 1582. *in* 40. Il y a joint la vie de *Calli-*

maco. Cette Hiftoire d'*Uladiflas* Roy P. CALLI-
de Hongrié tué à la bataille de *Var-* MACO ES-
nes a été auffi inferée dans le Re- PERIEN-
cueil de *Bonfinius*, & jointe à l'Hif- TE.
toire de *Martin Cromer. Callimaco*
a furpaflé dans cette hiftoire, felon
le goût de *Jove*, tous ceux qui depuis *Tacite* s'étoient érigez en Hif-
toriens. Il la compofa à la priere de
Mathias Hunniade Roy de Hongrie,
qui l'en recompenfa largement.

4. *De Clade Varnenfi Epiftola.*
Cette lettre, où l'Auteur décrit le
carnage de *Varnes*, dont il parle plus
au long dans le livre précedent, fe
trouve dans le deuxiéme tome des
chroniques Turques de *Lonicerus.*
Bafle 1556. & *Francfort* 1578. *in fol.*

5. *Ad Innocentium VIII. P. M.*
de *Bello Turcis inferendo oratio.* Ce
difcours eft joint à l'Hiftoire *de iis*
quæ à Venetis tentata funt, &c.
[N. 1.] *Haganoæ* 1533. *in* 40. Il
eft fort beau & tout hiftorique. On y
voit un long détail de l'Etat de l'Empire Ottoman, de fes forces & de
fes conquêtes, & de tout ce que les
Princes Chrétiens ont fait pour empêcher fes progrès.

P.Calli-
maco Es-
perien-
te.

6. *In Synodo Episcoporum de contributione Cleri Oratio.* Callimaco prononça ce discours pour engager le Clergé à fournir aux frais de la guerre contre les Turcs. Il a été imprimé ensuite dans une circonstance semblable à *Cracovie* l'an 1584. *in* 4°.

7. Le Catalogue de la Bibliotheque d'Oxford cite de lui: *Oratio sive consilium de bello suscipiendo contra Turcas. Istbiæ* 1603. Ce peut-être le même discours qu'il fit devant le Pape *Innocent VIII.* Il cite encore: *Harangues de la vie du Roy Ladislas. Francfort* 1573.

Callimaco a laissé aussi plusieurs ouvrages manuscrits.

Historia peregrinationum suarum. Il en est fait mention dans la Préface de l'Histoire de *Ladislas.*

Georgii Sanoeei Archiepiscopi Leopoliensis vita Dlugosse en parle sur l'année 1476. qui fut celle de la mort de ce Prelat.

De Regibus Pannoniæ. Cet ouvrage qui est en vers Heroïques, & dont parle *Lilio Giraldi,* est suivant les apparences le même que celui que *Gesner* dans sa Bibliotheque cite sous

le

le titre de *Hungarica Hiſtoria.* P. CALLI-

De mortibus Tartarorum liber. Cité MACO ES-
par *Trithème.* PERIEN-

De eloquentia diſputatio, citée dans TE.
l'ouvrage *De iis , quæ à venetis tentata ſunt.*

Quelques pieces de Poëſie.

Les Auteurs qui parlent de luí
ſont *Paul Jove Elog. Jean Vincent
Brutus* dans ſa vie , & le *Journal de
Veniſe tom.* 26. p. 475. où l'on trouve un détail fort étendu & fort
exact de ce qui le regarde. L'article
que *Voſſius* & *Bayle* en ont donné
n'eſt point exact.

OLIVIER PATRU.

OLIVIER *Patru* nâquit en OLIVIER
1604. à *Paris,* où ſon pere étoit PATRU.
Procureur au Parlement. L'application qu'il donna dans ſa jeuneſſe
aux Langues ſavantes ne l'empêcha
pas de cultiver particulierement la
Françoiſe , dont il connut dès ſes
premieres années le genie & les beautez , & dont il a fait pendant toute
ſa vie ſa principale étude.

Après s'être fait recevoir Avocat, il

OLIVIER
PATRU.

voulut voir l'Italie. Ayant rencontré à *Turin* M. d'*Urfé*, qui venoit de publier son *Astrée*, il lui parla des beautez de son ouvrage d'une maniere si intelligente, que ce Seigneur, qui passoit alors pour l'Auteur François le plus poli & le plus spirituel, étonné de la capacité de ce jeune homme l'engagea à le venir voir à son retour dans sa maison de Forest, sous promesse de l'entretenir à fond de son *Astrée*, & de lui en expliquer le mystere. Mais M. *Patru* n'eut pas cette satisfaction, car il apprit la mort de M. d'*Urfé* en repassant à *Lyon*.

Etant revenu à *Paris* il frequenta le Barreau, & cultiva avec soin le talent qu'il avoit pour bien parler & pour bien écrire. La réputation qu'il s'acquit d'abord lui merita une place dans l'Academie Françoise. Il y fut reçû en 1640. & le remerciement qu'il y fit fut écouté avec une approbation si universelle, & avec un si grand applaudissement, qu'il donna lieu à la Compagnie d'ordonner que tous ceux qui y seroient admis dans la suite feroient un discours pour re-

mercier l'Aſſemblée ; ce qûi ne s'é- OLIVIER
toit point fait auparavant , & ce qui PATRU.
s'eſt toûjours pratiqué depuis.

On trouve dans le troiſiéme volume des Melanges de *Vigneul-Mar-*
ville le caractere de M. *Patru* fort
bien repreſenté. ,, Il a été , dit·on,
,, un des premiers qui a introduit
,, dans le Barreau la pureté de la
,, Langue, jointe à une maniere d'é-
,, loquence copiée ſur celle des an-
,, ciens. C'étoit un Orateur de l'air
,, de celui que *Ciceron* appelloit *Ora-*
,, *tor parum vehemens.* Le geſte, la
,, voix & quelques autres grates ex-
,, terieures lui manquant , le reſte
,, avoit peu de luſtre. Il ſe tuoit de
,, parler , on ſe tuoit de l'écouter , &
,, après tout on ne l'entendoit pas.
,, Les plaidoyers qu'il a donnez au
,, public ſont des ouvrages qui a for-
,, ce d'être repaſſez & polis , pa-
,, roiſſent comme uſez au jugement
,, de ceux qui demandent moins
,, d'art & plus de naturel. La meil-
,, leure partie de la vie de cet Ora-
,, teur s'eſt paſſée à cet exercice, de
,, revoir & de retoucher ſes écrits.
,, Il ne venoit gueres au Palais pour

OLIVIER
PATRU.

» y plaider, ni pour être consulté,
» sinon sur les difficultez du langa-
» ge, par un certain nombre d'ad-
» mirateurs qui se rangeoient à son
» pilier. Il ne passoit pas pour un
» grand Jurisconsulte, ni pour un
» Avocat utile, ni aux autres, ni à
» lui-même. *Auzanet, Desita, Petit-*
» *pied* avec leur vieux stile rempor-
» toient tous les écus du Palais, pen-
» dant que *Patru* n'y gagnoit pas de
» quoi avoir une bonne soupe : ce
» qui faisoit dire à un Magistrat que
» cet Avocat qui plaidoit si bien la
» cause de l'Academie & de la Lan-
» gue Françoise, n'entendoit rien à
» plaidre la cause de sa fortune.

En effet son amour prédominant
pour les belles lettres ruina sa fortune, comme il en convenoit lui-
même, en lui faisant negliger sa
Profession. La gloire sterile d'être
l'Oracle des meilleurs Auteurs François avoit pour lui plus de charmes
que la gloire utile qu'il auroit pû
acquerir dans le Barreau, & ce fut
la seule qu'il ambitionna.

Il y parvint, comme il l'avoit sou-
haité. M. de *Vaugelas* tira de lui

de grand fecours pour fon excellent OLIVIER livre des Remarques, & cet illuftre PATRU. Grammairien, à qui notre Langue eft fi redevable, confeffoit lui devoir les principaux fecrets de fon art. M. Defpreaux lui faifoit revoir fes ouvrages, & profitoit avec plaifir de fes avis.

Au refte il jugeoit fainement de tout, & rien n'étoit plus raifonnable que la critique qu'il faifoit des ouvrages en profe & en vers, qu'on foumettoit à fa cenfure. C'eft de lui que M. Defpreaux à voulu parler, lorfqu'il a dit dans fon art Poetique chant quatriéme :

Faites choix d'un Cenfeur folide &
*   falutaire ,*
Que la raifon conduife , & le favoir
*   éclaire ,*
Et dont le crayon fur d'abord aille
*   chercher*
L'endroit que l'on fent foible , & qu'on
*   veut fe cacher.*

Mais s'il étoit un cenfeur habile & éclairé, il étoit auffi un cenfeur fevere. Il étoit même en réputation d'une fi grande rigidité, que quand M. *Racine* faifoit à M. *Defpreaux*

OLIVIER
PATRU.

quelques obſervations un peu trop ſubtiles ſur des endroits de ſes oûvrages, M. *Deſpreaux* au lieu de lui dire le proverbe Latin : *Ne ſis patruus mihi:* *N'ayeʒ point à mon égard la ſeverité* *d'un oncle* ; lui diſoit *ne ſis* Patru *mihi.* *N'ayeʒ point pour moi la ſeverité de* Patru.

Les qualitez de l'ame de M. *Patru* ne cedoient pas à celles de ſon eſprit. Il avoit dans le cœur une droiture qui ſe ſentoit de l'innocence des premiers ſiecles , & qui étoit à l'épreuve de la corruption du monde. Il n'y eut jamais un homme de meilleur commerce , ni un ami plus tendre , plus fidelle , plus officieux , plus commode & plus agréable. Sa mauvaiſe fortune n'a jamais pû alterer la gayeté de ſon humeur , ni troubler la ſerenité de ſon viſage. Les malheurs d'autrui le touchoient plus que les ſiens propres , & il ne pouvoit voir des pauvres ſans les ſoulager , lors même qu'il n'étoit pas trop en état de le faire.

Reduit à une extrême indigence, & preſſé par un creancier impitoya-

ble, il fe vit enfin obligé de ven- OLIVIER
dre fes livres, la plus agréable & PATRU.
prefque la feule chofe qui lui reftoit.
M. *Defpreaux* ayant appris l'extrêmité où il fe trouvoit, & fachant
qu'il étoit fur le point de les donner
pour une fomme affez modique, alla
auffi-tôt lui offrir près d'un tiers d'a-
vantage. Mais l'argent compté il mit
dans fon marché une condition qui
furprit agréablement M. *Patru*; ce
fut qu'il garderoit fes livres comme
auparavant, & que fa Bibliotheque
ne feroit qu'en furvivance à M.
Defpreaux.

Sa vie a été terminée par une longue maladie, qui lui a donné occafion de fe tourner entierement vers
Dieu; & après avoir vêcu en honnête homme, & un peu en Philofophe, il eft mort en bon Chrétien
avec les fentimens d'une fincere penitence.

M. *Colbert* lui envoya pendant
fa maladie une gratification de cinq
cens écus, comme une marque de
l'eftime que le Roy avoit pour lui.

Il eft mort le 16 Janvier 1681.
âgé de 77. ans.

OLIVIER
PATRU.

Ses *Oeuvres diverses* ont été imprimées pour la premiere fois à *Paris* 1670. in 4°. It. *Paris* 1681. *in* 4o. It. troisiéme édition augmentée de plusieurs Plaidoyers, de Remarques sur la Langue Françoise, & d'autres pieces. *Paris* 1714. *in* 4o.

Il y a encore dans le recueil des Barricades une piece très-ingenieuse de sa façon ; elle est intitulée : *Réponse du Curé à la Lettre du Marguillier sur la conduite de M. le Coadjuteur. Paris* 1651. *in* 4ª. pp. 35.

On a publié en 1724. un ouvrage sous le titre de *Dialogues entre Messieurs Patru & d'Ablancourt sur les plaisirs. Amsterdam in* 12. 2. tom. Mais on y reconnoît sans peine l'adresse de quelque Auteur inconnu qui a voulu donner du relief à un ouvrage mediocre par ces noms importans.

V. son éloge par le P. *Bouhours* dans le Journal des Savans 1681. & à la tête de ses Ouvres. Les notes de M. *Brossette* sur les *Oeuvres* de M. *Despreaux*. Les éloges de *Perrault*.

HONORE'

HONORE' D'URFE'.

HONORE' d'*Urfé* nâquit à *Marſeille* le 11. Fevrier 1567. de Jacques *d'Urfé* d'une famille illuſtre du Forêt, originaire de Suabe, & de *Renée de Savoye*, Marquiſe de *Baugé*, fille de *Claude deSavoye, Comte de Tende & de Sommerive*, Gouverneur & grand Sénéchal de Provence. Il fut le cinquiéme de ſix fils, & frere de ſix ſœurs. *Jacques* ſon frere le troiſiéme des ſix fut grand Ecuyer de Savoye, & vêcut 116. ans. Il ſe remaria à l'âge de cent ans, & eut un fils de ce mariage.

Honoré d'Urfé après avoir fait ſes études à *Marſeille* alla demeurer dans le Forez, où étoit ſa famille. *Jacques* ſon pere voyant dans ſon voiſinage une jeune fille de qualité, d'une grande beauté, & ſeule heritiere de ſa maiſon, nommée *Diane de Chateaumorand*, la deſtina à *Anne* ſon fils aîné. M. *Patru* dans ſes éclairciſſemens ſur l'Hiſtoire d'*Aſtrée*, qu'il écrivit à la ſollicitation de M. *Huet* Evêque d'*Avranches*, dit que les

Tome VI. T

deux maisons d'*Urfé* & de *Chateau-morand* étoient ennemies, & que la noblesse du Pays, qui s'interessoit à leur reconciliation menagea ce mariage qui en fut le sceau. Cela paroît être confirmé par le Roman même d'*Astrée*, où *Alcippe* pere de *Celadon*, est representé comme ennemi irreconciliable d'*Alcé*, pere d'*Astrée*. *Honoré* d'*Urfé* n'en demeuroit cependant pas d'accord, & assuroit que les seules vûes d'interêt produisirent ce mariage, & qu'il n'y avoit jamais eu aucune brouillerie considerable entre les deux familles.

Pendant que ce mariage se negotioit, *Honoré* voyant souvent *Diane*, en devint éperdument amoureux. Il plaisoit fort à *Diane*, & si on lui eut donné la liberté du choix, elle n'eut pas balancé à le préferer à son frere, qu'on lui destinoit. Mais comme l'interêt des maisons ne s'y rencontroit pas, le pere d'*Honoré*, pour le dépayser, l'envoya à *Malthe*, dont il l'avoit fait recevoir Chevalier, mais sans lui faire faire de vœux, & fit en son absence ce mariage avec son fils aîné.

Ce mariage ne fut mariage que de H. D'UR-
nom, & ils ſe ſeparerent volontai-   FE'.
rement après avoir vêcu dix ans
enſemble, ſous cette vaine apparence de mariage. M. d'*Vrfé* leur neveu diſoit qu'ils avoient été enſemble vingt-deux ans, qu'ils ſe ſeparerent ſous une promeſſe reciproque
qu'ils ſe firent de s'engager dans l'é-
tat Eccleſiaſtique après leur ſepara-
tion, & que le mari tint auſſi-tôt
ſa parole, ſe fit Prêtre, devint Chanoine de *Lyon*, & eut le Doyenné
de Saint Jean de *Montbriſon*, & le
Prieuré de *Montverdun*, mais que
Diane ſe voyant libre, réſolut de ſe
donner à *Honoré*.

Celui-ci de ſon côté, en changeant
de lieu n'avoit point changé de ſentimens pour *Diane*, & avoit pendant toutes ſes courſes perſeveré dans
ſon amour pour elle. Ainſi il profita du divorce de ſon frere, & épouſa celle qu'il avoit tant aimée.

M *Patru* repréſente *Honoré* encore fort paſſionné pour *Diane*, lorſqu'il l'épouſa, & c'eſt l'opinion com-
mune; mais il en parloit lui-même
autrement, puiſqu'il diſoit qu'il n'é-

H. D'UR-
FE'.

poufa *Diane* que par interêt, & pour ne pas laiffer fortir de fa maifon les grands biens qu'elle y avoit apportez.

Il eft vrai que *Diane* n'étoit plus alors dans la premiere fleur de fa beauté, ayant plus de trente ans, ou même plus de quarante, fi elle fut vingt-deux ans avec l'aîné. Il eft vrai auffi qu'ils ne vêcurent pas dans une parfaite intelligence. On en rapporte des caufes fort differentes. M. *Patru* dit qu'*Honoré* s'abandonnant à fon humeur galante avoit toûjours quelques nouvelles amourettes en tête. *Diane* ne trouvant plus en lui cette adoration, qui l'avoit autrefois fi agréablement flatée, ne pouvoit moderer ni fa jaloufie ni fes reproches. Ce qui le fatigua tellement à la fin, qu'il fe retira en Piemont dans une Caffine fur le bord du Po près de *Turin*.

M. d'*Urfé* fon neveu alleguoit d'autres raifons de cette feparation, entre autres la malpropreté de *Diane*, toûjours environnée de grands chiens qui caufoient dans fa chambre, & même dans fon lit une fa-

leté infupportable à fon mari. D'ailleurs il avoit efperé qu'elle lui don-
neroit des enfans qui puffent con-
ferver dans fa maifon les biens qu'il
avoit eu d'elle ; mais au lieu d'enfans
elle accouchoit tous les ans de mo-
les , qui le dégouterent enfin d'elle.

Tout cela ne paroît pas s'accorder avec ce qu'a écrit *Honoré* lui-
même dans la Préface du troifiéme
tome d'*Aftrée* , lorfqu'après avoir
protefté à la riviere de *Lignon* , que
le feu dont il brûla , & qui donna
naiffance à fon ouvrage, fut fi pur,
qu'il ne laiffa jamais de noirceur en
pas une de fes actions , ni de fes de-
firs, il ajoûte, qu'il étoit encore très-
vif alors , que la longueur des années
n'en avoit point diminué l'ardeur, &
qu'il ne s'éteindroit que fous la terre
de fon tombeau. On ne peut concilier ces fentimens, avec l'éloignement dans lequel il vivoit feparé
d'*Aftrée*, qu'en difant qu'il étoit toûjours amoureux de l'idée qu'il con-
fervoit de l'*Aftrée* du temps paffé,
fi differente de l'*Aftrée* d'alors.

Il fe retira donc en Piémont, pré-
ferant cet endroit à tout autre, non

feulement à caufe de la diftinction & du rang que lui donnoit dans cette Cour l'honneur qu'il avoit d'être forti d'une fille de la Maifon ; mais encore pour les marques de bienveillance que lui donnoit le Duc de Savoye, bien differentes du traitement qu'il recevoit à la Cour de France du Roy *Henri IV*.

Ce Prince n'avoit jamais regardé de bon œil ceux qui avoient eu quelque part aux bonnes graces de la Reine *Marguerite*, & *Honoré d'Urfé* étoit de ce nombre. Il s'y trouva engagé par une avanture fort imprévûe. La France étoit alors partagée par les guerres civiles en diverfes factions. Cette Princeffe étoit dans le Château d'*Uffon* en Auvergne, & fes partis battoient la campagne. *Honoré* tomba entre leurs mains, & fut conduit à la Reine. Il avoit toutes les qualitez, qui pouvoient le rendre agréable à une Princeffe infiniment fpirituelle & galante, & d'un difcernement exquis. Ainfi elle ne tarda gueres à fe laiffer prendre par fon prifonnier. Cet évenement eft enveloppé dans l'Aftrée

fous le nom de *Galatée.* Au refte fa
prifon ne dura pas long-temps, &
il revint bien-tôt auprès de *Diane*,
à qui il avoit réfervé toute la fidelité
de fon cœur.

Etant tombé malade à *Nice*, il fe
fit porter à *Villefranche*, où il mourut pulmonique en 1625. âgé de
58. ans.

Catalogue de fes Ouvrages.

1. *Le Sireine. Paris* 1611. *in* 8°.
It. avec d'autres Poëfies du même
Auteur. *Paris* 1618. *in* 8°. Ce Poëme eft fon premier ouvrage. Il y décrit fon départ du Forez, fon abfence & fon retour, mais en dégui-
fant un peu les chofes. Il fe repre-
fente prefque encore enfant ; il part
amant de *Diane* & aimé d'elle ; pendant fon abfence *Delio* riche Berger,
mais mal fait, & peu digne d'elle la
recherche en mariage, & l'obtient
de fes parens, dont l'autorité pré-
vaut en cela fur fa paffion. *Sireine*
à cette nouvelle fe précipite dans
la Mer, d'où il eft promptement retiré par les foins officieux de ceux qui
le voyent dans ce danger.

2. *Epitres Morales. Paris* 1603.

T iiij

in 12. It. *Lyon* 1620. *in* 12. *Honoré*
d'Urfé écrivit ces Epitres en prifon,
comme des remedes contre les coups
de la fortune qu'il avoit éprouvez.
On ne fait à quel fujet il fut arrêté.
Se trouvant dangereufement malade,
il confia fon ouvrage à *Antoine Fa-*
vre premier Prefident de *Chambery*
fon ami intime, qui le publia ; il
a été réimprimé plufieurs fois, & il
fut augmenté d'un troifiéme livre
dans l'édition de *Lyon* faite en 1620.
Il n'y a rien que de fort commun,
& il n'eft plus gueres connu.

3. *L'Aftrée. Paris in* 80. *Honoré*
d'Urfé publia le premier volume de
fon *Aftrée* en 1610. & le dédia au
Roy *Henri IV.* à qui ce prefent fut
fort agréable, quoique l'Auteur ne
le lui fût gueres ; le fecond vint dix
ans après, & le troifiéme quatre
ou cinq ans après. La quatriéme
partie étoit achevée, lorfque l'Auteur mourut ; *Balthazar Baro* qui
avoit été fon confident & fon fe-
crétaire, & qui étoit inftruit du deffein de fon ouvrage, non feulement fit
imprimer la quatriéme partie deux
ans après la mort d'*Honoré*, mais com-

poſa encore la cinquiéme en partie H. D'UR-
ſur les mémoires de ſon Maître. D'un FÉ.
autre côté le Duc de Savoye, qui
étoit dépoſitaire de la quatriéme
partie d'*Aſtrée*, & des mains de qui
elle paſſa à Mademoiſelle d'*Urfé* nie-
ce de l'Auteur, qui chargea *Baro*
de la faire imprimer, l'ayant confié
à quelques perſonnes, ceux-ci en
tirerent des lambeaux dont ils firent
enſuite une cinquiéme & une ſixiéme partie. M. d'*Urfé* eſt le premier
qui a tiré les Romans de la Barba-
rie, & les a aſſujetti à des regles. Son
Aſtrée fut reçûe avec un applaudiſſement infini, principalement par
ceux qui ſe piquoient d'eſprit & de
politeſſe. Toutes les Hiſtoires qu'elle
renferme ont un fondement vérita-
ble, & l'Auteur a eu deſſein d'y ra-
conter ſous des noms de Bergers &
de Bergeres l'Hiſtoire de ſes amours
avec *Diane de Chateaumorant*, &
celle de pluſieurs autres perſonnes;
mais pour rendre ces Hiſtoires plus
agréables, il les a toutes romancées,
c'eſt à dire qu'il les a mêlées de fictions, qui quelquefois ſont des fictions toutes pures, & d'autres fois

font des fictions qui servent de voile
à des veritez. Ce livre qui faisoit autrefois les délices des personnes les
plus spirituelles, & même des savans,
n'est plus lû maintenant ; le goût
de ces Romans de longue haleine,
& où les avantures font entassées
les unes sur les autres sans qu'on en
voye jamais la fin , a subsisté quelque temps , mais il est entierement
passé. On n'est plus d'humeur à se
prêter long-temps à des idées si fri-
voles ; & ceux qui ont conservé le
goût du Roman ne veulent plus
que de ces Histoires qui durent assez
pour les amuser, mais non point assez
pour leur causer de l'ennui ; M. *Patru* a donné des éclaircissemens sur
l'*Astrée*, où il découvre plusieurs personnes dont *Honoré d'Urfé* a eu intention de parler sous des noms em-
pruntez ; mais c'est une chose qui
interesse maintenant peu de personnes.

V. la douziéme dissertation de
M. *Huet* dans le Recueil de l'Abbé
de Tilladet.

BERNARDIN RAMAZZINI.

BERNARDIN *Ramazzini* nâ-
quit le 5. Novembre 1633. à
Carpi Ville d'Italie à dix milles de
Modene, d'une honnête famille.
Après avoir fait ses humanitez dans
sa patrie, il alla à *Parme* étudier en
Philosophie. Son cours fini, & obligé de prendre un parti, il se détermina à la Medecine qu'il étudia dans
la même Ville pendant trois ans,
après quoi il reçût le Bonnet de
Docteur le 21. Fevrier 1659.

Ce qu'il avoit appris pendant son
cours de Medecine lui parut peu
de chose, s'il n'y joignoit la pratique; il alla pour cela à *Rome*, où il
s'en instruisit sous un fameux Medecin, nommé *Antoine-Marie Ru-
bei*, qui dans la suite l'ayant trouvé
suffisamment instruit lui procura de
l'emploi dans le Duché de *Castro*.

Ramazzini pratiqua quelque temps
la Medecine en ce lieu; mais sa
mauvaise santé l'obligea à retourner
à *Carpi*, pour y prendre l'air natal.

B. RA- qui la rétablit peu à peu. Pendant
MAZZINI. le féjour qu'il y fit il fe maria &
continua la pratique de la Medecine
d'une maniere qui lui fit beaucoup
d'honneur. Ses amis l'engagerent à
quitter *Carpi*, & fe rendant à leurs
confeils il alla s'établir en 1671. à
Modene.

Les Profeffeurs en Medecine de
cetteVille n'étoient pas prévenus trop
favorablement pour fon habileté &
fa fcience, il fallut les défabufer; c'eft
ce qui l'engagea à s'appliquer avec
une attention finguliere à la pratique, & à mettre au jour plufieurs
ouvrages, qui les convainquirent
bien-tôt qu'ils avoient mal jugé de
lui ; quelques-uns cependant paffant
du mépris à la jaloufie, voulurent
dans la fuite lui faire de la peine &
le taxer d'ignorance, & donnerent
par là occafion à plufieurs écrits dont
je parlerai plus bas.

En 1682. il fut fait Profeffeur en
Medecine theorique dans l'Univerfité de *Modene* qui venoit d'être établie par le Duc *François II.* & il
conferva cet emploi pendant dix-
huit ans, fans ceffer pour cela de

voir les malades , & fans negliger les
belles Lettres , qui faifoient fon plus
agréable délaffement.

Il le quitta en 1700. pour aller
à *Padoue* , où il étoit appellé pour
profeffer la Medecine pratique.
Quoiqu'il fût déja avancé en âge ,
il s'acquitta avec beaucoup d'ardeur
des fonctions de fa Charge. Les
infirmitez de la vieilleffe qui commencerent à l'attaquer bien-tôt après
y mirent quelque interruption , mais
dès qu'il avoit quelque relâche , il
s'y livroit de nouveau. Ce qu'il y
eut de plus fâcheux pour lui , c'eft
qu'il perdit la vûe , & fe vit privé
par là du plaifir de la lecture. Mais
il y suppléa par le fecours de trois
de fes petits fils qu'il avoit pris chez
lui , & qui lui fervoient de lecteurs
& de fcribes.

Il fongeoit à. fe décharger de fon
emploi que fes incommoditez lui
rendoient onereux , lorfque le Senat
de *Venife* le nomma Recteur du
College en 1708. & même le fit
paffer l'année fuivante de la feconde
Chaire de Profeffeur en Medecine
pratique à la premiere. Il n'oublia

B. RA- rien pour se dispenser d'accepter cet
MAZZINI. honneur, sa vieillesse & sa mauvaise
santé ne furent point des excuses va-
lables, il eut beau les alleguer, on
lui répondit qu'il ne feroit ses leçons
que lorsque ses forces & sa santé le
lui permettroient, & que quand
même il n'en pourroit point faire
du tout, c'étoit assez pour la Republique, de l'avoir pour premier
Professeur de Medecine à *Padoue*.

Il commença donc à faire les
fonctions de cette Charge, qu'il a
continuées jusqu'à sa mort. Il se pré-
paroit encore à aller en classe, lorsqu'il eut une attaque d'apoplexie,
qui l'enleva le 5. Novembre 1714.
âgé de 81. ans.

Il avoit eu trois enfans, un fils
qui mourut dans l'enfance, & deux
filles, dont une seule a laissé de la
posterité.

Son merite lui procura une entrée
dans quatre Academies; il fut d'a-
bord associé à celle des *Dissonanti*
de *Modene*, & ensuite à celle des
Curieux de la Nature. En 1706. la
Société Royale de *Berlin* le mit au
nombre de ses membres, & en 1709.

on lui fit le même honneur dans celle des Arcadiens de *Rome.*

Son neveu qui nous a inſtruit du détail de ſa vie en fait ainſi le caractere. Il étoit d'une humeur aſſez douce, & il falloit qu'on le pouſſât à bout pour le mettre en colere, encore ne paſſoit-il pas alors les bornes de la moderation. Cela doit s'entendre cependant du commerce ordinaire de la vie, car dans les diſputes litteraires ſa bile s'enflammoit aiſément ; quoiqu'il parlât peu ordinairement, & qu'il parût abſtrait à ceux qui ne le connoiſſoient pas, il étoit neanmoins fort gai avec ſes amis, & ſes lectures lui fourniſſoient de quoi rendre ſes converſations fort utiles pour eux. Un de ſes grands principes étoit, que pour conſerver ſa ſanté, il faut varier ſes occupations & ſes exercices, & il ne manquoit pas de le mettre en pratique. Malgré ſa ſcience & ſon habileté il étoit fort timide dans les actions publiques, la hardieſſe étant moins une ſuite de la capacité qu'un effet du temperament.

Catalogue de ſes Ouvrages.

1. *De Bello Siculo cento ex Virgilio*

B. RA-
MAZZINI.

ad invictissimum Galliarum Regem Ludovicum XIV. Mutinæ 1677. *in* 40. *Ramazzini* fit cet ouvrage pour établir sa réputation parmi les Profeseurs de *Modene*, qui ne le connoiffant pas encore faisoient peu de cas de lui, & le fit imprimer avec quelques Poëmes Italiens qui parurent cette année à la louange du Roy *Louis* XIV. Il l'envoya à *Paris* au Resident de *Modene* pour le presenter à ce Prince, qui agréa son present, & l'en remercia par un autre qui ne parvint pas cependant jusqu'à lui.

2. *Exercitatio Jatropologetica, seu responsum ad scripturam quandam Annibalis Cervii Doctoris Medici. Mutinæ* 1679. *in fol.* Ce Medecin l'avoit accusé dans un écrit fort vif d'avoir mal traité une femme qu'il avoit vûe pendant sa maladie. *Ramazzini* crut son honneur trop interessé dans cette accusation, pour n'y pas répondre; ce qu'il fait ici avec beaucoup de force. Son adversaire repliqua, & il se disposoit à faire imprimer une nouvelle réponse à cette réplique, lorsqu'il lui vint un ordre du Duc

de

de Modene d'en demeurer là, ce qui mit fin à la difpute.

3. *In folemni Mutinenfis Academiæ inftauratione Oratio. Mutinæ* 1683.
in 40. It. dans le Recueil de fes Oeuvres.

4. *Relazione fopra il parto è Morte
dell' Illuftr. fign. Marchefa Martellini
Bagnefi, con una cenfura del Dottor
Giovane Andrea Moniglia è Rifpofta
alla cenfura. In Modana* 1681. *in fol.*
Cet ouvrage fut le commencement
d'une difpute entre *Ramazzini* &
Moniglia Medecin du grand Duc,
dans laquelle il y eut plufieurs écrits
publiez. *Ramazzini* pour fa part lui
fit deux nouvelles réponfes en Italien
comme la premiere, imprimées l'une
en 1681. & l'autre en 1682. *in fol.*
Mais il arriva dans cette occafion ce
qui arrive dans toutes les difputes
litteraires trop long-temps continuées, les premiers écrits font curieux, & renferment plufieurs chofes
utiles & inftructives, mais ils dége-
nerent peu à peu en minuties & en
perfonalitez qui n'intéreffent plus le
public.

5. *De Conftitutione anni* 1690. *ac*

de epidemia quæ Mutinensis agri
& vicinarum Regionum colonos gra-
viter afflixit differtatio, ubi quoque
rubiginis natura difquiritur, quæ fruges
& fructus vitiando aliquam caritatem
annonæ intulit. Mutinæ 1691. *in* 4o.

B. RA-
MAZZINI.

Les Aftrologues jugent à la fin de
chaque année des qualitez de la fuivante, & prédifent par l'infpection
du Ciel quelle fera la temperature
de l'air, la fertilité ou la fterilité
de la terre, & la difpofition des corps
par rapport à la maladie ou à la fanté;
mais il n'y a rien que de frivole &
d'incertain en tout cela ; *Ramazzini*
prenant une route toute contraire,
& plus fûre a entrepris dans cet ouvrage, & dans les autres qu'il a donné fur les années fuivantes 1691. 1692.
1693. 1694. & qui ont paru chacun
en leur temps, d'expliquer par le
vent, les pluies, le chaud, le froid,
& les autres accidens aufquels chaque année a été fujette, la nature &
les caufes des maladies, qui font fur-
venues pendant tout fon cours, de
même que les bons & les mauvais
effets des remedes qu'on y a faits.
Cet ouvrage a été inferé dans le Re-

cüeil de ſes œuvres, & dans les Ephe-   B. RA-
merides des Curieux de la Nature.   MAZZINI

6. *De Fontium Mutinenſium ad-*
miranda ſcaturigine, tractatus Phyſico-
Hydroſtaticus. Mutinæ 1692. in 4o.
It. dans le Recueil de ſes œuvres.
Cet ouvrage eſt rempli de recherches
curieuſes. On l'a traduit en Anglois
ſous ce titre : *Refutation de la Phi-*
loſophie des Abyſſins, où l'on montre
que la Theorie *de la terre n'eſt con-*
forme ni à l'écriture ni à la raiſon.
Par Robert de Saint Clair. Londres
1697. *in* 12. On a donné à cette
traduction un titre ſi ſingulier, dans
le deſſein de l'oppoſer à la *Theorie*
ſacrée de la terre de Thomas Burnet.
Ce ſavant prétendoit que ſon ſyſtême étoit nouveau, prétention qui
eſt combattue par *Ramazzini,* qui
dit dans ſon chapitre quatriéme
avoir lû dans un livre de *François*
Patricius de la Rhetorique des anciens publié en Italien à *Veniſe* en
1562. qu'un Abyſſin qui étoit en
Eſpagne avoit entretenu le Comte
Balthaſar Caſtiglione d'un ſyſtême
qu'il avoit trouvé dans des Annales
d'Ethiopie très-anciennes, & qui ſe

B. RA-
MAZZINI. rapporte entierement à celui de *Bur-net.* Cette découverte engagea ses ennemis à travailler à cette traduction à laquelle *Robert de Saint Clair* a ajoûté une Differtation préliminaire contre *Burnet*, & des notes fur tout l'ouvrage.

7. *Ephemerides Barometricæ Mutinenses anni* 1694. *una cum difquifitione caufæ afcenfus & defcenfus in Torricelliana fiftula, juxta diverfum aeris ftatum. Mutinæ* 1695. *in* 4°. *Ramazzini* avoit cru d'abord conformément à ce qu'il avoit appris de fon Maître *Borelli*, que le vif argent montoit dans le tuyau de *Torricelli* dans le temps pluvieux, & defcendoit dans le beau temps; mais l'experience le convainquit du contraire, comme il le fait voir dans cet ouvrage, où il cherche les raifons des differentes hauteurs du vif argent felon les changemens qui fe font dans l'air. Son ouvrage a été réimprimé avec les lettres qu'il écrivit à *Schelamer*, & à quelques autres favans qui l'avoient attaqué fur ce fujet, à *Padoue* 1712. *in* 12. On a inferé tout cela dans le recueil de fes œuvres.

8. *De Oleo montis Zibinii , feu* B. RA=
Petreolo agri Mutinenfis Francifci MAZZINI.
*Ariofti libellus è MSS. Membranis
editus ab Oligero Jacobæo Hafniæ
1690. nunc autem ad fidem cod. MS.
Bibliothecæ Eftenfis recognitus & recu-
fus , adjecta ejufdem argumenti Epiftola Bernardini Ramazzini. Mutinæ
1690. in 12.* It. dans le Recueil de
fes œuvres.

9. *De morbis Artificum Diatriba.
Mutinæ 1701. in 8°. 2a. Editio :
Accedit fupplementum ejufdem argumenti , ac Differtatio de facrarum
Virginum valetudine tuenda. Patavii 1713. in 4°.* It. dans le Recueil de fes œuvres. Ce livre eft
rempli d'obfervations importantes
& utiles , & l'on ne peut trop
fuivant le Journal des Savans , en
recommander la lecture aux Medecins.

10. *Orationes Jatrici argumenti ;
quas in Patavino Gymnafio pro An-
niverfaria ftudiorum inftauratione habuit. Patavii 1708. in 8°.* It. dans
le Recueil de fes Ouvrages. Ces difcours qui font au nombre de neuf
avoient déja paru feparement à me-

B. RA-
MAZZINI.

sure qu'ils avoient été prononcez. Les principaux sujets sont, que la Medecine s'exerce avec plus de succès sur le peuple que sur les gens de qualité ; qu'il manque à cet Art une bonne theorie & une bonne pratique des fievres ; que l'étude des anciennes & des nouvelles opinions contribue beaucoup à perfectionner la Medecine ; que dans la pratique il vaut mieux choisir les remedes simples que les plus composez ; que la Medecine theorique ne doit point l'emporter sur la Medecine pratique.

11. *De Principum valetudine tuenda Commentatio. Patavii* 1710. *in* 4°. It. *Lipsiæ* 1711. *in* 8°. par les soins de *Michel Ernest Ettmuler* qui y a ajoûté une Préface & une table fort ample.

12. *Annotationes in librum Ludovici Cornelii de vita sobria commodis. Patavii* 1713. *in* 12. It. dans le recueil de ses œuvres. La traduction Latine qui est au dessus des notes est du P. *Lessius* Jesuite.

13. *De abusu Chinæ Dissertatio Epistolaris. Ramazzini* ayant réuni sur la fin de sa vie ses observations sur les constitutions épidemiques qu'il

avoit publiées féparement y joignit
cette differtation, qui a été réimprimée dans le Recueil de fes œuvres.

14. *De Contagiofa epidemia, quæ
in Patavino agro & tota fere veneta
ditione in Boves irrepfit Differtatio.
Patavii* 1712. *in* 8°. C'eft un difcours
que *Ramazzini* prononça à *Padoue*
le 9. Novembre 1711.

15. *De Pefte Viennenfi Differtatio.*
C'eft encore un difcours qu'il prononça le 20. Novembre 1713.

16. *Opera omnia medica & Phyfica.
Londini* 1716. *in* 4°. It. *Geneva*
1717. *in* 4°. Ce qui paroît de nouveau dans ce recueil font trois difcours, qui n'avoient point encore
été publiés ; *Ramazzini* prétend
prouver dans le troifiéme qu'un Medecin valetudinaire eft meilleur pour
la pratique de la Medecine, qu'un
autre qui eft d'une bonne fanté.
L'édition de Geneve eft remplie de
fautes d'impreffion.

V. fa vie à la tête du Recueil de
fes Oeuvres par *Barthel emi Rama-
zini* fon neveu, qui l'a donné au
public.

PIERRE CUNEUS.

PIERRE
CUNEUS.

PIERRE *Cuneus* nâquit en 1586. à *Fleſſingue*, d'un bon Marchand de cette Ville, qui le fit élever avec beaucoup de foin. Il commença à l'âge de douze ans à apprendre les élemens de la langue Latine à *Middelbourg* fous un Maître particulier. On le mit enfuite fous la conduite d'un Miniſtre d'*Harlem* qui continua à l'inſtruire chez lui.

Quand il fut en état d'entrer dans une Academie, c'eſt à dire à l'âge de quatorze ans, on l'envoya à *Leyde*, où il fut confié à un de fes parens nommé *Ambroiſe Rogemorter*, fous lequel il apprit les Langues Greque & Hebraique.

Il fit avec lui en 1603. un voyage en Angleterre. Ce ne fut pas feulement à fon égard une promenade de déplaifir. Il employa à l'étude tout le temps qu'il fut dans ce Royaume, & pendant un Eté il lût avec beaucoup de foin *Homere* entier, & la plûpart des Poëtes Grecs; ce qui
lui

lui acquit une grande connoiſſance P. Cu-
de la Langue Greque. NEUS.

Après un aſſez long ſéjour en Angleterre, il retourna à *Leyde*, laiſ-
ſant à *Londres Rogemorter*, qui y
avoit été fait Miniſtre de l'Egliſe
Hollandoiſe Reformée. Depuis ce
temps il s'appliqua ſucceſſivement à
la Theologie & à la Juriſprudence,
ſans negliger les belles Lettres, qui
faiſoient ſa principale étude. La fre-
quentation des Savans contribua
beaucoup aux progrez qu'il fit dans
toutes ces ſciences, & il ſe reſſou-
venoit toûjours avec plaiſir de l'a-
vantage qu'il avoit eu de demeurer
pendant trois ans avec *Bonaventure
Vulcanius.*

Quoiqu'il eut déja quelque connoiſſance de la Langue Hebraique, elle
étoit trop ſuperficielle, pour qu'il
s'en contentât; il alla donc à *Franeker*
pour s'y perfectionner ſous le fameux *Druſius*, qui lui apprit outre
cela les Langues Chaldaique & Sy-
riaque, & le fit entrer dans la lecture des Rabbins. Il donna auſſi
dans cette Ville quelque temps à l'é-
ude de la Juriſprudence.

P. Cu-
NEUS.

Il y avoit déja long-tems qu'il tra-
valloit à s'inftruire, il étoit temps
qu'il inftruifit les autres. L'Academie de *Leyde* prévenue de fa capacité le fit en 1611. Profeffeur en
Humanitez, & enfuite en Politique,
& il expliqua dans ce pofte *Juvenal*,
Seneque le Philofophe, *Suetone*, *Ta-*
cite, & quelques autres Auteurs. Mais
comme il aimoit la Jurifprudence
préferablement à tout, il fe fit recevoir Docteur en cette Faculté, & demanda permiffion de fuivre quelque
temps le Barreau, & d'aller entendre
à *la Haye* les Avocats celebres.

De retour à *Leyde* en 1615. il fut
nommé Profeffeur en Droit, Charge
qu'il a exercée jufqu'à la fin de fa
vie, & dans laquelle il expliqua d'a-
bord le Digefte, & enfuite le Code
Juftinien. Quoiqu'il fe plaignit d'être
diftrait par un grand nombre de
confultations & d'affaires, que fa
Profeffion lui attiroit, il ne laiffoit
pas de s'attacher à d'autres études,
principalement à l'Hiftoire Sainte
& à celle des Juifs.

Les Etats de Hollande le choifirent
fur la fin de fa vie, pour leur fervir

de Conſeil dans les affaires du Commerce & de la Marine, & ceux de
Zelande voulurent lui donner la
Charge d'Hiſtoriographe de la Province. Il fit pour cela un voyage
dans ſa patrie, où il fut attaqué
d'une fievre fâcheuſe, qui eut quelque
interruption,& lui laiſſa la liberté de
retourner à *Leyde*. Mais il en eut
peu de temps après de nouvelles attaques qui le conduiſirent au tombeau.

Il eſt mort au mois de Novembre
1638. dans la cinquante-troiſiéme
année de ſon àge, il s'étoit marié en
1616. & a laiſſé quelques enfans.

Catalogue de ſes Ouvrages.

1. *Sadi venales ſatira Menippea,
in ſaculi hujus homines pleroſque inepte
eruditos. Lud. Bat.* 1612. *&* 1616.
in 24. It. avec ſes Harangues. *Cuneus* étoit d'autant plus propre à
cenſurer les défauts des hommes,
qu'il étoit d'un temperamment ſec,
ſujet à la colere, & ne pouvant ſouffrir les vices que la coutume auto-
riſe. Il ſe moque dans cet ouvrage
des Savans qui ſe jouent de la credulité des peuples, & qui s'imaginent
que le Lecteur s'endort ſur leurs

écrits, s'ils ne le reveillent par quelque miracle. Ils font defcendre Dieu du Ciel, pour agir & parler comme il leur plaît ; ils remontent fans fcrupule jufqu'à l'origine la plus fabuleufe des peuples & des Villes, & fe font un honneur d'appuyer fur ces contes, comme fur autant de veritez, les chofes les plus extraordinaires. En un mot il y fait une fatyre des faux Savans ; mais comme elle eft très-piquante, on affure qu'il la defapprouva lui-même dans la fuite. (*Bafnage Pref. des Antiquitez Judaïques.*)

2. *Animadverfionum liber in Nonni Dionyfiaca Lugd. Bat.* 1610. *in* 8⁰. *Cuneus* releve dans ces remarques les fautes de *Nonnus.*

3. *Juliani Imperatoris Cafares è Græco verfi Lugd. Bat.* 1612. *in* 8⁰. It. dans le recueil de fes Harangues. *Cuneus* entreprend dans fa Préface de relever la gloire de l'Empereur Julien, en le comparant aux plus grands Heros du Paganifme.

4. *De Republica Hebræorum libri tres. Lugd. Bat.* 1617. *in* 8⁰. It. 1624. *in* 12. It. *Amftelodami. Elzevir.*

1632. *in* 24. Il y a deux éditions de
cette année, qui different ſeulement
en ce que la ſeconde eſt d'un caractere plus menu & plus net, & qu'on
y a corrigé l'*Errata*, qui ſe trouve
à la fin de la premiere édition ; elle
a 372. pages, & doit être préferée
à l'autre qui en a 502. It. *cum An-
notationibus Joannis Nicolai. Lugd.
Bat.* 1703. *in* 4°. It. traduction en
François ſous le titre de *la Republique des Hebreux. Amſterdam* 1705.
in 80. Cet ouvrage n'eſt point une
Hiſtoire ſuivie & complete. L'Auteur y a pris ſeulement les époques
des principales revolutions qui ſont
arrivées dans la Republique Judai-
que, & fait des obſervations déta-
chées ſur ſes loix & ſes ceremonies
les plus importantes.

5. *Reſponſum in cauſa Poſtliminii*
1631. It. avec ſes Harangues. Il
s'agit dans ce petit écrit d'une queſtion qui regarde le droit des gens.
Trois vaiſſeaux Genois avoient pris
un bâtiment Turc chargé de riches
marchandiſes qui venoient de Conſtantinople ; comme les Genois ſont
toûjours en guerre avec les Turcs,

le bâtiment étoit de bonne prise ;
mais le mauvais temps les obligea de
relâcher dans un port de Candie,
qui appartenoit alors aux Venitiens,
qui étoient en paix avec les Turcs. On
demandoit si dans ces circonstances
les Turcs avoient droit de redemander leur vaisseau, & si les Venitiens
étoient obligez de le leur faire rendre. *Cuneus* après avoir examiné les
raisons de part & d'autre, prend le
parti des Genois, & prétend qu'ils
doivent conserver leur prise.

6. *Exercitationum Oratoriarum*
inauguratio. Lugduni Batav. 1621.
in 4°.

7. *Orationes varii Argumenti. Lugd.*
Bat, 1640. *in* 12. It. *Witteberga*
1643. *in* 80. *Auguste Buchner* a
ajoûté une Préface à cette édition.
It. *Francof. & Lipsia in* 80. It. 4a.
editio : Accessere Satyra Menippea ,
Juliani Cæsares, & Responsum in causa
Postliminii cum quibusdam Epistolis ;
Christophorus Cellarius notas & obser-
vationes adjecit. Lipsia 1693. *in* 8°.
C'est *Jean Cuneus* son fils qui a donné pour la premiere fois ses Harangues au public.

V. son Eloge par *Adolphe Vorstius*

dans les *Memoriæ Jurisconsultorum*
Henningi Witten, & à la fin de l'é-
dition de ses Harangues faites par
les soins de *Cellarius. Meursii Athenæ*
Batava.

P. Cu-
NEUS.

GERARD CROESE.

GERARD *Croese* nâquit à *Am-*
sterdam le 27. Avril 1642.
Après avoir commencé ses études
dans sa patrie, il alla les continuer
à *Leyde*, où il étudia les belles Lettres sous *Jacques Frederic Gronovius*,
& *George Hornius*, & la Theologie
sous *Cocceius* & *Hornbeck*. Ayant été
mis au nombre des proposans après
les quatre années qu'il y donna, il
s'embarqua pour aller à *Smyrne* avec
Ange de Ruiter, fils du fameux Ami-
ral de ce nom.

Il s'arrêta en revenant en Angleterre où on lui offrit un poste de
Ministre à *Norwich*, mais il le refusa, aimant mieux être employé
dans sa patrie. Il fut fait quelque
temps après Ministre des troupes
Hollandoises qui étoient en garnison

GERAD
CROESE.

X iiij

G. CROE-
SE.

à *Ipres.* Paſſant un jour par *Alblas*
Bourg de la Hollande Meridionale
voiſin de *Dordrecht*, pour aller faire
un tour dans la Province d'Overyſ-
ſel, on le pria de prêcher. Il le fit,
& l'on fut ſi content de lui, qu'on
convint de l'arrêter dans ce lieu,
dont il fut élû Miniſtre, & où il
fut inſtallé le 10. Juillet 1678.

Il a rempli ce poſte juſqu'à la fin
de ſa vie. Quelque temps avant ſa
mort il étoit devenu ſi infirme,
qu'il avoit demandé un ſucceſſeur.
Mais avant qu'on le lui donnât, il eut
à *Dordrecht*, où il demeuroit, une attaque d'apoplexie, dont il mourut le
10. Mai 1710. âgé de 68. ans.

Il s'étoit marié le 15. Juillet 1681.
& de ſept enfans qui ſont ſortis de
ce mariage trois ſeulement lui ont
ſurvêcu, une fille, & deux garçons,
qui ſe ſont mis dans le Commerce.

Catalogue de ſes Ouvrages.

1. *Hiſtoria Quakeriana, ſive de*
vulgo dictis Quakeris, ab ortu illorum
uſque ad recens natum ſchiſma, libri
tres, in quibus praſertim agitur de
ipſorum praecipuis antecesſoribus &
dogmatis, factiſque ac caſibus memo-

rabilibus. Amftelodami 1695. *in* 80. G. Croe-
pp. 581. Nous n'avions point en- se.
core d'Hiftoire reguliere des Quakers, on ne les avoit pas crû dignes
de cet honneur ; ceux qui en avoient
parlé auparavant ne l'avoient fait
qu'avec mépris , & d'une maniere
dédaigneufe ; fans fe donner la peine
de marquer la naiffance de cette Secte, ou d'expliquer le détail de leurs
dogmes , ils les avoient traitez de
vifionnaires qui ne méritoient pas
d'être refutez ferieufement. *Croefe*
en a jugé bien differemment. Voyant
que leur parti fe multiploit , il a
crû qu'il étoit à propos d'en écrire
l'origine & les premiers commencemens , tandis que la memoire en
étoit encore recente , & qu'il étoit
aifé de s'affurer de la verité des faits;
il a fait pour cela de grandes per-
quifitions , & a tiré des éclairciffe-
mens des Quakers même , pour ne
point leur imputer des fentimens
ridicules, ou qu'ils puffent defavouer.
Mais uniquement occupé à travailler fon Hiftoire pour les chofes , il
a negligé le ftile : fouvent même l'im-
patience du Lecteur eft arrêtée &

G. Croe-
se.

retardée par la longue suite des pé-
riodes qui demandent une application extrême , & il est quelquefois
obligé de retourner sur ses pas , pour
retrouver le sens du discours. [*Hist.*
des Ouv. des Sav. 1696.

2. *Homerus Hebræus , five Historia*
Hebræorum ab Homero Hebraicis no-
minibus ac sententiis conscripta in
Odyssea & Iliade , exposita & illus-
trata. Tomus I. Dordraci 1704. *in* 8o.
pp. 665. Croese prétend prouver
dans cet ouvrage qu'Homere raconte
dans ces deux Poëmes les mêmes
choses que celles qui sont contenues
dans l'Histoire Sainte , quoique sous
d'autres noms ; c'est ce qu'il tâche de
faire voir dans ce premiere volume
par rapport à l'Odyssée; il l'a fait dans
un second par rapport à l'Iliade, mais
il n'a pas été imprimé. Quoique son
systême soit bizarre & singulier, l'ouvrage ne laisse pas d'être curieux
pour ceux qui aiment la critique &
les recherches de litterature.

3. On a encore de lui un Discours au Synode de *Leerdam* ; &
une ou deux petites Dissertations inserées dans *la Bibliotheque de Breme.*

PIERRE BAYLE.

PIERRE *Bayle* nâquit *au Carla* petite Ville du Comté de Foix le 18. Novembre 1647. de *Guillaume Bayle Miniſtre* du lieu, & de *Jeanne Bruguiere* d'une ancienne famille du pays.

Il donna dès ſa plus tendre enfance des marques d'un eſprit vif & ſubtil, d'une conception aiſée, d'une mémoire prodigieuſe, & d'une avidité ſinguliere de ſavoir & d'apprendre.

Son pere cultiva avec beaucoup de ſoin des diſpoſitions ſi heureuſes, & fut lui-même ſon maître, juſqu'à ſa dix neuviéme année. Il ne pût cependant le faire avancer auſſi vite dans ſes études, qu'il auroit ſouhaité, parce que tout occupé des fonctions de ſon miniſtere, il ne pouvoit donner que fort peu de tems à ſon inſtruction.

Il alla en 1666. à *Puylaurens*, où étoit alors une Academie de Reformez, & il y étudia les Langues Gre-

P.BAYLE. que & Latine, fous un habile Pro-
fefleur.

Il pâffa le 29. Mai 1668. à *Sa-
verdun* petite Ville du Comté de
Foix ; mais il n'y demeura pas long-
temps. Il retourna à la fin de Septembre *au Carla*, & de là à *Puylaurens*, où il féjourna jufqu'au 19.
Fevrier 1669. Il étudia pendant tout
ce temps l'Eloquence, l'Hiftoire &
les Antiquitez. Il commença auffi
fa Philofophie dans l'Academie de
Puylaurens ; mais „ il ne fe borna
„ pas tellement à la lecture de fes
„ cahiers, qu'il ne lût auffi quelques
„ livres de controverfe, non pas dit-
„ il lui-même [*a*] dans l'efprit qu'on
„ fait ordinairement, c'eft-à-dire,
„ pour fe confirmer dans les opi-
„ nions préconçûes, mais pour exa-
„ miner, felon le grand principe des
„ Proteftans, fi la doctrine qu'il avoit
„ fuccée avec le lait étoit vraie ou
„ fauffe ; ce qui demandoit qu'il
„ entendit les deux partis; c'eft pour-
„ quoi il fut curieux de voir les rai-
„ fons des Catholiques dans leurs
„ propres livres.

(a) Chimere de la Cabale p. 138.

Ce qu'il y trouva contre le ſenti- P.BAYLE
ment des Proteſtans qui ne recon-
noiſſent ſur la terre aucun Juge, qui
puiſſe décider des diſputes de Religion que les particuliers ont entre
eux, lui parut ſi fort, qu'il en fut
ébranlé. Le Curé de *Puylaurens* crût
devoir achever ce que la lecture avoit
commencé, il s'inſinua ſi bien dans
ſon eſprit, & lui fit ſi bien apperce-
voir les erreurs de la Religion dans
laquelle il étoit né, qu'il étoit preſque gagné, quand il alla le 29. Fevrier 1669. à *Toulouſe* recommencer ſa Philoſophie au College des
Jeſuites. Il commença alors à ſe regarder comme une brebis égarée, &
ſe crût ,, obligé de ſe réunir au gros
,, de l'arbre, dont il regarda les com-
,, munions Proteſtantes comme des
,, branches retranchées.

Son paſſage d'une Academie Reformée à un College Catholique &
ſon abjuration firent du bruit parmi
les Proteſtans. Son pere qui l'aimoit
tendrement en eut un chagrin mor-
tel. Mais il ne perſevera pas dans
la Religion Catholique; ſoit inconſtance, ſoit ſollicitations de la part

de ses parens & de ses amis, il sortit de *Toulouse* le 19. Août 1670. dans le dessein de rentrer dans la Religion Protestante ; ce qu'il executa secretement le 21. du même mois en presence de plusieurs témoins choisis, & de *Guillaume Bayle* son frere aîné, après avoir été environ dix-sept mois Catholique.

Il est dit dans le *Menagiana* que M. *Bertier* Evêque de *Rieux*, qui avoit contribué à sa conversion, le fit étudier à *Toulouse* à ses dépens ; mais ce fait est contredit par ceux qui ont écrit sa vie.

Bayle étant redevenu Protestant fut obligé de sortir de France, par la crainte des Déclarations du Roi contre les relaps ; il se retira à *Geneve*, puis à *Copet* près de cette Ville, où le Comte *Frederic de Dhona*, qui en étoit Seigneur, le chargea de l'éducation & de l'instruction de ses enfans.

Cet emploi, qui l'occupoit tout entier, ne lui permettant pas de donner le temps necessaire à ses études particulieres, il quitta *Copet* le

25. Mai 1674. & alla à *Rouen*, où P. BAYLE, il fit quelque féjour chez M. *Baſnage* ſon ami. Ce fut là que preſſé par ſa mere de lui envoyer ſon portrait, il ceda enfin à ſes inſtances, & ſe fit peindre par M. *Ferdinand*, qu'un Préſident à Mortier avoit fait venir à *Rouen*; ce que *Marchand* a ignoré, lorſqu'il a avancé que l'on n'avoit point de portrait de lui.

Son féjour à *Rouen* ne fut ni long, ni agréable pour lui. Il l'appelle ſa *folitude* de Normandie, pendant laquelle ſon *chagrin lui faiſoit rediger par écrit des penſées indigeſtes.* [a]

Il en partit le 1. Mars 1675. pour venir à *Paris*, où il forma de grandes liaiſons, avec les Savans de cette Ville. Il marque dans une de ſes lettres à M. *Minutoli* du 17. Mars 1675. qu'il avoit aſſiſté le Mercredi précedent a ix Conferences, qui ſe tenoient chez M. *Menage.* Il ajoûte qu'on lui faiſoit *eſperer un poſte, qui pourroit être de quelque eſperance pour la ſuite.* Mais apparemment que cette affaire ne réuſſit pas,

(a) *Bayle Let. tom.* 1. *p.* 56.

P. BAYLE. puisqu'il quitta *Paris* le 27. du mois d'Août de la même année pour aller à Sedan.

Il y alloit disputer la Chaire vacante de Philosophie, mais ce poste ne fut pas si facile à emporter que ses amis l'avoient crû d'abord. Malgré le credit de *Pierre Jurieu* Professeur en Theologie à *Sedan*, & les sollicitations de *Jacques Basnage*, qui achevoit sa Theologie dans cette Academie, il eut bien des traverses à essuyer. On remua ciel & terre pour l'éloigner, parce qu'il étoit étranger, & que ses trois concurrens étoient enfans de la Ville. Mais enfin on en vint à la dispute. Il s'enferma le 28. Septembre 1675. avec ses concurrens pour composer ses theses de Philosophie, qu'il soutint publiquement le 22. & le 23. Octobre suivant. La victoire lui fut adjugée, & il fut reçû Professeur le 2. Novembre. Il en prêta serment le 4. & fit l'ouverture de ses leçons publiques le 11. Novembre.

Les deux premieres années furent fort rudes pour lui. Il avoue dans une de ses lettres, qu'il fut obligé

de

de travailler comme un forçat, ayant P. BAYLE, à compoſer ſon cours au jour la journée, & donnant cinq heures tous les jours à ſes Ecoliers. Tout occupé de ces exercices de College, il n'avoit le temps ni d'étudier, ni de compoſer, ce qui fait qu'on ne trouve point qu'il ait rien écrit dont le public ait profité avant l'an 1679.

Il remplit ſa Charge avec beaucoup de ſuccès & d'applaudiſſement juſqu'au 14. Juillet 1681. que l'Academie de *Sedan* fut ſupprimée par un Arrêt du Conſeil d'Etat du Roy.

Bayle obligé de chercher un établiſſement ailleurs, trouva des reſſources dans un jeune Seigneur Hollandois nommé *Van Zoelen*, qui avoit conçu pour lui une étroité amitié, & qui le recommanda à M. *Paets* ſon parent, un des Conſeillers de la Ville de *Rotterdam*, qui étoit très-ſavant, & qui aimoit les gens de Lettres.

Avant que ſa réponſe vint, & qu'on ſçût ce qu'il pourroit faire pour lui, *Bayle* partit de *Sedan* pour venir à *Paris*, ſans ſavoir encore s'il iroit à *Rotterdam*, ou en Angleterre,

Tome VI. Y

P. BAYLE. ou s'il s'arrêteroit en France. Enfin la réponse arriva, & M. *Paets* marqua que la Ville de *Rotterdam* lui donnoit une pension, avec le droit d'y enseigner la Philosophie.

Il partit donc de *Paris* le 8. Octobre 1681. & arriva le 30. du même mois à *Rotterdam* où il fut reçû d'une maniere fort obligeante par M. *Paets*. On lui donna aussi-tôt la Chaire de Professeur de Philosophie & en Histoire, qu'on venoit d'ériger en sa faveur, avec cinq cens florins de pension annuelle, & le 5. Decembre suivant il prononça en public sa harangue d'entrée, qui fut generalement applaudie.

En 1684. l'Academie de *Franeker* lui offrit une Chaire de Professeur en Philosophie, mais quoique les émolumens en fussent très-considerables, il ne voulut point quitter son premier poste & la remercia.

Il eut la même année le chagrin de perdre son frere cadet, nommé *Joseph Ba le du Perrot*, qui mourut à *Paris* le 9. Mai. Cette mort fut suivie l'année suivante 1685. de celle de son pere arrivée le 31, Mars &

de celle de *Jacob Bayle* ſon frere P. BAYLE.
aîné, qui fut arrêté à *Pamiers* le 11.
Juin pour avoir contrevenu aux
Edits du Roy contre les Religion-
naires, & de là transferé le 10. Juillet à *Bourdeaux* au Château-Trom-
pette, où il mourut le 12. Novembre ſuivant.

Le chagrin que lui cauſerent ces
pertes, joint à une trop grande application, & à un travail continuel
altererent ſi fort ſa ſanté, qu'il fût
obligé de renoncer à l'étude. Une
fievre lente le tourmenta pendant
plus d'un an, & il n'en guerit qu'en
allant prendre des eaux à *Aix-la-
Chapelle.* Il fut même long-temps à
ſon retour, ſans oſer parler ni écrire
des lettres, de peur de faire revenir
ſa fievre.

Sa ſanté ſe rétablit cependant aſſez
bien, & il ſongeoit à la menager
davantage dans la ſuite, mais il n'en
eut pas le loiſir. Car ſes ennemis l'attaquerent d'une maniere très violente, comme je le montrerai plus bas
en parlant de ſes ouvrages. M. *Jurieu*, qui juſques là avoit été ſon
ami, rompit d'une maniere bruſque

Y ij

P. BAYLE. avec lui, & fut un de ses plus im-
placables adversaires. Il l'accusa de
trahison contre l'Etat, d'impieté &
d'atheisme, & fit si bien par ses intrigues, que les Bourguemaitres de
Rotterdam par une déliberation du
30. Octobre 1693 ôterent à *Bayle*
sa Chaire de Professeur & la pension
qui y étoit attachée, & revôquerent
la permission qu'ils lui avoient donnée d'enseigner en particulier.

Bayle soutint cette disgrace en vrai
Philosophe, & quoique réduit un
peu à l'étroit par le retranchement
de sa pension, il refusa les meilleurs
postes qu'on pût lui offrir ailleurs,
s'excusant toûjours sur l'obligation
où il étoit de finir son Dictionnaire
déja fort avancé.

En effet déchargé de tout emploi,
& maître absolu de son temps, il
donna toute son application à la
composition de ce Dictionnaire, malgré les migraines, que son travail
opiniâtre entretenoit & faisoit revenir souvent.

Tout le reste de sa vie s'est passé
à écrire, & l'histoire de ses ouvrages fait proprement celle de sa vie.

P. BAYLE

Les infirmitez l'attaquerent de bonne heure ; mais elles ne purent jamais lui faire quitter entierement le travail. Une maladie de poitrine, hereditaire dans ſa famille, & dont pluſieurs de ſes parens étoient morts le tourmenta pendant plus de ſix mois, il ne laiſſa pas de compoſer pendant ce temps un ouvrage contre M. *Jaquelot* & M. *le Clerc.* Il ne voulut point non plus uſer d'aucun remede, pas même des plus ſimples. Il diſoit qu'*il preferoit la mort à une vie languiſſante, & qu'il valoit mieux laiſſer agir la nature, & lui laiſſer faire ſon coup, que de la traverſer par des médicamens.*

Il mourut ſans s'être alité, ſans avoir rien changé à ſa maniere ordinaire de vivre, & peu de temps après avoir donné une copie manuſcrite de ſes *Entretiens de Maxime & de Themiſte* à ſon Imprimeur. On le trouva mort tout habillé dans ſon lit le 28. Decembre 1706. Il étoit âgé de 59. ans.

Voici le caractere qu'en donnent M. *Saurin* & M. *le Clerc.* Le premier en parle ainſi dans le 3e. volume de ſes Sermons.

P. BAYLE. » C'étoit un de ces hommes con-
» tradictoires, que la plus grande
» penetration ne sçauroit concilier
» avec lui-même, & dont les qua-
» litez opposées nous laissent toû-
» jours en suspens, si nous devons le
» placer, ou dans une extrêmité, ou
» dans l'extrêmité opposée. D'un
» côté, grand Philosophe, sachant
» démêler le vrai d'avec le faux,
» voir l'enchaînure d'un principe,
» & suivre une consequence : D'un
» autre côté, grand sophiste, pre-
» nant à tâche de confondre le faux
» avec le vrai, de tordre un principe,
» de renverser une consequence; d'un
» côté plein d'érudition & de lumie-
» re, ayant lû tout ce qu'on peut lire,
» & retenu tout ce qu'on peut re-
» tenir; d'un autre côté ignorant,
» ou du moins feignant d'ignorer les
» choses les plus communes, avan-
» çant des difficultez qu'on a mille
» fois refutées, proposant des ob-
» jections que les plus novices de l'E-
» cole n'oseroient alleguer sans rou-
» gir. D'un côté attaquant les plus
» grands hommes, ouvrant un vaste
» champ à leurs travaux, les con-
» duisant par des routes difficiles &

" par des ſentiers raboteux , & ſinon P.BAYLE.
" les ſurmontant , du moins leur
" donnant toûjours de la peine à
" vaincre : d'un autre s'aidant des
" plus petits eſprits , leur prodiguant
" ſon encens , & ſaliſſant ſes écrits
" de ces noms , que des bouches
" doctes n'avoient jamais prononcez.
" D'un côté exempt , du moins en
" apparence , de toute paſſion con-
" traire à l'eſprit de l'Evangile ,
" chaſte dans ſes mœurs , grave dans
" ſes diſcours , ſobre dans ſes ali-
" mens , auſtere dans ſon genre de
" vie : d'un autre côté , employant
" toute la pointe de ſon genie à
" combattre les bonnes mœurs , à
" attaquer la chaſteté , la modeſtie ,
" & toutes les vertus chrétiennes.
" D'un côté , appellant au Tribunal
" de l'Orthodoxie la plus ſevere ,
" puiſant dant les ſources les plus
" pures , empruntant les argumens
" des Docteurs les moins ſuſpects.
" d'un autre côté , ſuivant la route
" des Heretiques , ramenant les ob-
" jections des anciens Hereſiarques ,
" leur prêtant des armes nouvelles ,
" & réuniſſant dans notre ſiecle tou-

P.BAYLE. ” tes les erreurs des siecles passez.

Le portrait qu'en fait M. *le Clerc*
dans sa *Bibliotheque ancienne & mo-*
derne tome 8. n'est pas plus favorable à ce savant. Voici comme il s'exprime par rapport à son savoir &
à ses connoissances, ” Il ne savoit
” qu'un peu de Cartesianisme &
” point du tout de Geometrie., puis-
“ qu'il avouoit qu'il n'avoit jamais
” pu comprendre la démonstration
” du premier problême d'*Euclide*, &
” qu'il a même voulu ergoter sur
” ses vieux jours contre l'évidence
” des démonstrations Mathemati-
” ques. En fait de raisonnement il
” ne suivoit que la probabilité, &
” raisonnoit à tout moment *ad ho-*
” *minem*, sans aucun autre principe,
” & sans dessein, que d'embarasser
” des Lecteurs peu éclairez. Il y a
” infiniment plus de verbiage en
” son fait que de raisonnement soli-
” de. Il n'avoit lû aucun livre de
” la Philosophie experimentale des
” Anglois, dont plusieurs avoient
” paru long-temps avant sa mort,
” ni aucun des livres de raisonne-
” ment de la même Nation, excepté

» cepté quelques-uns de ceux qui P. BAYLE
» avoient été traduits. Il ne savoit
» pas plus de Theologie, que ce
» qu'il pouvoit en avoir appris dans
» son Catechisme, & dans les Prê-
» ches, ou dans quelques livres des
» François. Il n'avoit jamais étu-
» dié l'Antiquité Ecclesiastique, &
» très-mediocrement la Greque & la
» Romaine. Le Droit & la Mede-
» cine étoient des lettres closes pour
» lui. Il avoit quelque connoissance
» de l'Histoire des derniers siecles,
» sur tout par rapport à la France,
» & à la vie de quelques gens de Let-
» tres, souvent assez obscurs. Il
» avoit pris beaucoup de peine à re-
» chercher mille vetilles litteraires,
» & mille circonstances de neant.
» Il faut avouer qu'il écrivoit avec
» beaucoup d'agrément, mais c'étoit
» seulement quand il n'étoit pas en
» colere.

Ajoûtons quelques traits à ces caracteres.

Il étoit d'une humeur si pacifique,
qu'il ne voulut point entrer dans
les Academies à cause des dissentions
& des jalousies qui y regnent trop

P. BAYLE. souvent, à la honte des gens de Lettres. S'il est sorti de ce caractere dans ses derniers ouvrages, il faut l'attribuer à l'acharnement avec lequel ses ennemis l'attaquerent.

Laborieux & infatigable, il travailla jusqu'à l'âge de quarante ans quatorze heures par jour ; & il écrivoit un jour à M. des Maizeaux que *depuis l'âge de vingt ans, il ne se souvenoit presque pas d'avoir eu aucun loisir.*

Il avoit sur les livres des sentimens bien differens de ceux qui sont toûjours prêts à critiquer ceux qu'ils lisent, sur tout quand ils paroissent nouvellement. Ses paroles meritent d'être rapportées. ,, Je ne me connois pas encore assez en bons livres, dit-il, [*a*] c'est mon ancien & perpetuel défaut. Quand un livre est bon, je le trouve bon ; mais il y en a que je trouve bons, qui sont fort méprisez par les plus habiles. Ceux qui trouvent peu de choses qui leur agréent, ont de quoi se glorifier, parce qu'ils ont

[*a*] *Nouvelles lettres sur le Calvinis.* p. 175.

» là une preuve de la penetration de P.BAYLE
» leur esprit, qui découvre les dé-
» fauts les plus cachez. Mais com-
» me toutes choses ont deux faces,
» un homme qui chercheroit dequoi
» se glorifier, en trouveroit une raison
» dans le jugement favorable qu'il
» feroit d'un livre que d'autres dé-
» saprouveroient; car il n'auroit qu'à
» se figurer qu'il a plus de pene-
» tration qu'eux, pour découvrir les
» beautez cachées. Or les plus grands
» maîtres demeurent d'accord qu'il
» faut beaucoup plus d'esprit pour
» découvrir le bien, que pour dé-
» couvrir le mal; ainsi pour peu
» qu'on se flatte, la facilité qu'on
» trouve à approuver les écrits d'au-
» trui est un plus grand sujet de va-
„ nité, qu'un goût qui se contente
„ malaisément.

Comme il ne cherchoit qu'à s'instruire, & qu'il étoit plus sensible au
plaisir d'apprendre quelque chose,
qu'au déplaisir de s'être trompé, il
recevoit avec plaisir les avis qu'on
lui donnoit sur ses ouvrages, en profitoit avec une docilité surprenante,
& en marquoit sa reconnoissance par

P. BAYLE. des remerciemens sinceres & publics.

Il étoit d'un desinteressement parfait ; & n'acceptoit qu'avec peine
les presens qu'on lui faisoit. Une
personne de la premiere qualité d'Angleterre , ayant fait entendre à un
de ses amis qu'il lui feroit present
de cent cinquante guinées , s'il vouloit lui dédier son Dictionnaire , cet
ami eut beau le presser d'accepter ces
offres , & de faire la dédicace qu'on
lui demandoit, *Bayle* resista constamment à ces sollicitations. Il croyoit
s'être trop déclaré contre l'esprit
flateur & rampant qui regne dans
les Epitres dédicatoires , pour vouloir s'exposer à tomber dans les mêmes défauts.

Son stile approchant un peu de
celui de *Montagne* est vif, hardi ,
naturel , aisé, assez regulier ; mais
sa grande mémoire & son érudition
le jettoient souvent dans de longues
digressions , qu'il avoit cependant
l'art de rendre utiles, & même necessaires aux consequences qu'il vouloit tirer.

Catalogue de ses Ouvrages,

1. *T heſes Philoſophicæ*, imprimées P. BAYLE
dans un livre intitulé : *Recueil de*
quelques pieces curieuſes concernant la
Philoſophie de M. Deſcartes. Amſter-
dam 1684. in 12. Ce ſont les Theſes
qu'il compoſa en 1675. lorſqu'il diſ-
puta la Chaire de Philoſophie de
Sedan. Il les appella dans une de ſes
lettres, *des Theſes à la fourche*, qu'il
fit ſans livres & ſans préparation

2. Un Miniſtre de ſes amis lui ayan-
fait voir en 1679. l'ouvrage de *Piert*
Poiret, intitulé : *Cogitationes Rationa-*
les de Deo, Anima, & Malo ; il mi-
ſur le papier quelques objectione
contre ce livre, qui ayant été en-
voyées par cet ami à M. *Poiret* furent miſes dans la ſeconde édition
qui s'en fit en 1685. avec la réponſe
de M. *Poiret*, dont *Bayle* ne fut pas
content.

3. *Diſſertatio in quâ vindicantur à*
Peripateticorum exceptionibus Ratio-
nes, quibus aliqui Carteſianorum pro-
barunt eſſentiam corporis ſitam eſſe in
extenſione. Cette Diſſertation ſe trouve dans le *Recueil de quelques pieces*
curieuſes concernant la Philoſophie de
M. Deſcartes, que j'ai déja cité. Il

P. BAYLE la composa à l'occasion d'un petit
livre que le P. *le Valois* Jesuite publia en 1680. sous le nom de *Louis
de la Ville*, pour montrer que le
sentiment de M. *Descartes* touchant
l'essence & les proprietez des corps
est opposé au dogme Catholique de
l'Eucharistie. *Bayle* sans entrer dans
le dogme prétend rétablir les raisons des Cartesiens dans toute leur
force, & renverser celles du P. *le
Valois.*

4. *Lettre à M. L. A. D. C. Docteur de Sorbonne, où l'on fait voir par
plusieurs raisons de la Theologie & de
la Philosophie, que les Cometes ne sont
pas les présages d'aucun malheur, avec
des reflexions morales & politiques, diverses remarques historiques, & une
refutation de quelques erreurs popu-
laires.* Cologne 1682. *in* 12. Bayle n'a-
voit d'abord composé cette lettre,
que pour être inserée dans le *Mer-
cure galant*, & il l'avoit envoyé à
M. *de Visé* pour l'y joindre, ou
pour la faire imprimer à part, s'il
la trouvoit trop longue; c'est pour
cela qu'il y prit le langage d'un Catholique. Mais M. *de Visé* n'ayant

P. BAYLE.

pas jugé à propos de se charger de
ce soin, il retira son manuscrit, &
la suppression de l'Academie de *Sedan*, qui survint peu de temps après,
ne lui permit de le faire imprimer
que lorsqu'il fut en Hollande ; il
conserva alors le même langage dont
il s'étoit servi d'abord, parce qu'il
ne vouloit pas être connu, mais il
ne fut pas longtemps sans l'être. Cet
ouvrage lui fit beaucoup d'honneur
parmi les Savans. Il le composa à
l'occasion de la Comete qui parut en
1680. pour désabuser le monde d'une
infinité de préjugez, où l'on est sur
les présages. Mais pour rendre son
sujet moins triste & moins serieux,
il y menagea des digressions remplies
d'une litterature agréable, & des
reflexions très-fines & très-sensées.
Ces digressions se sont tellement
augmentées à mesure qu'il s'en est
fait de nouvelles éditions, qu'au
jugement de M. *de Sallengre* la premiere est la meilleure de toutes; tout
ce qu'on y a ajoûté depuis, ne faisant rien aux Cometes, & ne servant qu'à interrompre la suite du
discours, a plus gaté qu'embelli l'ou-

P.BAYLE. vrage. La 2e. édition de cet ouvrage a paru sous le titre suivant:
Pensées diverses écrites à un Docteur
de Sorbonne, à l'occasion de la Co-
mete qui parut au mois de Decembre
1680. Rotterdam 1683. in 12. 2. tom.
La troisiéme parut en 1699. en 2.
vol. *in 12.* C'est la premiere où l'on
ait mis l'*addition aux Pensées sur les*
Cometes, qui est une réponse au libelle de M. *Jurieu,* intitulé: *Courte*
revûe des Maximes de Morale & des
principes de Religion de l'Auteur des
Pensées diverses sur les Cometes, pour
servir d'instruction aux Juges Ecclesias-
tiques qui voudront en connoître. 1691.
in 40. It. 4e. *Edition 1704. in 12. 2.*
vol. It. *traduit en Anglois avec la vie*
de l'Auteur. Londres 1708. in 80.
2. tom. -

    5. *Critique generale de l'Histoire du*
Calvinisme du P. Maimbourg. Ville-
franche 1682. in 12. 2. tom. It. *la*
même année 2e. édition augmentée. It.
3e. *Edition* 1684. Il commença cet
Ouvrage le premier Mars 1682. &
l'acheva en quinze jours. Il est vrai
que cette critique ne roule pas sur
des raisonnemens pressans & serieux,

c'eſt un eſpece de badinage aiſé, le-P.BAYLE.
ger & plein d'eſprit, où l'Auteur
s'eſt livré au genie qu'il avoit d'a-
mener à ſon ſujet tout ce qui lui
tomboit ſous la main. On chercha
long-temps à *Paris*, & dans le commerce du monde poli, l'Auteur de
ce livre, qui ſe tenoit derriere le
rideau. On ne penſoit pas à l'aller
déterrer en Hollande dans la pouſ-
ſiere du College & du Cabinet. Un
pur hazard le découvrit. M. *Claude*
le fils ayant vû l'original écrit de
ſa main, reconnut l'écriture de
Bayle, qu'il nomma à celui qui le
lui avoit montré; ce qui le mit dans
la neceſſité de n'en plus faire de myſ-
tere. Il y a ajoûté dans la ſuite deux
nouveaux volumes ſous ce titre:

6. *Nouvelles Lettres de l'Auteur de
la Critique generale du Calviniſme
de M. Maimbourg. Villefranche* 1685.
in 12. 2. *tom.* Ces quatre volumes
ont été réimprimez à *Trevoux.*

7. *Nouvelles de la Republique des
Lettres depuis le mois de Mars* 1684.
juſqu'en Fevrier 1687. *incluſivement.
Amſterdam in* 12. Elles ont été réimprimées pluſieurs fois, mais par une

M. BAYLE. negligence impardonnable , on a laissé aux tables de quelques éditions les chiffres de la premiere , qui ne répondent pas cependant aux pages des posterieures. De tous les ouvrages que *Bayle* a produit , c'étoit celui auquel il s'appliquoit , avec le plus de soin & de plaisir. Tout étoit vif & animé dans ses extraits , il avoit l'art d'égayer toutes ses matieres , & de renfermer en peu de mots l'idée d'un livre , sans fatiguer le lecteur par un mauvais choix , ou par de froides & ennuyeuses reflexions ; il étoit sage & retenu dans ses jugemens , ne voulant ni choquer les Auteurs , ni se commettre en prostituant ses louanges. Tout le défaut qu'on peut lui reprocher , c'est qu'il abandonnoit souvent le livre dont il vouloit parler , pour se jetter dans des matieres étrangeres qui lui venoient dans l'esprit ; s'il égaroit ainsi ses lecteurs , il les menoit du moins par des routes agréables & charmantes. Quelque attachement que *Bayle* eut pour cet ouvrage , l'assiduité & l'application qu'il demandoit le fatiguerent à un

point qu'il fut obligé de le difcon- P. BAYLE.
tinuer. Il le quitta au mois de Fevrier 1687. & abandonna à d'autres le foin d'y travailler. C'étoit le
fort de tous fes ouvrages de lui atti-
rer des chagrins, & de le jetter dans
des embarras ; celui ci n'en fut pas
exempt.

Il avoit inferé dans fes nouvelles du
mois d'Avril 1686. p. 472. une lettre
de la Reine *Chriftine* de Suede contre
la conduite que l'on tenoit en France
à l'égard des Huguenots, après la
revocation de l'Edit de *Nantes*, &
y avoit joint quelques reflexions qui
déplurent fort à cette Princeffe, fur
tout l'endroit où il difoit que cette
lettre étoit *un refte de Proteftantifme.*
Sa colere éclata d'abord par une
lettre très-vive, pleine de hauteur
& de menaces qu'un de fes Officiers
écrivit à *Bayle*, qui pour fe difcul-
per publia dans fes nouvelles du
mois d'Août des reflexions Apolo-
getiques fort fenfées. Elles ne cal-
merent pas cependant l'efprit irrité
de *Chriftine*, qui lui fit écrire une
nouvelle lettre auffi vive & auffi
menaçante que la premiere. *Bayle*

P. BAYLE. à qui la moindre affaire pesoit beaucoup, ne pût se résoudre à être plus long temps mal dans l'esprit de cette Reine; il prit le parti de lui écrire à elle-même, une lettre aussi pleine d'esprit que de respect & de soumission, dans laquelle il se justifia si bien auprès d'elle, qu'elle lui fit l'honneur de lui répondre par une lettre honnête, & même obligeante, & l'engagea de publier un fait assez particulier, qui est que *Christine renonça à la Religion de sa naissance, dés qu'elle eut l'âge de raison.* Selon cette réponse, ce *reste de Protestantisme* dont *Bayle* l'avoit accusée l'avoit choquée vivement. Elle en exigea la réparation qu'il fit dans ses nouvelles du mois de Janvier 1687. Elle déclara qu'elle ne craignoit rien ni en France, ni à *Rome*; elle avoua que la lettre que *Bayle* avoit inserée dans ses nouvelles étoit de sa façon, & lui imposa gracieusement pour penitence de sa faute, de lui envoyer desormais tout ce qu'il y auroit d'ouvrages curieux dignes d'être lûs en Latin, en François, en Espagnol, & en Italien,

de quelque matiere qu'ils traitaſ- P. BAYLE.
ſent, ſans excepter les Romans &
les Satyres, mais ſur tout des ouvrages de Chymie, avec un état de
ſon débourſé. Sa lettre eſt dattée de
Rome le 14. Decembre 1686. C'eſt
ainſi que ſe termina heureuſement
cette affaire, qui pouvoit avoir des
ſuites fâcheuſes.

8. *Ce que c'eſt que la France toute
Catholique ſous le Regne de Louis le
Grand. Saint Omer* 1685. *in* 12. It.
à la tête de l'édition du *Commentaire
Philoſophique* faite à *Rotterdam* 1713.
in 12. On conçoit aiſément que ce
petit ouvrage eſt fait en faveur des
Huguenots de France.

9. *Commentaire Philoſophique ſur
ces paroles de Jeſus-Chriſt :* contrain-
les d'entrer ; *où l'on prouve par pluſieurs raiſons démonſtratives qu'il n'y
a rien de plus abominable que de faire
des converſions par la contrainte, & où
l'on refute tous les Sophiſmes des Con-
vertiſſeurs à contrainte, & l'apologie
que S. Auguſtin a faite des perſecu-
tions : traduit de l'Anglois du ſieur
Jean Fox de Bruggs, par M. J. F.
Cantorbery* 1686. 2. *vol. in* 12. Sup-

P. BAYLE. plément du *Commentaire Philosophi-*
que, &c. où entre autres choses on
acheve de ruiner la seule échapatoire,
qui restoit aux adversaires, en démon-
trant le droit égal des *Heretiques*,
pour persecuter, à celui des *Orthodoxes*.
Hambourg 1687. *in* 12. It. *nouvelle*
édition, à laquelle on a joint le traité:
Ce que c'est que la France toute Ca-
tholique sous le Regne de Louis le Grand.
Rotterdam 1713. 2. *tom. in* 12. Cette
nouvelle édition est fort belle. Tous
les efforts qu'ont fait les ennemis du
sieur Prosper Marchand qui en a eu
soin, & la lettre qui a été inserée dans
le sixiéme tome de l'*Histoire de la Re-*
publique des Lettres p. 229. pour la
décrediter, ne lui ont fait aucun
tort. Le but de *Bayle* dans cet ouvrage, qu'il a publié sous un nom
emprunté, & comme venant d'un
Anglois, a été de prouver la *Tole-*
rance de toute Religion, ou Secte, qui
n'a aucun principe tendant à troubler
le repos public, & qui ne fait pas in-
jure à la Divinité, qu'elle fait profession
de croire. Il n'a point fait d'ouvrage
où les raisonnemens soient si poul-
sez & si suivis. Mais il va trop loin;

P. BAYLE.

& ce qu'il dit ſur les droits de la conſcience errante a ſoulevé contre lui pluſieurs Catholiques & Proteſtans. M. *Juricu* a été le premier qui ait attaqué ce livre dans un Traité, qui a pour titre : *Des Droits des deux Souverains en matiere de Religion, la conſcience & le Prince, pour détruire le dogme de l'indifference des Religions, & de la Tolerance univerſelle établie dans le Commentaire Philoſophique.* Rotterdam 1687. *in* 12.

10. *Reponſe de l'Auteur des Nouvelles de la Republique des Lettres à l'avis qui lui a été donné, ſur ce qu'il a dit en faveur du P. Mallebranche, touchant le plaiſir des ſens.* Rotterdam 1686. *in* 12. Voici l'origine de cet écrit. *Bayle* en faiſant dans ſes Nouvelles du mois d'Août 1686. l'extrait des *Reflexions Philoſophiques & Theologiques* de M. *Arnauld* ſur le ſyſtême *de la Nature & de la Grace* du P. *Mallebranche,* laiſſa entrevoir qu'on pouvoit ſoupçonner la bonne foi de M. *Arnauld* dans l'affaire qu'il faiſoit à ce Pere ſur ſa doctrine touchant les plaiſirs des ſens. Ce fameux Docteur, qui n'é-

P. BAYLE. toit pas endurant, publia auffi-tôt un *Avis à l'Auteur des Nouvelles de la Republique des Lettres. Delft.* 1685. *in* 12. *Bayle* y répondit par l'ouvrage dont j'ai rapporté le titre, & auquel M. *Arnauld* oppofa une Replique, fous le titre de *Differtation fur le prétendu bonheur des plaifirs des fens*, qui fut imprimée au commencement de 1687. dans le temps que la maladie de *Bayle* venoit de l'obliger à quitter fes Nouvelles de la Republique des Lettres, & à renoncer à toutes fortes d'études. Après fon rétabliffement, il jugea qu'il étoit déformais trop tard, pour reprendre une difpute, que le public avoit déja oubliée.

11. *Réponfe d'un nouveau converti à la lettre d'un Refugié, pour fervir d'addition au livre de Don Denis de Sainte Marthe, intitulé* : Réponfe aux plaintes des Proteftans *fur l'imprimé à Paris* 1689. *in* 12. Le fieur *Marchand* attribue cet ouvrage à *Bayle*, & il a été inferé dans le Recueil de fes œuvres. Mais on ne peut gueres fe perfuader qu'il foit de lui, puifque c'eft une Satyre vive

&

& piquante contre les Proteſtans, P. BAYLE qui n'y ſont gueres menagez. Il faut avouer cependant que ce n'eſt pas tout à fait une raiſon de le lui ôter; car ils ne ſont pas mieux traitez dans l'*Avis aux Refugiez*, qui eſt veritablement de lui, & qui parut l'année ſuivante.

12. *Avis important aux Refugiez ſur léur prochain retour en France, donné pour étrennes à l'un d'eux en 1690 par M. C. L. A. A. P. D. P. Amſterdam 690. in 12. It. Paris 1692. in 12. It. Rotterdam 1709. avec une réponſe par M. de Larrey in 12. 2. tom.* Dès que cet Ouvrage parut on l'attribua à M. *Pelliſſon*; & l'on a inſeré dans l'*Hiſtoire de M. Bayle* une longue Diſſertation de M. *de la Baſtide*, où il prétend prouver qu'il eſt effectivement de lui; mais tout le monde eſt perſuadé maintenant qu'il eſt effectivement de *Bayle*, qui le compoſa, à ce qu'on prétend, pour ſe menager un moyen de revenir en France, ſi l'occaſion s'en preſentoit. Il l'a cependant toûjours déſavoué, à cauſe des affaires qu'on pouvoit lui ſuſciter à ſon ſujet. Déſaveu néanmoin

P. BAYLE. qui ne le mit pas tout-à-fait à couvert des insultes des ses ennemis ; M. *Jurieu* qui avoit été jusques-là son ami, fut le premier à l'attaquer dans un livre intitulé : *Examen d'un libelle contre la Religion, contre l'Etat, & contre la Revolution d'Angleterre, intitulé :* Avis important aux Refugiez. *La Haye* 1691. *in* 12.

13. *La Cabale Chimerique, ou refutation de l'Histoire fabuleuse & des calomnies que* J. (Jurieu) *vient de publier malicieusement touchant certain projet de paix, & touchant le libelle, intitulé :* Avis aux Refugiez, *dans son examen de ce libelle.* Rotterdam 1691. *in* 12. Réimprimée la même année avec diverses augmentations. M. *Jurieu* ayant achevé l'impression de son *Examen de l'avis aux Refugiez*, dont je viens de parler, eut connoissance d'un ouvrage du sieur *Goudet* Marchand de *Geneve* sur un projet de paix chimerique dans tous ses articles & dans toutes ses idées, qu'il avoit envoyé à *Bayle*, & dont ce Savant avoit fait faire des copies, qu'il avoit

communiqué, pour lui faire plaiſir, P. BAYLE
à diverſes perſonnes. *Bayle* qui n'en-
troit pour rien dans ce projet, &
qui le regardoit même comme une
pure viſion, ſe vit cependant à ſon
ſujet en bute aux attaques de M.
Jurieu, qui ajoûta à ſon *examen*,
une longue piece ſous le titre d'*Avis
important au Public*, où il prétendoit faire voir que *Bayle* étoit d'une
cabale qui machinoit la ruine des
Alliez & de la Religion Proteſtante.
Bayle pour répondre au livre de *Jurieu*, qui contenoit deux parties &
deux accuſations, publia cette *Cabale chimerique*, qui lui attira une
grêle de petites piéces anonymes,
qui ne faiſoient que repeter les mêmes accuſations.

Une des premieres eſt la *Lettre écrite
à M. Bayle ſur ſa cabale chimerique.
Amſterdam in* 12. *pp.* 94. Ce n'eſt
qu'une déclamation pleine de verbiage, touchant le ſtile violent de
la *Cabale chimerique* contre M. Jurieu.

A peu près dans le même temps
on vit des *Remarques generales ſur la
Cabale chimerique. Rotterdam in* 12.

qui avec une premiere & deuxiéme suite, n'allerent qu'à 140. pages.

Avant que la seconde suite des *Remarques* parut, on vit sortir de dessous la presse un ouvrage de M. *Jurieu* intitulé : *Nouvelles convictions contre l'Auteur de l'Avis aux Refugiez, avec la nullité de ses justifications, par un ami de M. Jurieu premiere partie in* 4o. Quoique le titre de ces convictions porte qu'elles ont été écrites par un *ami de* M. *Jurieu*, personne n'a hesité à les donner à ce Theologien, qui multiplioit ses amis, en se multipliant lui-même. C'étoit un artifice dont il se servoit pour se louer avec moins de menagement.

14. *Lettre sur les petits livres publiez contre la Cabale chimerique, in* 12. pp. 12. C'est une réponse aux trois petits ouvrages dont je viens de parler. Elle est écrite sous le nom d'un des amis de *Bayle*. On y opposa aussi tôt un petit écrit d'une demie feuille, intitulé : *Lettre à M... au sujet de la lettre sur les petits livres.*

15. *Déclaration de M. Bayle tou-*

chant un petit écrit qui vient de paroître fous le titre de Courte revûe
des maximes de morale, &c. *in* 12.
pp. 24. Cette déclaration eft contre
M. *Jurieu*, Auteur de la *Courte revûe*; *Bayle* l'y fomme de ne pas donner le change au public, mais de
prouver ce dont il l'a accufé, favoir
l'Atheïfme, lui déclarant qu'avant
qu'il l'ait fait, il ne répondra point
fur les plaintes qu'il fait qu'il a avancé des propofitions heterodoxes. Il
lui annonce auffi qu'il veut prendre à fon égard la qualité d'agref-
feur, & pour commencer, il produit fix propofitions impies tirées
de fes écrits. Outre cette déclaration *Bayle* a fait encore une refutation de la *Courte revûe* à la fin du
deuxiéme tome des *Penfées fur les
Cometes*, qu'elle attaque principalement.

16. *La Chimere de la Cabale de Rotterdam démontrée par les pretendues
convictions que le fieur Jurieu a publiées contre M. Bayle. Amfterdam in*
12. Cet ouvrage fut publié après
la fuite des *Convictions* de M. Ju-
rieu, qui parut fous le titre de *der-*

*niere Couviction contre le sieur Bayle ;
au sujet de l'Avis aux Refugiez , &
qui avec les premieres fait un écrit
de 36. pages in 40; & après un autre
ouvrage intitulé : Courte Refutation
de la lettre écrite en faveur du sieur
Bayle pour la defense de sa Cabale chimerique ,* c'est-à-dire de la *Lettre sur
les petits livres, in* 12. pp. 21.

17. *Entretiens sur le grand scan-
dale causé par un livre intitulé :* La
Cabale chimerique. *Cologne* 1691. *in*
12. Bayle dans cet écrit se sert de
l'ironie pour dépeindre son accusa-
teur avec les plus vives couleurs ,
en se justifiant lui-même sur plusieurs points.

18. *Janua Cælorum res erata cunc-
tis Religionibus à Viro admodum Ce-
lebri D. Petro Jurieu , autore care La-
rebonio. Amstelodami* 1692. *in* 40.
Bayle qui s'est caché dans ce livre
sous le nom de *Carus Larebonius* prétend y faire voir que M. *Jurieu* par
son systême de l'Eglise tend à sau-
ver tous les honnêtes gens dans toutes sortes de Religions.

19. *Avis au petit Auteur des petits livrets sur son* Philosophe dégra-

dé. 1692. *in* 12. Ce *Philofophe de-* P.BAYLL.
gradé étoit deftiné à fervir de troifiéme fuite aux *Remarques generales*
de M. Jurieu.

20. *Nouvel Avis au petit Auteur*
des petits livrets , concernant fes lettres
fur les differens de *M. Jurieu* & de
M. Bayle. Amfterdam 1692. *in* 12.
Il étoit temps que cette difpute finit.
Il n'y avoit plus rien d'intereffant
pour le public , & ce n'étoit plus
gueres que des répetitions de ce
qui avoit été dit une infinité de fois;
Cet ouvrage eft auffi le dernier que
Bayle ait publié fur fon differend
avec M. *Jurieu* , qui parvint enfin
moins par fes ouvrages, que par fes
intrigues, à lui faire ôter fa Chaire de
Profeffeur , fous prétexte des erreurs
qu'il avoit avancées dans fon livre
des Cometes. Il s'acharna dans la
fuite à le perfecuter encore à l'occafion de fon Dictionnaire. Si fon
zele avoit été pur & defintereffé ,
on ne pourroit que le louer , *Bayle*
lui donnant par fes fentimens har-
dis , & par fes propofitions temerai-
res affez de fujets de l'attaquer; mais
l'amertume , la jaloufie & l'envie de

P.BAYLE. dominer étoient les principaux motifs de ce zele, qui par là devenoit reprehensible.

21. *Projet & Fragmens d'un Dictionnaire critique, Rotterdam 1692. in 8o.* C'est un essai de son Dictionnaire qu'il fit imprimer pour pressentir le goût du public.

22. *Nouvelle heresie dans la morale, touchant la haine du prochain, prêchée par M. Jurieu dans l'Eglise Wallonne de Rotterdam les Dimanches 24. de Janvier, & 21. Fevrier 1694. dénoncée à toutes les Eglises Reformées 1694.*

23. *Dictionnaire Historique & critique. Rotterdam 1697. in fol. 4. tom. en 2. vol.* 2e. *édition. Rotterdam 1703. 3. vol. in fol.* Elle est augmentée presque de la moitié, on l'a copiée dans celle qui a été faite à *Geneve* sous le titre de *Rotterdam 1715. in fol. 3. vol.* avec la vie de l'Auteur à la tête 3e. *édition augmentée. Rotterdam 1720. in fol. 4. vol.* C'est le sieur *Marchand* qui a eu soin de cette derniere édition. On n'a rien oublié pour la décrier avant qu'elle parut

parut. On fit pour cela inferer dans P. BAYLE.
l'*Hiftoire Critique de la Republique
des Lettres tom.* 10. *p.* 225. un *Avis
important au public* fur cette édition;
ce qu'on y reprenoit étoit fi minee
& de fi petite confequence, que l'E-
diteur n'eut pas de peine à fe défendre des crimes prétendus qu'on lui
attribuoit à fon fujet. On trouve fa
défenfe dans le tome 8. du *Journal
Litteraire* p. 88. C'eft dommage qu'il
n'ait pas executé le deffein qu'il avoit
d'y joindre une table exacte, non
pas telle que celle qu'il a mis après
les lettres de *Bayle*, & qui eft d'une
longueur exceffive, mais fuffifante
pour trouver une infinité de chofes
curieufes qui font cachées en des
endroits où l'on ne peut s'avifer de
les aller chercher, car celle qui y
eft de même que dans les éditions
précedentes eft faite d'une maniere
pitoyable, & ne peut être d'un grand
ufage. Les additions de la troifiéme
édition de *Rotterdam*, ont été imprimées feparement à *Geneve in fol.*
pour faire le quatriéme volume de
l'édition faite en cette Ville en 1715.
Ce Dictionnaire a été traduit en

Tome VI. B b

P.BAYLE. Anglois fur la feconde édition, & imprimé avec quelques petites additions & corrections de l'Auteur en 1709. en 4. volumes *in fol.* *Londres.* M. *Jurieu* profita avec plaifir de l'occafion que la publication de cet ouvrage lui offrit pour chagriner *Bayle*; il le dénonça au Confiftoire de l'Eglife Walone de *Rotterdam*, devant lequel *Bayle* fut obligé de comparoître. On lui communiqua les remarques que la compagnie avoit faites fur ce qu'on y trouvoit de reprehenfible: elles fe réduifoient à cinq chefs. 1°. Les citations, expreffions, reflexions, répandues dans l'ouvrage capables de bleffer les oreilles chaftes. 2°. L'article de David, 3°. L'article des Manichéens. 4°. Celui des Pyrrhoniens. 5°. Les louanges données à des gens qui ont nié ou l'exiftence, ou la Providence de Dieu. *Bayle* ne jugea à propos de fe défendre fur tout cela qu'en promettant de corriger dans la premiere édition ce qui déplaifoit, c'eft cependant ce qu'il n'a fait que fort imparfaitement, puifque l'on trouve dans les éditions fuivantes tout ce

qu'on avoit condamné dans la premiere. L'article de David a été, il eſt
vrai corrigé entierement, mais on a
eu ſoin d'y joindre l'article tel qu'il
étoit dans la premiere édition.

24. *Reflexions ſur un imprimé, qui
a pour titre :* Jugement du Public,
& particulierement de l'Abbé *Renaudot* ſur le Dictionnaire critique
du ſieur *Bayle* 1697. *in* 40. It. à la
fin du Dictionnaire de la troiſiéme
édition. L'Abbé *Renaudot* publia ce
jugement par ordre de M. *Bouche-
rat*, Chancelier de France, qui l'a-
voit chargé d'examiner le Dictionnaire de *Bayle*, & de voir s'il pourroit accorder aux Libraires de *Paris* la permiſſion qu'ils lui demandoient de le réimprimer. Il fut trop
deſavantageux pour qu'elle fut accordée; ce qui engagea *Bayle* à faire
ces reflexions, où il tâche de ſe défendre contre ce que M. *Renaudot*
lui avoit attribué.

25. *Lettre de l'Auteur du Dictionnaire Hiſtorique & Critique à M.
le D. E. M. S. au ſujet des proce-
dures du Conſiſtoire de l'Egliſe Walone de Rotterdam contre ſon ouvrage*

Bb ij

P. BAYLE. 1698. *in* 12. It. à la fin de la troisiéme édition du Dictionnaire.

26. *Réponse aux questions d'un Pro-*
vincial. Rotterdam in 12. 5. *volumes.*
Le premier en 1704. le 2e. & 3e. en
1706. le 4e. en 1707. le 5e. en 1708.
Bayle composa d'abord cet ouvrage
de certains faits détachez, qu'il ne
pût mettre en œuvre dans son Dictionnaire ; il y a fait depuis entrer
ses réponses à M. *King* touchant
l'origine du mal, à M. *Bernard* touchant la preuve tirée du consente-
ment general des peuples pour l'existence de Dieu, & à M. *le Clerc*
touchant les natures Plastiques &
l'Origenisme. Ainsi c'est un mélange de plusieurs choses qui n'ont aucun rapport entre elles. M. *Bernard*
remarque [*a*] qu'on y a trouvé plusieurs defauts. » Premierement, dit-
» il, le stile de l'Auteur est trop dif-
» fus : ce qui bien loin d'éclaircir
» un sujet embarassé, ne sert qu'à
» le faire perdre de vûe. 2o. Il rap-
» porte une infinité de passages fort
» longs, qui sont souvent cause,

(*a*) *Rep. des Lettres* 1706. Fevr. p. 155.

›› que lorfqu'il recommence à par- P. BAYLE

›› ler de fon chef, on ne fe fouvient

›› plus de l'endroit où il a fini. 30.

›› Non content d'un difcours affez

›› long où l'on a de la peine à le fui-

›› vre, il y a peu de pages où il ne

›› fe commente lui-même à la marge

›› par des notes qui font d'une rai-

›› fonnable longueur, & qui jettent

›› un pauvre lecteur tout-à-fait hors

›› des gonds. 4°. Il fait affez fou-

›› vent des digreffions, qui dans un

›› ouvrage dogmatique fur des ma-

›› tieres abftraites fatiguent l'atten-

›› tion du Lecteur ferieufement atta-

›› ché à vouloir bien comprendre ce

›› dont il s'agit. 5°. Comme il a ap-

›› paremment compofé fon livre à

›› mefure qu'on l'imprimoit, il n'a

›› pas toûjours une methode bien

›› exacte. Il met fes penfées fur le

›› papier felon l'ordre qu'elles lui

›› viennent dans l'efprit, qui n'eft

›› pas toûjours un ordre naturel, &

›› il lui arrive plus d'une fois de re-

›› venir à la même matiere, après

›› l'avoir abandonnée. Il eft vrai que

›› la forme de lettres qu'il donne à

›› fon ouvrage femble permettre ce

P.BAYLE. » petit defordre, mais il n'eft pas
» moins incommode à un Lecteur.
» 6°. Il eft très-difficile de démê-
» ler fes fentimens. Car quelquefois
» il parle de fon chef, & quelque-
» fois il prête fes paroles aux Ma-
» nichéens ou à d'autres gens.

27. *Continuation des Penfées diver-*
fes écrites à un Docteur de Sorbonne,
&c. ou réponfe à plufieurs difficultez
que M.... a propofées à l'Auteur.
Rotterdam 1705. *in* 12. 2. *tom. Bayle*
fe propofe dans cette continuation
de répondre aux difficultez qu'on
lui avoit faites, les principales regardent l'argument que l'on tire du
confentement de tous les peuples
pour l'exiftence d'un Dieu, qu'il
avoit tâché d'affoiblir, & le parallele de l'Atheifme & du Paganifme
dans lequel il avoit prétendu que l'*A-*
theifme n'eft point pire que l'Idolâtrie
payenne.

28. *Mémoire de M. Bayle, pour*
fervir de réponfe à ce qui le peut inte-
reffer dans un ouvrage imprimé à Paris
fur la diftinction du bien & du mal,
& au 4e. *article du* 5e. *tome de la*
Bibliotheque choifie. Inferé dans l'*Hif-*

toire des Ouvrages des Savans du mois
d'Août 1704. *Bayle* fe défend ici
contre l'Auteur du livre de *la dif-*
tinction-du bien & du mal, qui l'avoit
accufé d'avoir favorifé ouvertement
le fyftême de *Manés* fur la diftinction des deux principes, & contre
M. *le Clerc* qui avoit refuté fortement. ce que *Bayle* avoit avancé
dans fa continuation des penfées diverfes que *Cudworth* & *Grew* fameux
Philofophes Anglois, qui ont combattu l'Atheifme avec beaucoup de
vivacité, lui ont prêté des armes
fans y penfer en admettant les natures plaftiques.

29. *Reflexions de M. Bayle fur*
l'Article VII. du fixiéme tome de la
Bibliotheque choifie de M. le Clerc.
Ces Reflexions qui font inferées dans
l'*Hiftoire des ouvrages des Savans*, Decembre 1704. roulent encore fur les
natures plaftiques.

30. *Réponfe pour M. Bayle à M.*
le Clerc 1706. *in* 12. pp 101. It.
jointe au 4e. tome de la *Réponfe aux*
Queftions d'un Provincial. C'eft une
réplique à la réponfe que M. *le Clerc*
avoit faite au mémoire précedent

P.BAYLE. dans le neuviéme tome de la *Biblio-theque choisie.*

31. *Entretiens de Maxime & de Themiste, ou réponse à Messieurs le Clerc & Jaquelot.* Rotterdam 1707. *in* 12. M. *le Clerc* ne fut pas long-temps fans répondre à *Bayle*, & fa réponse inferée dans le dixiéme tome de la *Bibliotheque choisie* eft violente. *Bayle* ne crût pas devoir le laiffer jouir de la victoire qu'il s'y attri-buoit, & prit auffi-tôt la plume, quoique malade, pour la lui enlever. Il avoit auffi à répondre à deux ou-vrages de M. *Jaquelot* intitulés : *Con-formité de la Foi avec la raison, ou défense de la Religion contre les diffi-cultez répandues dans le Dictionnaire de M. Bayle. Amfterdam* 1705. *in* 80. *Examen de la Theologie de M. Bayle répandue dans son Dictionnaire Critique, & ses autres ouvrages, où l'on défend la conformité de la Foi avec la raison contre sa réponse. Am-fterdam* 1706. *in* 12. *Bayle* avoit déja tâché de répondre au premier dans le 3e. tome de la *Réponse aux Ques-tions d'un Provincial,* où il foutient fortement l'oppofition de la Foi &

de la Raison ; mais M. Jaquelot P. BAYLE. ayant opposé le second à sa réponse, il entreprit ce nouvel ouvrage pour le refuter encore. Les répetitions frequentes qui s'y trouvent font voir qu'il étoit temps que cette dispute finit, lorsque la mort de *Bayle* l'a terminée.

32. *Lettres choisies de M. Bayle avec des Remarques. Rotterdam* 1714. *in* 8°. 3. *tomes.* C'est le sieur *Marchand* qui a publié ces Lettres, & qui y a joint des notes assez curieuses en quelques endroits. Pour ce qui est des Lettres, elles ne répondent gueres à la réputation de M. *Bayle*, il n'y a rien que de fort commun, & on n'y trouve point de ces faits curieux & de ces anecdotes Litteraires, que l'on croiroit naturellement y trouver. M. *des Maizeaux* avoit commencé à faire imprimer ces Lettres, mais peu content que le sieur *Marchand* se mêlât de diriger l'impression, de retrancher ce qui lui déplaisoit, & d'ajoûter ses notes aux siennes, il la désavoua par une lettre du 10. Septembre 1714. inferée dans le 8e. tome de l'*Histoire Criti-*

P. BAYLE *que de la Republique des Lettres p.* 313.
& à la suite de l'*Histoire de M. Bayle*
p. 465. M. *Masson* insera outre cela
dans son *Histoire Critique* tom. 7. p.
260. des *Remarques Critiques* sur cette édition, où l'on releve quelques
fautes échapées au sieur *Marchand*
avec une brutalité, qui ne convient
point à de vrais Savans; on trouve ces
Remarques à la suite de l'*Histoire de
M. Bayle* p. 384.

33. *Mémoire de M. Bayle sur quelques endroits qui le concernent dans les
nouvelles additions de M. Teissier aux
Eloges des Savans.* Inserée dans l'*Histoire des ouvrages des Savans* May
1704. *Bayle* s'y défend de plusieurs
choses que M. *Teissier* lui avoit fait
dire mal-à-propos. Il finit par ces
paroles, qui marquent qu'il ne cherchoit dans les faits que la verité :
J'aurois, dit-il, *acquiescé ingenuement
à ses remarques, si la raison l'eut voulu,
& c'eut été un profit certain pour mon
Dictionnaire.*

34. *Lettre sur ce qui a été dit de
M. Arnauld d'Andilly dans les nouvelles de la Republique des Lettres du
mois d'Avril* 1704. p. 469. Inserée

dans les mêmes nouvelles , May P. BAYLE. p. 587.

35. *Oeuvres diverſes de M. Pierre Bayle. La Haye 1727. 3. vol. in fol.* Le premier volume contient les *Nouvelles de la Republique des Lettres* depuis Mars 1684. juſqu'au mois de Fevrier 1687. C'eſt-à-dire tout ce que *Bayle* en a fait. On y a joint la Réponſe à M. *Arnauld* au ſujet de la diſpute de ce Docteur avec le P. *Malebranche.* Le 2e. renferme la *Critique generale de l'Hiſtoire du Calviniſme* avec les *nouvelles Lettres* Critiques. *La France toute Catholique ſous Louis le Grand. Le Commentaire Philoſophique. La Réponſe d'un nouveau Converti. L'avis aux Refugiez. La Cabale Chimerique. La Lettre ſur les petits Livres. La Déclaration touchant la Courte revûë.* Les *Entretiens ſur la Cabale chimerique. La Chimere de la Cabale de Rotterdam. L'Avis au petit Auteur des petits livrets. Le nouvel Avis. La nouvelle Hereſie dans la morale. Janua cœlorum reſerata.* Le 3o. tome eſt diviſé en deux parties dont la premiere contient les *Penſées diverſes ſur les Cometes* & la *Continua-*

tion; & la 2e. la *Réponse aux Quef-tions d'un Provincial.* On promet un 4e. volume où l'on trouvera fes autres ouvrages imprimez, & quelques autres qui ne l'ont pas encore été.

V. l'*Hiftoire de M. Bayle & de fes ouvrages* imprimée mal-à-propos fous le nom de M. *de la Monnoye. Amfterdam in* 12. avec les *pieces qui y font jointes.*

ALEXANDRE MARCHETTI.

ALEXANDRE *Marchetti* nâquit le 17. Mars 1633. à *Pontormo* Château fort ancien, qui eft fur la route de *Florence* à *Pife*, d'une famille très-illuftre dans le Pays. Il fut élevé à *Florence*, & fit bien-tôt connoître ce qu'on devoit attendre de lui. Son goût pour la Poëfie fe déclara de bonne heure; il lût avec avidité dès fa premiere jeuneffe les plus fameux Poëtes Italiens, & profita fi bien de leur lecture, que dès fa quatorziéme année, il compofa des pieces qui meriterent les applaudiffemens des plus habiles en ce gen-

re, & qu'un de ses sonnets fut inseré A. MAR-
par *Crescimbeni* dans son Histoire de CHETTI.
la Poësie Italienne, comme l'ouvra-
ge le plus parfait qu'il eut encore vû.

Après les Humanitez il étudia en
Droit sous un Professeur de *Florence,* nommé *Augustin Libri* ; il se
donna d'abord à cette étude avec
beaucoup d'ardeur ; mais s'en étant
dégoûté, il quitta *Florence* pour aller
à *Pise* étudier en Philosophie. Il s'y
mit sous la discipline de deux fameux Peripateticiens, *Alexandre
Marsigli* de *Sienne*, & *Maffei* de *Pise*.
Il eut la patience de les écouter pendant quatre ans ; mais enfin lassé
de les voir s'appuyer en toutes choses sur l'autorité d'*Aristote*, qu'ils
préferoient souvent à la raison & à
l'experience, il résolut de chercher
quelqu'un qui lui enseignât une Philosophie plus raisonnable & plus
convenable à un esprit juste & sensé,
tel qu'étoit le sien.

Borelli fut justement appellé dans
ce temps-là à *Pise* par le Grand Duc
Ferdinand II. *Marchetti*, qui étoit
instruit de son merite, crût avoir
trouvé ce qu'il cherchoit ; il se mit

A. MAR-
CHETTI.

sous sa conduite, & apprit d'abord sous lui les élemens d'*Euclide* ; il lût ensuite les ouvrages de *Galilée*, & des autres Philosophes & Mathematiciens les plus renommez, tant anciens que modernes.

L'application qu'il donna à ces sciences sublimes & relevées ne l'empêcha pas de cultiver de temps en temps les belles lettres, & principalement la Poësie, pour laquelle il a toûjours eu un attrait particulier. Il étudia encore dans le même temps la Medecine, poussé par le seul desir de satisfaire sa curiosité, & d'être quelquefois utile aux autres.

Ses études finies, il fut reçû Docteur à *Pise*, & le Grand Duc le nomma l'année suivante Professeur en Logique. Il continua malgré cet emploi d'étudier encore sous *Borelli* avec qui il logeoit, & par les instructions duquel il faisoit toûjours de nouveaux progrez.

Une année après il fut Professeur extraordinaire en Philosophie, & il témoigna dans ce poste la même liberté de sentimens qu'il avoit toûjours marqué jusques-là ; dans ses

leçons, dans les difputes publiques, A. MAR-
dans les converfations particulieres, CHETTI.
il ne fe laffoit point de dire qu'il efti-
moit beaucoup *Ariftote*, & les autres anciens Philofophes, mais que
leur autorité faifoit moins d'impreffion fur lui, que les raifons & les
experiences. Ce langage, qu'on n'a-
voit point encore entendu, revolta
les Profeffeurs Peripateticiens &
leurs Partifans, qui firent tous leurs
efforts pour lui nuire, mais comme
il avoit de fon côté la raifon, & la
faveur du Grand Duc qui vouloit
la foutenir, leurs mauvais def-
feins ne tournerent qu'à leur con-
fufion.

Il enfeigna la Philofophie en qualité de Profeffeur extraordinaire pendant huit ans, après lefquelles il fut
fait Profeffeur ordinaire ; emploi
qu'il conferva douze ans.

Borelli étant mort en 1679. le
Grand Duc *Côme III.* lui donna fa
Chaire de Mathematique, qu'il a
confervée jufqu'à la fin de fa vie. Il
a formé dans ce pofte des difciples
d'un merite diftingué ; tels ont été
Laurent Bellini Profeffeur d'Anato-

mie à *Pise*, *Joseph del Papa* Medecin du Grand Duc, *François Spoleti*
Profeſſeur en Medecine & en Philoſophie à *Padoue*.

Il étoit au Château de *Pontormo*,
lorſqu'il eut une attaque d'apoplexie,
qui termina ſes jours le 6e. Septembre 1714. dans ſa 82e. année.

Il s'étoit marié à l'âge de 39. ans,
& avoit épouſé *Anne Lucrece de
Cancellieri* de *Piſtoie*, Dame d'une
nobleſſe illuſtre, & d'un merite diſ-
tingué, dont il a eu pluſieurs enfans.
Sept lui ont ſurvêcu, cinq garçons
& deux filles. L'aîné nommé *Angelo
Marchetti* eſt celebre par pluſieurs
ouvrages qu'il a compoſez.

Catalogue de ſes Ouvrages.

1. *Exercitationes Mechanica. Piſis*
1669. *in* 40.

2. *De reſiſtentia ſolidorum. Floren-
tia* 1669. *in* 40. Cet ouvrage fit
beaucoup d'honneur à ſon Auteur.

3. *Fundamenta Univerſa ſcientia
de motu univerſiter accelerato, à Ga-
lileo Galilei primum jacta, ab Evan-
geliſta Torricellio, aliiſque celeberri-
mis Mathematicis probabilibus ratio-
nibus confirmata, nunc vero demum
evidentibus*

evidentibus demonſtrationibus ſtabilita. A. MAR-
Piſis 1672. *in* 4°.

CHETTI.

4 *Problemata ſex à Leidenſi quo-
dam Geometra Chriſtophoro Sadlerio
miſſa, ab hoc vero Germanis Italiſque
Mathematicis propoſita, reſoluta ab
Alexandro Marchetti. Acceſſere bina
ejuſdem Theoremata Geometrica. Piſis*
1675. *in* 12.

5. *Septem Problematum Geometrica
ac Trigonometrica reſolutio. Piſis* 1675.
in 12. C'eſt une nouvelle réſolution
des problêmes précedens.

6. *Lettera nella quale ſi ricerca,
d'onde auvenga, che alcune Perette di
vetro, rompendoſi loro il gambo tutte
ſi ſtritolino. In Firenze* 1677. *in* 4°.

7. *Della natura delle Comete Lettera. In Firenze* 1684. *in* 4°.

8. *Nel pigliare il Sacro abito di
Religioſa nel Moniſtero di ſan Deſiderio
di Piſtoia la ſignora Angela Baldinotti col nome di ſuor Coſtante, Can-
zoni due. Piſtoia* 1697. *in fol.* Il n'a
pas mis ſon nom à ces poëſies non
plus qu'à la ſuivante.

9. *Epitalamio nelle nozze del
ſignor cavaliere Jacopo Baldinotti
con la ſignora Maria-Giulia For-*

Tome VI. Cc

A. MAR- *teguerri. In Pistoia* 1698. *in fol.*

CHETTI.   10. *Saggio delle Rime Eroiche, Morali, è sacre. In Firenze* 1704. *in* 40. Il n'y a dans ce livre qu'une partie des Poësies de Marchetti; on en trouve d'autres dans quelques recueils Italiens.

11. *Anacreonte tradotto dal testo Greco in rime Toscane. In Lucca* 1707. *in* 4°. Cette traduction est fort rare, parce qu'elle a été supprimée par ordre de l'Inquisition, elle est très estimée, & très digne d'un Academicien de *la Crusca*, tel qu'étoit *Marchetti*.

12. *Lettera, nella quale si ribattono l'inguiste ascuse date dal P. D. G. G.* (Padre Don Guido Grandis.) *Nella secunda editione del suo libro della Quadratura del cerchio è dell' Iperbola. In Lucca* 1711. *in* 40.

13. *Lettera nella quale si mostra esser verissimo che il P. M. D. Guido Grandi nella secunda stampa del suo libro intitolaro* Quadratura Circuli & Hyperbolæ *à mutato le parole dell' instanza, & della riposta, che Allessandro Marchetti comme censore del santo Ufizio l'aveva esortato à levare dal*

manuſcritto del Medeſimo ſuo libro, A. Mar- la prima volta che egli lo publico. In CHETTI. Piſa 1713. in 4°.

14. *Diſcorſo nel quale ſi eſaminano è ſi ribattono le cenſure contenute nell' Opera intitolata* Riſpoſta Apologeti- ca del P. D. Guido Grandi. *In Luc- ca* 1714. *in* 4°. Cette diſpute que *Marchetti* a eu avec le P. *Grandi*, Camaldule, n'a rien de fort intereſ- ſant.

15. *Di Tito Lucrezio Caro della natura delle coſe libri tradotti dal Aleſ- ſandro Marchetti. Londra* 1717. *in* 80. Cette traduction qui eſt en vers non rimez a été long-temps manuſ- crite entre les mains des curieux , & l'on n'a jamais pû réuſſir à la faire im- primer en Italie. L'Auteur l'avoit commencée en 1669.

V. ſon Eloge dans le *Journal de Veniſe tom.* 21. *p.* 213.

JEAN LIGHTFOOT.

JEAN *Lightfood* nâquit le 29. Mars 1602. à *Stoke* ſur le Trent dans le Comté de Stafford en An-

JEAN LIGHT- FOOD.

gleterre de *Thomas Ligthfood* Vicaire
du lieu, & d'*Elizabeth Bagnall*, d'une
famille qui doit avoir été confiderable, puifque la Reine *Elizabeth* fit
trois Chevaliers qui en étoient.

Après qu'il eut fait fes premieres
études on l'envoya en 1617. à *Cambrige*, où il s'appliqua dans le College de
Chrift à l'éloquence, & aux Langues
Latine & Greque. Le goût pour les
Langues Orientales ne lui étoit pas
encore venu, ainfi il ne fongea point
pour lors à les étudier. Mais il ne
demeura pas long-temps en cette
Ville. Dès qu'il eut été fait Bachelier, on le nomma pour fervir d'ai-
de au Docteur *Whitehead*, qui avoit
été fon premier Maître, & qui en-
feignoit alors à *Rapton* dans le Comté
de *Darby*; après un féjour d'un an
ou deux en ce lieu, il reçût les Ordres
Sacrez, & alla demeurer à *Narton*,
où il eut occafion de voir le Chevalier *Rolland Cotton*. Ce Seigneur qui
étoit très-favant & qui poffedoit à
fond la Langue Hebraïque, ayant
pris *Ligthfood* chez lui en qualité de
Chapelain lui fit naître le defir d'apprendre cette Langue ; il vit bien

qu'il ne pouvoit fans la favoir enten- J. Light-
dre bien l'Ecriture, qui devoit faire foot.
fa principale étude, ainfi il s'y donna
avec beaucoup d'ardeur, & y fit en
peu de temps de grands progrez.

Son protecteur ayant quitté la
Campagne pour aller à *Londres*, il
l'y fuivit bien-tôt. Mais comme il
étoit bien aife de voyager hors de
l'Angleterre, il fit peu de temps
après un tour à *Stoke*, pour prendre
congé de fon pere & de fa mere. Il
fe difpofoit à executer fon premier
deffein, & s'étoit déja mis en route
pour cela, lorfque paffant à *Stone*
dans le Comté de Stafford, il trouva
l'Eglife du lieu fans Miniftre. Les
inftances qu'on lui fit de fe charger
de cet emploi l'engagerent à s'y arrêter, & mirent ainfi fin à fon voyage. Il époufa en 1628. la fille de
Guillaume Compton Gentilhomme du
Pays, qui étoit veuve de *George Cop-
wood,*

En 1642. il retourna à *Londres*,
& y fut fait Miniftre de l'Eglife de
Saint Barthelemi; dans le même tems
il fut mis au nombre des Theolo-
giens de l'Affemblée de Weftminfter

qui avoient entrepris pendant les guerres civiles de reformer, comme ils difoient, l'Eglife d'Angleterre.

Il quitta ces emplois à la fin de l'année fuivante pour être Curé de *Mundon* dans le Comté d'Herfort. Il a demeuré dans ce pofte jufqu'à la fin de fa vie, fans s'abfenter de ce lieu, que lorfque la Charge de Recteur du College de Sainte Catherine de *Cambrige*, qu'il a eu pendant plufieurs années, l'obligeoit de s'y rendre.

Il fut reçû Docteur en Theologie en 1652. & on l'élût trois ans après, c'eft-à-dire en 1655. Vice-Chancelier de l'Univerfité de *Cambrige*.

Il eft mort le 6. Decembre 1675. âgé de 73. ans à *Ely*, où il étoit Chanoine.

Ses ouvrages dont la plûpart ont paru feparément, ont été raffemblez en deux volumes *in fol.* & imprimez à *Londres* en 1684. par les foins de *George Bright* qui a donné le premier volume qui contient les ouvrages écrits en Anglois avec une longue Préface & un court abregé de la vie de l'Auteur auffi en Anglois,

& de *Jean Strype* qui a donné le ſe J.LIGHT-
cond, où l'on trouve les ouvrages FOOT.
que l'Auteur a compoſé en Latin, mais
traduits en Anglois avec une vie fort
étendue de *Lightfoot.*

Il s'eſt fait une nouvelle édition
de ces ouvrages à *Rotterdam* 1686.
in fol. 2. volumes, Elle eſt entierement Latine, & tous les ouvrages
qui ſont en Anglois dans la précedente, & qui ont été compoſez en
cette Langue, de même que la Préface de *George Bright*, s'y trouvent
traduits en Latin. Cette premiere
édition Latine a été ſuivie d'une ſeconde qui s'eſt faite à *Utrecht* en
1699. *in fol.* par les ſoins de *Jean
Leuſden* qui a revû l'ouvrage, & y
a ajoûté un troiſiéme volume contenant les ouvrages poſthumes Latins
de *Lightfoot*, qui n'avoient point encore été imprimez, & que *Jean Strype* lui avoit envoyez d'Angleterre.
Enfin le même *Jean Strype* a donné
en 1700. *quelques Oeuvres poſthumes
de Lightfoot*, qui n'avoient point encore paru. *Londres in* 80. Elles ſont
en Anglois.

Je vais donner le détail des ou-

vrages contenus dans tous ces volumes.

Le grand recueil de ses ouvrages
en 2. vol. *in fol.* contient, selon les
éditions Latines.

1. *Une Harmonie & une disposition chronologique des textes du Vieux
Testament.* Comme les Auteurs Sacrez
ne se sont pas astreints à l'ordre Chronologique, *Lightfoot* s'est proposé de
donner un abregé de l'Histoire Sainte, où chaque évenement fut placé
dans l'ordre où il doit être, selon lui.
Il avoue que cet ouvrage n'est qu'un
essai, & qu'on ne doit pas y chercher la derniere exactitude. Il peut
cependant être utile non seulement
par rapport à la chronologie, mais
encore par rapport aux Remarques
curieuses qu'il y a mêlées, pour empêcher son ouvrage d'être trop sec
& trop décharné. Il a été composé
originairement en Anglois.

2. *Des remarques sur la Genese &
sur l'Exode.* Les premieres sont in-
titulées : *Paucæ ac novellæ observationes super librum Geneseos, quarum pla-
ræque certæ, cætera probabiles sunt, om-
nes autem innoxiæ ac raro antea auditæ.*

C'est

C'eft un recueil de diverfes remar- J. LIGHT-
ques Rabbiniques, ou femblables en FOOT.
fubtilité à celles des Rabbins. Les
remarques fur l'Exode portent ce titre : *Manipulus fpicilegiorum è libro*
Exodi , ubi folutio probabilis fcrupulo-
rum quorumdam manifeftiorum , & ex-
planatio difficiliorum textuum qui hoc
libro occurrunt , antea ab aliis raro ex-
hibitæ. Elles tiennent beaucoup de la
fubtilité des précedentes, on y voit
cependant une methode plus confor-
me à celle que fuivent ordinairement
les Interpretes de l'Ecriture Sainte.
Ces Remarques ont paru en Anglois
à *Londres* en 1643. *in* 4°.

3. *Erubhim, five Mifcellanea Chrif-*
tiana & Judaica , aliaque relaxandis
animis & otio difcutiendo confcripta.
C'eft un des premiers Ouvrages de
Lightfoot, qui le publia en 1629. *in* 80.
à *Londres* en Anglois, & un mélange
de diverfes Remarques fur les Auteurs
profanes , & fur l'Ecriture Sainte ,
mais dont la plûpart regardent les livres Sacrez. Chaque chapitre eft comme un ouvrage à part., qui n'a aucune liaifon avec les autres.

4. *Harmonia quatuor Evangelifta-*

J. LIGHT-*rum inter se , & cum veteri Testamento.*
FOOT. Cet ouvrage est demeuré imparfait,
il devoit avoir cinq parties, mais
l'Auteur n'en a fait que trois, qu'il
a publiées en Anglois, la premiere
en 1644. & la troisiéme en 1650. à
Londres in 4°.

5. *De Templo Hierosolymitano prout
erat tempore salvatoris.* Cet ouvrage
que l'Auteur a publié en Anglois de
même que le suivant à *Londres* 1650.
in 4°. est très-curieux. On y voit un
plan du Temple qu'il avoit lui-même
tracé.

6. *De Sacro Templi cultu , prout
sese tempore salvatoris habuit , liber.*

7. *De Descensu Christi ad inferos.*
L'Auteur entend cette descente aux
Enfers du séjour que l'ame de J. C.
fit dans le Paradis.

8. *Concio in hæc verba : Si quis
non amat Dominum Jesum Christum,
sit Anathema Maranatha.* C'est le
discours qu'il fit lorsqu'il fut reçû
Docteur en 1652.

9. Les Theses qu'il soutint en
cette occasion.

Tout ceci se trouve dans le premier volume. On a dans le second.

10. *Harmonia Chronica Novi Tes-*

tamenti. Cet ouvrage que *Lightfoot* a J. LIGHT-
compofé en Anglois differe de l'har- FOOT.
monie des Evangiles qu'il avoit publiée dix ans auparavant, 10. en ce
qu'on trouve ici un ouvrage complet.
2°. En ce qu'il eft plus court. 3°. En
ce qu'il y mêle plus de Rabbinifme.

11. *Horæ Hebraicæ & Talmudicæ
in chorographiam terræ Ifraeliticæ, in
quatuor Evangeliftas, in Acta Apof-
tolorum, partem aliquam Epiftolæ ad
Romanos, & priorem ad Corinthios.*
Ces Heures ont été imprimées feparement à *Londres*, à *Leipfic* & ailleurs. L'Auteur s'y propofe d'éclaircir le Nouveau Teftament par le Tal-
mud & les Rabbins ; deffein qui a
été défaprouvé avec raifon par les
meilleurs critiques. Son ouvrage a
été écrit en Latin.

12. *Commentarius in Acta Apof-
tolorum.* Ce Commentaire diftingué
du Commentaire Talmudique ne
roule que fur la Critique & la Chronologie. Il a été écrit en Anglois,
& publié en cette Langue à *Londres*
en 1645. *in* 4°. Il n'eft point achevé, puifqu'il ne va que jufqu'à la
fin du chapitre onziéme.

13. *Quarante ſix Sermons.* Ces Sermons ne ſe trouvent que dans l'é-
dition Angloiſe ; ils n'ont pas paru
dignes d'être traduits en Latin ; parce que ce ſont moins des Sermons,
que des projets de Sermons que
l'Auteur avoit jettez ſur le papier pour ſoulager ſa mémoire ; ce
qui fait qu'on y voit en beaucoup
d'endroits de l'obſcurité & peu de
ſuite.

Les ouvrages Poſthumes de *Lightfoot* qui rempliſſent le 3e. volume de
l'édition d'*Utrecht* ſont pour la plûpart des fragmens peu conſiderables
des traitez qui ſont demeurez imparfaits, & qui roulent ſur les mêmes
ſujets que ceux qui rempliſſent les
deux premiers volumes.

Les Oeuvres Poſthumes Angloiſes
ſont trois Traitez, dont le premier
contient *des Regles pour une perſonne
qui veut étudier l'Ecriture Sainte.* Le
2e. renferme des *Meditations ſur
quelques matieres difficiles de la Theologie, & des explications de quelques
endroits obſcurs de l'Ecriture.* Le 3e.
eſt une *Explication de deux articles
choiſis du Symbole des Apôtres.*
V. ſon *Eloge* à la tête de ſes ouv

NICOLAS PERROT
D'ABLANCOURT.

NICOLAS *Perrot* ſieur d'*Ablan-* court eſt ſorti d'une famille an-cienne dans le Parlement de Paris. *Nicolas Perrot* ſon ayeul mourut Conſeiller de la Grand'Chambre, & après ſa mort, ſa femme qui ſe ſentoit des nouvelles opinions, en-voya *Paul Perrot de la Salle* le plus jeune de ſes deux fils, & Pere de celui dont j'ai à parler, faire ſes étu-des à *Oxford* en Angleterre. Il em-braſſa en ce lieu la Religion Proteſ-tante. De retour en France, il fit un voyage en Champagne pour y voir ſon frere *Cyprien Perrot*, qui avoit ſuivi le Parlement transferé a-lors à *Chaalons*. Pendant le ſéjour qu'il fit en cette Ville, il jetta les yeux ſur une Demoiſelle d'une des plus nobles maiſons de la Province, nommée *An-ne des Forges*, & l'épouſa.

De ce mariage nâquit *Nicolas Per-rot d'Ablancourt* à *Châlons ſur Mar-ne*, & non pas à *Vitry le François*,

Dd iij

N.P.D'A-
BLAN-
COURT.

comme il eſt dit dans les premieres éditions du *Menagiana*, que quelques Auteurs ont copié ſur ce point, le 5ᵉ. Avril 1606.

Dès ſon enfance il donna des marques d'un eſprit vif, & ſon pere qui l'aimoit d'autant plus qu'il n'avoit que lui de fils, prit un ſoin particulier de ſon éducation. Il l'envoya étudier au College de *Sedan*, le plus celebre que ceux de la Religion euſſent alors en France. Il eut en ce lieu pour Maître le fameux *Rouſſel*, qui par diverſes avantures preſque incroyables fut Ambaſſadeur de pluſieurs Princes, & mourut en cette qualité à la Porte. Il prit tant de plaiſir à former ce jeune eſprit qu'à treize ans d'*Ablancourt* avoit fait heureuſement ſes Humanitez. *Richelet* dans ſes vies des Auteurs François a voulu encherir là deſſus, & a ajoûté la Philoſophie aux Humanitez, en quoi il s'eſt trompé.

Son pere le rappella alors auprès de lui, & lui donna un habile homme non ſeulement pour repaſſer toutes ſes études, mais auſſi pour lui donner quelque teinture de la Philoſophie.

Au bout de trois ans ou environ N. P. D'A-
que durerent ces exercices, on l'en- BLAN-
voya à *Paris*, où il étudia en Droit COURT.
pendant cinq ou six moîs. A dix-
huit ans il fut reçût Avocat au Parlement, & commença à suivre le
Barreau.

Son pere étant mort sur ces entrefaites, on parla de le marier avec une
Demoiselle de Champagne fort-ri-
che, qui étoit sa parente. Il desiroit
ce mariage, auquel son ayeul s'opposoit; mais pendant qu'on travailloit à surmonter cet obstacle, il
changea de Religion, & ce changement rompit tout.

Cyprien Perrot alors Conseiller de
la Grand'Chambre, son oncle, qui
l'aimoit tendrement, le pressoit de
temps en temps sur sa Religion, &
l'engagea à la fin à conferer sur ce
sujet avec quelque personne habile.
La conference réussit; d'*Ablancourt*
fit son abjuration, & donna par là
beaucoup de joie à toute sa famille.

Il continua ensuite d'aller au Palais, mais avec si peu d'assiduité,
qu'il étoit aisé de voir le peu d'inclination qu'il avoit pour la Robbe.

N P. D'A-
BLAN-
COURT.

Son oncle qui connoiſſoit ſes diſpoſitions, voulut l'engager à entrer
dans l'Egliſe, dans l'eſperance qu'il
ſeroit un jour grand Prédicateur,
mais d'*Ablancourt*, qui quitta enfin
le Barreau, ne pût ſe reſoudre à
embraſſer l'état Eccleſiaſtique, &
paſſa cinq ou ſix années dans les divertiſſemens des perſonnes de ſon
âge.

Ce fut en ce temps là qu'il fit
connoiſſance avec M. *Patru*, &
forma avec lui une liaiſon, que rien
n'a jamais interrompue. Ils étoient à
peu près de même âge, & quoiqu'ils
ne fuſſent pas tout-à-fait de même
humeur, ils avoient pourtant tous
deux un même amour pour les lettres.

A l'âge de vingt-cinq ou vingt-ſix
ans, il lui prit envie de reprendre
la Religion qu'il avoit quittée, &
dont les impreſſions n'avoient jamais été bien effacées de ſon eſprit.
Cependant pour ne rien faire à la
legere, il ſe mit à étudier d'abord
la Philoſophie, & enſuite la Theologie, & prit pour maître un Ecoſ-
ſois Lutherien, nommé *Stuart*. Il

travailloit avec tant d'ardeur , qu'il
donnoit douze & quinze heures par
jour à l'étude, fans rien dire à per-
fonne de fon deffein , & paffa ainfi
près de trois ans.

N.P.D'A-
BLAN-
COURT.

Le Prefident *Perrot* fon coufin
germain, qui le voyoit continuelle-
ment dans la retraite , & comme
cloué fur les livres, crut qu'ayant enfin fait reflexion fur les avis que fon
pere , qui étoit mort alors , lui avoit
autrefois donnez , il alloit embraffer
l'état Ecclefiaftique ; & penfoit déja
à faire tomber fur lui une partie des
Benefices de M. *le Clerc* , Confeiller
de la Grand'Chambre , & frere de
la Prefidente *Perrot* , qui étoit fort
âgé. Il y alloit de cinq ou fix mille
livres de rente , & l'affaire étoit bien
avancée , quand d'*Ablancourt* retourna à fes anciennes erreurs. Ainfi
on peut dire que pour la Religion
il a perdu deux fois fa fortune.

Il partit donc de *Paris* pour aller
en Champagne , où il fit fa feconde
abjuration dans le Temple du Village d'*Helme* près de *Vitry* , & alla
prefque auffi-tôt après en Hollande,
pour laiffer paffer les premiers bruits

N.P. D'A-
BLAN-
COURT.

de ce nouveau changement. Il fut près d'un an à *Leyde*, où il apprit la Langue Hebraique, & fit amitié avec *Saumaise*.

Ce Savant le fit changer de regime, il ne buvoit alors que de l'eau, mais *Saumaise* lui conseilla de la quitter, & de boire son vin un peu fort pour avoir le ventre libre. Conseil asséz singulier. (*Menagiana.*)

De Hollande il passa en Angleterre, où il vit Mylord *Perrot* qui sortoit de la même souche que lui. Ce Mylord étoit vieux & sans enfans. Il reçût d'*Ablancourt* avec de grands témoignages de joie & d'amitié, & eut même quelque pensée de le faire son heritier ; mais d'*Ablancourt* n'étoit pas assez attaché à ses interêts, pour s'assujettir à cultiver ces semences de bonne volonté, & moins encore pour quitter son Pays sur cette esperance.

Il revint à *Paris*, où après avoir demeuré cinq ou six semaines chez M. *Patru*, il prit un logement particulier, & fit venir auprès de lui deux de ses neveux, enfans de sa sœur aînée, qu'il éleva avec beaucoup de soin.

Il menoit une vie fort agréable, N.P.D'A-
& quoiqu'il donnât la plus grande BLAN-
partie de fon temps à fes livres, il ne COURT.
laiffoit pas de voir les compagnies.
Il ne fe paffoit gueres de jour, qu'il
n'allât chez Meffieurs *Dupuy*, dont
la maifon étoit le rendez-vous des
Savans.

Charenton lui donna la connoiffance de M. *Conrart*, & cette connoiffance produifit bien-tôt une amitié
parfaite. C'eft par fes follicitations
qu'il a entrepris plufieurs des traductions qu'il a données au public.

Il fut reçû dans l'Academie Françoife au mois de Septembre 1637.
& entreprit prefque auffi-tôt la traduction de *Tacite*. Mais pendant
qu'il y travailloit, il fut contraint
de quitter *Paris*, pour aller dans la
Province veiller fur fon bien, qui
n'étoit pas grand, & que la guerre
diminuoit tous les jours. Il fe retira
donc avec fa fœur, à fa terre d'*A-
blancourt*, où il eft toûjours demeuré
jufqu'à fa mort.

Dans les commencemens de fa retraite il venoit affez fouvent paffer
l'Hyver à *Paris*. Mais à la fin il n'y

N.P D'A- vint plus que pour faire imprimer ses
BLAN- ouvrages ; la foule, les boues, & les
COURT. embarras de cette grande Ville lui dé-
plaisoient ; il disoit même que l'air
n'en étoit pas bon pour sa santé. Il
prenoit alors le logis de M. *Conrart*,
qui souhaittoit avec passion l'avoir
chez lui, & en qui il trouvoit, non
seulement une conversation agréable, mais encore un bon conseil
pour toutes les difficultez, dont toutes les traductions sont toûjours pleines.

Il avoit été toute sa vie incommo-
dé de la gravelle. Il fut même un
temps qu'il ne pouvoit aller ni à
cheval ni en carosse, & que pour
marcher il avoit besoin de bâton.
Mais s'étant mis pour faire de l'exercice, à labourer son jardin, ce travail diminua de beaucoup son mal,
& lui rendit en quelque sorte ses forces, tellement qu'il souffroit toute
sorte de voitures, & quitta même
le bâton, que pourtant il reprit peu
de temps après.

Au commencement d'Octobre
1664. les douleurs de la gravelle le
prirent avec tant de violence, qu'il

en penſa mourir ; elles ſe paſſerent
cependant , mais elles revinrent
après pour ne le plus quitter. Il ſup-
porta avec beaucoup de conſtance
les vives douleurs qu'il eût à ſouffrir en cette occaſion. Enfin il mourut entre les bras de ſa ſœur & de
ſon neveu *Fremont d'Ablancourt* le
17. Novembre 1664. On a fait une
faute dans le Dictionnaire de *Bayle*
en mettant le 27. Il étoit alors dans
ſa 59e. année.

Sa mort eſt rapportée dans le Menagiana d'une maniere bien differente. » Il étoit , dit-on , environ dans
» ſa 63e. année , (il y a de l'erreur
» dans cette date) lorſqu'il ſe ſentit
» preſſé de la pierre , maladie dont
» ſon pere étoit mort. Il voulut ve-
» nir à *Paris* dans le deſſein de ſe
» faire tailler : mais comme c'étoit
» au mois de Novembre , qui n'eſt
» pas commode pour ces ſortes d'o-
» perations, voyant bien qu'il ſeroit
» obligé d'attendre au Printems , &
» que la dépenſe ſeroit grande , il
» prit la réſolution étrange de s'ab-
» ſtenir de manger , pour voir plû-
» tôt finir ſes maux. Il avoit com-

N.P. D'A
BLAN-
COURT.

» mencé à l'executer, lorsque ses
» amis l'ayant pressé de manger il se
» laissa persuader, mais il étoit trop
» tard, & il mourut.

Il falloit que ce fût un bruit public, que d'*Ablancourt* fut mort ainsi, puisque M. *le Gendre* dans la vie de M. du *Bosc* a crû devoir contredire ce fait. Dieu, dit-il, permit que M. *du Bosc* assistât à sa fin, pour désabuser le monde dés faux bruits que l'on répandit, & qui allerent jusqu'aux oreilles du Roy, comme s'il fut mort désesperé. C'étoit une horrible calomnie, que M. *du Bosc* détruisit dans les lettres, qu'il en écrivit à M. *Conrart*.

Jusqu'à l'âge de cinquante ans ou environ sa santé a toûjours été vigoureuse, & hors la gravelle dont il se sentit de bonne heure, il n'a presque point eu de maladies. Il dormoit, mangeoit & travailloit indifferemment à toutes les heures, soit du jour soit de la nuit. Mais lorsqu'il avoit travaillé environ deux heures, il se délassoit, ou en se promenant, ou en faisant quelque lecture agréable, & au bout d'une demie heu-

re de relâche, il retournoit à son
travail.

Il avoit l'esprit vif & penetrant.
Il savoit l'Hebreu, le Grec, le Latin, l'Italien & l'Espagnol. Sur la
fin de ses jours, il ne lisoit plus que
l'Ecriture Sainte & les relations du
nouveau Monde. L'Ecriture Sainte
faisoit sur tout ses délices. Il en
avoit tous les bons Commentateurs
qu'il avoit lû avec soin.

Dans sa jeunesse il étoit d'une
humeur fort enjouée, & sa vivacité
étoit accompagnée d'une certaine
délicatesse, qui ne se prend que parmi le beau monde, & qu'il perdit
dans la solitude; mais la gayeté lui
demeura jusqu'à la mort.

Il étoit grand parleur; mais il
n'ennuyoit jamais : c'étoient toûjours des choses nouvelles, & toûjours des choses agréables, & M.
Pellisson disoit qu'il auroit été à sou-
haiter qu'il eut toujours eu un Greffier à ses côtez pour écrire tout ce
qu'il disoit.

Il étoit naturellement prompt &
ardent. Quand il disputoit de quelque point de Doctrine, ou d'autre

N.P.D'A-
BLAN-
COURT.

chose, c'étoit toûjours avec chaleur; mais tout cela duroit peu & n'alloit jamais à l'emportement.

M. *Patru* dans son éloge dit qu'il étoit genereux, sincere, indulgent, sobre, modeste, sans avarice, sans envie, sans ambition, & qu'il aimoit la verité sur toutes choses. L'étude qu'il fit des matieres de controverses avant que d'abandonner la Religion Catholique seroit une preuve de cette derniere qualité, si le choix qu'il fit d'un Lutherien pour cette étude ne donnoit lieu de croire qu'il avoit conservé quelque penchant secret pour le Protestantisme, & qu'il avoit voulu avoir un guide qui le conduisît selon son cœur.

Quelques années avant sa mort, le Roy lui fit quelque gratification, c'est la seule chose qu'il ait jamais reçûe, quoiqu'il eut l'estime & l'amitié des personnes de la premiere qualité.

Catalogue de ses Ouvrages.

1. *La Preface du livre du P. Boss, Cordelier, intitulé:* L'Honnête Femme Nous n'avons rien qui soit purement de lui & de son invention que cette
Prefac

Preface qu'il fit par confideration N.P.D'A.
pour ce Pere, qui étoit fon ami, BLAN-
les Prefaces & les Epitres dédicatoi- COURT.
res, qui fe voyent à la tête de fes
livres, & un petit traité de la bataille des Romains, qui eft à la fuite
de fa verfion de *Frontin*. S'il eût
voulu travailler de lui-même, il ne
lui manquoit rien de tout ce qu'il
faut pour cela. Il avoit l'imagination très-feconde, & l'efprit rempli de toute forte de belles connoif-
fances. Mais quand on lui en parloit, il difoit qu'il n'étoit ni Prédicateur ni Avocat pour faire ou des
Sermons ou des Plaidoyers, que le
monde étoit plein de livres de Politique, que tous les difcours de morale n'étoient que des redites de Plutarque & de Seneque, & que pour fervir fa patrie, il valloit mieux traduire de bons livres, que d'en faire
de nouveaux, qui le plus fouvent ne
difoient rien de nouveau.

2. *Prédications faites dans le Palais Apoftolique, compofées par le R. P.
Jerôme Mautini de Narni Vicaire
General des Peres Capucins, & traduites en François par M. du Boſc*

Tome VI. E e

330 *Mém. pour servir à l'Histoire
Bachelier en Theologie. Paris* 1647.
in 80. Cette traduction a paru sous
le nom de *du Bosc* par un trait de
generosité de M. *d'Ablancourt*, qui
en est le veritable Auteur. Le P. *du
Bosc*, auparavant Cordelier, s'étant
trouvé dans le besoin, après avoir
quitté son Couvent, M. *d'Ablancourt*, qui étoit son ami, n'ayant
point d'argent à lui offrir, s'avisa
de lui donner cette traduction pour
en disposer comme de son bien, &
en tirer ce qu'il pourroit des Libraires. Il lui permit même d'y mettre
son nom, afin qu'il pût avoir l'honneur du livre avec le profit.

3. *L'Octavius de Minutius Felix
traduit en François. Paris* 1646. *in*
12. It. *Paris* 1664. *in* 12. It. *Lipsic
avec le Latin à côté* 1689. *in* 12.
Les traductions de d'*Ablancourt* furent d'abord reçûes avec applaudissement, pour la beauté du langage,
& presque tout le monde s'est accordé à les estimer de ce côté là.
Mais il n'en a pas été de même de
la fidelité. On prétend qu'il a traité
ses Auteurs en maître plûtôt qu'en
traducteur, & que sans se contrain-

dre, & s'aſſujettir, ni à leurs mots, ni à leurs manieres, il s'eſt donné la liberté de les ſuivre ou de les abandonner, quand il le jugeoit à propos, d'y faire quelquefois des changemens, & même des additions à ſa mode, & de les faire parler en noſtre langue un peu autrement qu'ils ne penſoient en la leur. Sa traduction de *Minutius Felix* eſt dédiée à *Philandre*, c'eſt-à-dire, à M. *Conrart* qui l'avoit engagé à la faire.

4. Il a traduit quatre Oraiſons de *Ciceron*, *pro Quintio*, *pro lege Manilia*, *pro Ligario*, & *pro Marcello.* Cette traduction a été inſerée dans un recueil de *huit Oraiſons de Ciceron traduites par differens Auteurs.* Paris 1638. in 4o.

5. *Oeuvres de Tacite traduites avec des Remarques.* Paris 1650. in 8o. 2. vol. It. *Lyon* 1661. *in* 12. 3. *vol.* It. *Paris* 1668. *in* 4o. It. *Amſterdam* 1670. *in* 80. 2. *vol.* It. *Paris* 1672. *in* 12. 3. *vol.* Le ſieur *Borremans* dans ſes *Variæ lectiones* prétend que les deux principales traductions de d'*Ablancourt*, & celles qui ont le plus contribué à faire con-

noître sa capacité & son merite sont celles de *Tacite* & de *Xenophon*. M. *Godeau* dans son *Histoire de l'Eglise* dit aussi qu'il a ôté toutes les épines qui se trouvent en grand nombre dans cet Auteur, & que la liberté que les Critiques scrupuleux lui reprochent sert à y porter la lumiere avec la beauté. Malgré ces éloges on ne peut justifier ce fameux Traducteur de la licence qu'il s'est donnée, de retrancher dans cet Historien certaines choses qui servent à l'éclaircissement de l'Histoire. Par exemple il a ôté la plûpart des noms propres ou prenoms des Romains, ce qui empêche souvent de pouvoir distinguer les personnes d'une même famille. Il a retranché aussi quelquefois les surnoms ou les noms de la maison & de la famille, ce qui cause un inconvenient encore plus grand que le premier. Il lui arrive même de retrancher quelquefois tous les noms generalement, & de ne substituer à leur place que quelques appellatifs, comme deux Senateurs, un Officier, &c. au lieu de les nommer comme fait *Tacite*. Enfin on

prétend qu'il a ſupprimé des choſes N.P.D'A-
entierement eſſentielles à l'Hiſtoire; BLANC-
ce qui rend ſouvent le ſens eſtropié, COURT.
& l'altere conſiderablement. M.
Amelot de la Houſſaye l'a attaqué ſur
ce ſujet, & s'attira par là une réponſe de M. *Frémont d'Ablancourt*
ſon neveu, beaucoup plus vive qu'on
ne l'eut attendue d'un homme de
ſa gravité & de ſon âge; elle eſt intitulée: *M. Perrot d'Ablancourt van-
gé, ou Amelot de la Houſſaye convain-
cu de ne pas parler François, & d'expliquer mal le Latin. Amſterdam* 1686.
in 12.

6. *La retraite des dix mille de Xenophon, ou l'Expedition de Cyrus contre Artaxerxes traduit. Paris* 1648. *in*
8o. It. *Paris* 1665. *in* 12.

7. *Les Guerres d'Alexandre traduites du Grec d'Arrien avec des Remarques. Paris* 1646. *in* 8o. It. *Paris* 1651. 1661. 1664. *in* 8o. *Vaugelas* a donné de grandes louanges
à cette traduction; il aſſure qu'il n'y
a rien qui la ſurpaſſe à l'égard du
ſtile Hiſtorique, tant il eſt clair &
élegant. Il avoue que c'eſt à cette
verſion qu'il étoit redevable du chan-

gement qu'il avoit fait dans celle de
Quint-Curce, parce qu'ayant été l'a-
mi de M. *Coeffeteau*, l'admirateur
de son stile diffus, & son imitateur
même jusqu'à ses défauts, il avoit
d'abord fait sa version dans un stile
semblable au sien ; mais qu'ayant vû
l'*Arrien* de M. d'*Ablancourt*, il en
trouva la traduction si belle, si naturelle, & si agréable, qu'il résolut
de refaire la sienne sur ce modele.

8. *Les Commentaires de Cesar traduits avec des Remarques. Paris* 1650.
in 40. It. *Paris* 1652. *in* 40. It. *Paris*
1665. *in* 12. It. *Amsterdam* 1678. *in*
8°. & 1708. *in* 12. Cette traduction
n'est pas plus fidele que les autres.
On y chercheroit inutilement les
endroits qui pourroient faire quelque peine dans le Latin, on les y
trouveroit éclipsez.

9. *Histoire de Thucydide de la guerre du Peloponese continuée par Xenophon, traduite du Grec avec des Remarques. Paris* 1662. *in fol.* It. *Paris* 1670. *in* 12. 3. *tom.* It. *Amsterdam* 1714. *in* 12. 3. *vol.*

10. *Les Apophtegmes des Anciens
tirez de Plutarque & autres traduits.*

Paris 1664. *in* 12. It. *Amſterdam* 1695. *in* 12.

11. *Les Stratagemes de Frontin tra-*
duits en François, avec un petit traité
de la Bataille des Romains. Paris 1664.
in 12. It. *Amſterdam* 1695. *in* 12.
avec l'ouvrage précedent.

12. *Lucien traduit en François avec*
des Remarques. Paris 1664. *in* 12. 2.
vol. It. Paris 1683. & 1688. 3. tomes.
It. *Amſterdam* 1697. *in* 12. 2. vol.
D'Ablancourt entreprit cette Traduction ſur les inſtances de M. *Con-*
rart. Il eut cependant bien de la peine à s'y reſoudre, à cauſe de la dif-
ficulté, & parce que les railleries Greques ne peuvent s'exprimer qu'avec
peine en François. La liberté qu'il
s'étoit appropriée d'ajuſter les Auteurs qu'il traduiſoit à ſa mode lui
a été d'un grand uſage dans cette
traduction, qu'on peut appeller avec
raiſon le *Lucien d'Ablancourt*, puiſque ce n'eſt proprement qu'un imitation libre, & un nouvel ouvrage
de ſa façon. *D'Ablancourt* avoit coutume dans les commencemens de
conſulter uniquement M. *Patru* ſur
ſes Ouvrages. Mais depuis qu'il con-

N.P. D'A-
BLAN-
COURT.

nut M. *Conrart* & M. *Chapelain*, il
prit leurs avis, mais sur tout de M.
Conrart avec lequel il revoyoit d'autant plus volontiers ses ouvrages,
que ne sachant ni Grec ni Latin il
lui donnoit moins de peine. Car
lorsqu'il venoit à *Paris* pour faire
imprimer quelque chose, il étoit toûjours pressé de s'en retourner ; &
pour cette raison, quand on lui faisoit des difficultez, il s'en défendoit
avec beaucoup de chaleur, & comme en colere, parce que ces difficultez lui donnoient à travailler, &
reculoient par consequent son retour : & cette humeur le gagna si
fort, que sur la fin de ses jours, &
dans ses dernieres traductions, il ne
consultoit, ou du moins il ne croyoit
plus personne. Ce n'étoit en lui ni
présomption ni vanité ; ce n'étoit
que promptitude & une envie pré-
cipitée de se décharger de son fardeau. Car du reste, quand son livre
étoit imprimé, il recevoit volontiers
tous les avis qu'on lui donnoit, &
pressoit même ses amis de lui en donner, pour s'en servir à la seconde édition. Il en a usé ainsi à l'égard de
son

fon Lucien ; car il ne confulta per- N.P.D'A-
fonne avant de le publier ; mais BLAN-
lorfqu'il fut imprimé, il pria M. COURT.
Patru de le revoir. Celui-ci le revit
& lui envoya fes remarques. Il les
paffa prefque toutes, & pour celles
dont il ne convint pas, il s'en rapporta à M. *Conrart* ou à M. *Chape-*
lain. Ainfi la feconde édition faite
fur ces remarques eft beaucoup plus
correcte que la premiere.

13. *L'Afrique de Louis de Marmol,*
contenant la defcription de l'Afrique,
& l'Hiftoire de ce qui s'y eft paffé de
remarquable depuis l'an 613. jufqu'en
1571. traduit de l'Efpagnol par Ni-
colas Perrot d'Ablancourt, avec des
Cartes Geographiques du fieur Samfon :
enfemble l'Hiftoire des Cherifs, tra-
duite de l'Efpagnol de Diego Torres
par le Duc d'Angoulême le pere, le
tout revû & retouché par P. R. A.
(Pierre Richelet Avocat.) *Paris*
1667. in 40. 3. vol. Le Public eft
redevable de cet ouvrage à M. *de*
Gomberville & à M. *Juftel,* qui prie-
rent M. *Patru* d'engager M. *d'A-*
blancourt à y travailler. Il étoit achevé lorfqu'il mourut, mais comme

N.P.D'A-
BLAN-
COURT.

il n'y avoit pas mis la derniere main, il chargea par son Testament M. *Richelet* de le revoir ; & de le faire imprimer. M. *Richelet* en a revû une partie avec M. *Conrart*, a repassé d'un bout à l'autre avec M. *Fremont d'Ablancourt* le François sur l'original, a suivi les avis de M. *Samson* pour tout ce qui regarde la Geographie, & a consulté sur toutes les difficultez de la Langue Espagnole M. *Chapelain*, qui lui a éclairci les passages les plus obscurs, ou les plus embarassez ; enfin M. *Patru* a revû exactement tout l'ouvrage.

14. *Discours à M. Patru après une conversation sur l'immortalité de l'ame.* Inseré dans les œuvres diverses de M. *Patru* p. 598. de la troisiéme édition.† D'*Ablancourt* écrivit ce discours pour justifier une proposition qu'il avoit avancé dans une conversation, que *c'étoit la Religion & non pas la raison naturelle, qui nous apprenoit l'immortalité de l'ame.*

† et 538 de la 4ᵉ

On a publié en 1714. un livre intitulé : *Dialogue entre Messieurs Patru & d'Ablancourt sur les plaisirs.*

Amfterdam in 12. 2. *tom.* où l'on fait
parler *Patru* contre les plaifirs, &
d'*Ablancourt* pour ces mêmes plaifirs. Mais l'on n'y voit rien qui ré-
ponde à ces grands noms, dont l'Auteur inconnu s'eft voulu fervir pour
prévenir les Lecteurs en faveur de
l'ouvrage.

V. fa vie par M. *Patru* parmi fes
Oeuvres, & *Bayle*, *Dictionnaire*.

N.P.D'A-
BLAN-
COURT.

A L E X A N D R E.
AB A-LEXANDRO,

ALEXANDRE *ab Alexandro*,
dont je retiens le nom Latin
pour me conformer à l'ufage, nâquit à *Naples* en 1461. d'une famille très-illuftre nommée *Alexan-
dri*, de laquelle il a pris fon nom
Ab Alexandro. Ainfi c'eft mal à propos que quelques-uns l'ont nommé
en François *Alexandre d'Alexandrie*.

A près avoir fait fes études, il s'attacha au Bareau, d'abord à *Naples*,
& enfuite à *Rome*. Les belles Lettres lui fervoient de délaffement, & il
leur donnoit tout le tems que les pro-

ALEXAN-
DRE AB
ALEXAN-
DRO.

F f ij

cès lui laissoient libre. Mais enfin il se lassa du Bareau & l'abandonna entierement ; il en rapporte la raison dans son livre intitulé : *Dies Geniales* ; il y dit que ce fut à cause de l'ignorance & de la corruption de ceux qui rendoient la Justice , & qu'il aimoit mieux vivre en repos , que de prendre bien de la peine à étudier la Jurisprudence , puisque cette peine ne servoit de rien contre l'injustice d'un mauvais Juge.

Il est surprenant que de tant de savans hommes qui ont vécu de son temps , il n'y en ait presque aucun qui fasse mention de lui, & qu'on sache si peu de choses de sa vie. Tout ce qu'on en sait , c'est qu'il a été *Protonotaire du Royaume de Naples* ; c'est *Pancirole* qui nous l'apprend. Il fut ensuite Abbé Commendataire de l'Abbaye de *Carbone* de l'Ordre de Saint Basile dans la Basilicate.

On a été long-temps à ignorer la date de sa mort ; mais on l'a trouvée marquée dans un manuscrit du Vatican , qui est une espece de Necrologe des Savans de son temps. Il y est dit qu'il mourut le 2. Octobre

1523. à l'âge de 62. ans, non point à *Naples*, comme on l'a toûjours crû, mais à *Rome*. Il faut cependant que ſon corps ait été tranſporté à *Naples*, puiſqu'*Alberti* prétend qu'il y eſt enterré dans l'ancienne Chapelle de ſa famille, qui eſt à Sainte Marie du Mont Olivet, à moins que ce Savant ne ſoit trompé par rapport à ſa ſepulture, comme il a fait par rapport au lieu de ſa mort, en le faiſant mourir à *Naples*.

Catalogue de ſes Ouvrages.

1. *Diſſertationes IV. de rebus admirandis, quæ in Italia nuper contigere, id eſt, de ſomniis, quæ à viris ſpectatæ fidei prodita ſunt, inibique de laudibus Juniani Maii, maximi ſomniorum conjectoris, de umbrarum figuris & falſis imaginibus; de illuſionibus malorum dæmonum, qui diverſis imaginibus homines deluſere; de quibuſdam ædibus, quæ Romæ infames ſunt ob frequentiſſimos lemures, & terrificas imagines, quas autor ipſe ſingulis fere noctibus in Urbe expertus eſt. Romæ in 4°.* ſans date & ſans nom d'Imprimeur. Cet ouvrage qui eſt fort rare fait voir la credu-

F f iij

A. AB
ALEXAN-
DRO.

lité de son Auteur, & des hommes
de son temps ; la meilleure partie a
été inserée dans le livre suivant.

2. *Dies Geniales. Romæ. Anno
Virginei partus* 1522. *Kal. Aprilis
Pontificis S. D. N. de cujus nomine
Pontificali adhuc non constat anno primo in fol.* Pour entendre cette date
singuliere, il faut remarquer que
Leon X. étant mort le 1. Decembre 1521. on élût le 9. Janvier suivant le Cardinal *Adrien*, qui étoit
alors en Espagne, & ne fut installé
à *Rome* qu'au mois d'Août de la même année. Ainsi on ne savoit pas
encore le premier Avril quel nom
il prendroit. Cette édition est la
premiere indubitablement. On en a
fait un grand nombre d'autres depuis. L'Auteur a composé cet ouvrage à l'imitation des *Nuits Attiques d'Aulugelle*, & des *Saturnales
de Macrobe*. Je ne sai pourquoi *Vossius* l'a mis parmi les Historiens Latins, puisque c'est un mélange, où
ce qu'il y a d'Historique est confondu avec mille autres choses. On a
trouvé fort à redire que le Compilateur n'ait point cité les Auteurs

dont il avoit pris ce qu'il rapporte,
& pluſieurs ont pris de là occaſion
de le traiter de plagiaire, mais mal
à propos, puiſque ces citations n'é-
toient point en uſage de ſon temps,
comme on le peut voir par les Ecri-
vains d'alors, qui ont fait de ſemblables compilations. *André Tiraqueau*
a ſupplée à ce défaut par ſon fameux commentaire ſur le livre d'*A-
lexandre ab Alexandro*, qu'il a intitulé *Semeſtria*, & où il découvre avec
beaucoup d'exactitude les endroits
d'où cet Auteur a pris les differens
traits qu'on trouve dans ſon livre ;
& ce Commentaire fut imprimé pour
la premiere fois à *Lyon* en 1586. *in
fol. Chriſtophe Colerus* & *Denis Godefroy* firent auſſi dans la ſuite des notes très-ſavantes ſur le même ouvrage, qui furent imprimées avec le
Commentaire de *Tiraqueau* à *Francfort* en 1594. *in fol.* La plus belle
& la meilleure édition qu'on ait de
ce livre eſt celle qui a été faite à
Leyde en 1673. en 2. *vol. in* 8°. Car
outre le Commentaire de *Tiraqueau*,
& les notes de *Godefroy* & de *Colerus*,
on y a inſeré encore les obſervations

F f iiij

A. AB
ALEXAN-
DRO.

de *Nicolas Mercier* sur le Ve. livre. *La Croix du Maine* cite une traduction Françoise de l'ouvrage d'*Alexandre ab Alexandro*, faite par *Bernard de la Roche*, mais elle n'a jamais été imprimée.

V. les Eloges de *Lorenzo Crasso*, où il n'y a rien d'exact ; le Journal de *Venise tom.* 20. *p.* 127. *& tom.* 21. *p.* 369. *Toppi* & *Nicodemo Bibl. Napolit.*

CORNEILLE TACITE.

CORNEIL-
LE TACI-
TE.

NOus ne savons rien de certain des Ancêtres de la famille de *Tacite*, M. *de Tillemont* conjecture seulement qu'il étoit fils de *Corneille Tacite* Chevalier Romain, & Intendant de la Belgique dont parle *Pline* l'ancien, l. 7. c. 16.

Quoiqu'il en soit, on peut avancer hardiment qu'il a fait plus d'honneur à sa famille, qu'il n'en a reçû. Il vint au monde à la fin du Regne de l'Empereur *Claude*, ou au commencement de celui de *Neron*. C'étoit certainement avant l'an 61. de

l'Eré vulgaire, puifque *Pline le jeune* CORNEIL-
né cette année convient que *Tacite* LE TACI-
étoit un peu plus âgé que lui. Il TE.
époufa l'an 77. ou 78. la fille du
Conful *Cn. Julius Agricola*, celebre par la conquête de l'*Angleterre.*
Vefpafien & *Tite* commencerent
à l'élever aux premieres dignitez, il
fut Preteur fous *Domitien*, & fous
Nerva Conful fubrogé l'an 97. à la
place de *Virginius Ruffus*, alors il
prononça le panegyrique de fon illuftre prédeceffeur ; la fortune toûjours propice à *Virginius*, dit *Pline
le jeune*, gardoit pour derniere grace un auffi excellent Orateur, à un
auffi excellent homme. *Tillem. Hift.
des Emp. tom.* 2. *art.* 27. *Pl. Ep.*
20. *l.* 7. *Tacit. invit. ag. c.* 9.
Till. ut fup. Pl. Ep. 1. *l.* 2.

    Tacite nous apprend lui-même que
l'an 93. lorfque fon beau-pere mourut, il étoit hors de *Rome* depuis
quatre ans, ce qui a fait croire que
Domitien l'avoit exilé. Dès fes premieres années il fe fit eftimer, *Pline*
en eft un fûr garent ; dès ma plus
tendre jeuneffe, dit-il, la reputation
& la gloire que vous aviez acquife

CORNEIL-
LE TACI-
TE.

me faisoient déja desirer de vous suivre, de marcher & de paroître marcher sur vos traces, non pas de près,
mais de plus près qu'un autre, ce
n'est pas qu'alors nous n'eussions à
Rome beaucoup d'esprits du premier
ordre, mais entre tous les autres, le
rapport de nos inclinations vous
montroit à moi comme le plus propre à être imité, & comme le plus
digne de l'être. *Pl. Epist.* 20. *l.* 7.

Ces deux grands hommes furent
bien-tôt unis par les liens les plus
étroits, le même âge, le même rang,
les mêmes occupations, un égal
amour pour les belles lettres, enfin
une estime reciproque serrerent tellement leurs nœuds, que leur merite en fut plus connu ; ce qui redouble ma joie, continue *Pline*,
c'est que si la conversation tombe
sur les belles lettres, on nous nomme ensemble ; que si l'on parle de
vous, l'on parle aussi-tôt de moi. Je
sçai bien qu'il y a des gens que l'on
nous préfere à l'un & à l'autre, mais
pourvû que l'on nous place tous deux
ensemble il ne m'importe en quel
rang ; vous avez pû remarquer que

dans les Teftamens, excepté dans ceux de quelques amis particuliers, on ne laiffe point de legs à l'un de nous, qu'on n'en laiffe un femblable à l'autre. La conclufion de ce difcours, c'eft que nous ne pouvons trop nous aimer, nous que les études, les mœurs, la reputation, les dernieres volontez des hommes uniffent en tant de manieres.

En effet *Tacite* s'étant trouvé aux fpectacles du Cirque affis auprès d'un Chevalier Romain, après une converfation favante & diverfifiée, le Chevalier lui demanda : *Eftes-vous d'Italie, ou de quelque autre Province ?* Tacite lui répondit : *Vous me connoiffez, & j'en ai l'obligation aux belles Lettres.* Auffi-tôt le Chevalier répartit : *Etes-vous Tacite, ou Pline ?* Celui-ci qui rapporte le fait, ajoûte : je ne puis vous exprimer combien je fuis touché, que les belles Lettres rappellent le fouvenir de fon nom & du mien, comme fi ce n'étoient pas des noms d'hommes, mais les noms des belles Lettres mêmes, & de ce que par elles nous fommes tous les deux connus des gens qui d'ail-

CORNEIL-
LE TACI-
TE.

CORNEIL- leurs ne nous connoiſſent pas. *Epiſt.*
LE TACI- 23. *l.* 9.
TE.

Ils s'envoyoient mutuellement
leurs ſouvrages pour les corriger.
Pline ſe regardoit comme le diſciple ; ce n'eſt, lui écrit-il, ni comme
de Maître à Maître, ni comme de
Diſciple à Diſciple, mais comme de
Maître à Diſciple que vous m'avez
envoyé votre livre, càr vous êtes le
Maître & moi le Diſciple, auſſi me
rappellez-vous à mon devoir quand
je prolonge la licence des Saturnales, je ne pouvois ce me ſemble vous
faire un compliment plus embarraſ-
ſé, ni en même-temps vous mieux
prouver, que loin de pouvoir paſſer
pour votre Maître, je ne ſuis pas
digne d'être appellé votre Diſciple. Je
ferai pourtant le perſonnage de Maître, & j'exercerai ſur votre livre
tout le droit que vous m'avez donné. J'en uſerai avec d'autant moins
de retenue que j'ai réſolu de ne vous
rien envoyer pendant ce tems ſur
quoi vous puiſſiez vous venger. *Ep.*
7. *l.* 8.

Dans une autre lettre, j'ai lû,
lui-dit-il, votre livre, & j'ai marqué

avec le plus d'exactitude qu'il m'a CORNEIL-
été poſſible ce que je crois devoir être LE TACI-
changé, & en devoir être retranché, TE.
car je n'aime pas moins à dire la verité
que vous à l'entendre. Et d'ailleurs
on ne trouve point de gens plus do-
ciles à la cenſure que ceux qui meritent le plus de louanges. Je m'attens
qu'à votre tour vous me renvoyerez
mon livre avec vos critiques. *Epiſt.*
20. *l.* 7.

Les plus beaux eſprits de *Rome* ne
faiſoient pas moins de cas de *Tacite*
que *Pline,* la réputation de ſon eſprit
attiroit de toutes parts une foule de
Savans chez lui, c'étoit le vrai moyen
de ſe faire eſtimer que d'être ami de
ce grand homme. *Epiſt.* 13. *V.* 15.
l. 4.

Il s'acquit un grand nom dans le
Bareau. Chargé de la cauſe des Af-
fricains contre Marius Priſcus Pro-
conſul d'Afrique à cauſe du peculat,
il le fit condamner; cette cauſe qui
fut une des plus celebres de ſon tems,
lui fit un honneur infini, car il parla, dit *Pline,* avec beaucoup d'é-
loquence, & fit éclater ce grand,
ce ſublime qui regne dans tous ſes

discours. Aussi fut-il regardé comme un des plus grands Orateurs de son siecle. Nous avons encore une lettre de *Pline* dans laquelle il le consulte sur cette question. Si on doit dans un plaidoyer se servir d'un stile précis & serré, ou d'un stile diffus; en un mot si c'est la brieveté ou l'abondance des paroles qu'on doit préferer. Quoique, dit-il, la brieveté ne soit pas à negliger, il me semble qu'il faut préferer l'abondance des paroles. Il est persuadé qu'elle ajoûte une nouvelle force, & comme un nouveau poids aux idées qu'elles forment, que nos pensées entrent dans l'esprit des autres comme le fer entre dans un corps solide, ou lorsqu'un seul coup ne suffit pas, il faut redoubler. Il offre à *Tacite* d'abandonner son sentiment s'il n'est pas de son goût; si vous me condamnez, lui dit-il, toute la faveur que je vous demande c'est de m'en expliquer les raisons; ce n'est pas que je ne sache quelle soumission je dois à votre autorité, mais dans une occasion de cette importance, il est encore plus sûr de déferer à la raison. Quand mé-

me je ne me ferois pas trompé, ne Corneil-
laiffez pas de me l'écrire en auffi peu le Taci-
de mots qu'il vous plaira, cela me for- te.
tifiera toûjours dans mon opinion ;
que fi je fuis dans l'erreur, prenez la
peine de m'en convaincre, & de ne
pas épargner le papier, n'eft-ce point
vous corrompre, que de vous quitter
pour une petite lettre, fi vous m'êtes
favorable, & d'en exiger une longue, fi vous m'êtes contraire. Nous
n'avons pas la réponfe de Tacite. Il
eft à préfumer qu'il étoit trop amateur du ftile concis & ferré pour ne
s'être pas déclaré contre le fentiment
de fon ami, nous aurions lû avec
autant de plaifir la réponfe de cet
excellent Orateur que nous en trou-
vons dans la lettre où *Pline* explique
fon fentiment, & propofe fes difficultez. *Epift.* 11. *l.* 2. *Epift.* 20. *l.* 1.

Tacite s'égayoit quelquefois à compofer des vers ; j'ai compofé, écrit-
il à fon ami *Pline*, j'ai compofé fur
la route quelques bagatelles qui ne
font bonnes qu'à effacer, auffi n'y
ai-je donné d'autre application que
celle qu'on donne en chemin aux
converfations ordinaires ; depuis que

je suis à ma terre, j'y ai ajoûté quelque chose, n'ayant pas trouvé à propos de m'attacher à d'autres ouvrages. Je laisse donc reposer les poësies que vous croyez ne pouvoir jamais être plus heureusement achevées, qu'au milieu des forêts & des bois. Il ajoûte ensuite, j'ai retouché une ou deux petites harangues, quoique ce genre de travail soit désagréable, & rude, & tienne plus des fatigues que des plaisirs de la vie champêtre. *Ep.* 10. *l.* 9.

Sur la fin de ses jours *Tacite* s'appliqua à l'Histoire, c'est ce qui l'a fait connoître davantage. Il ne se mit à ce travail, s'il en faut croire *Sidonius Apollinaris*, qu'après avoir tâché inutilement de porter *Pline* à l'entreprendre. Nous avons encore les mémoires que celui-ci lui communiqua sur la mort de son oncle, sur le *Mont-Vesuve :* j'ai un pressentiment, lui écrit-il, & mon pressentiment ne me trompe pas, que vos Histoires seront immortelles. C'est, je vous l'avoue ingenûment, ce qui redouble ma passion d'y trouver une place. Si nous avons coutume

de prendre tant de foin que notre CORNEIL-
portrait foit d'un bon ouvrier ; pou- LE TACI-
vons-nous trop fouhaiter qu'un pin- TE.
ceau comme le vôtre daigne peindre
nos actions , & lui donner du relief.
Il lui indique enfuite un beau fait
de fa vie qu'il le prie de ne pas oublier ; je n'exige pourtant pas , lui
dit-il , que vous exageriez. Je fçai
que l'Hiftoire ne doit jamais s'écar-
ter de la verité , & que la verité
honore affez les bonnes actions.
(*a*) *Pline* ne peut cacher l'envie
qu'il a de vivre dans la pofterité,
je n'écris rien, lui dit-il ailleurs ,
avec tant de fincerité que ce que
j'écris de vous, je ne fai fi la pofterité aura pour nous quelque confideration , mais en verité nous en
meritons un peu, je ne dis pas par
notre efprit, il y auroit une fotte
préfomption à le prétendre, mais
par notre application , par notre
travail , & par notre refpect pour

(a) *Quamquam non exigo ut excidas
acta rei modum, nam nec Hiftoria debet
egredi veritatem , & honeftè factis veritas
fufficit.*

CORNEIL-elle. *Sid. l. 4. Epist. 12. Pl. Epist.*
LE TACI-33. *l. 7.*
TE.

Ses souhaits ont été accomplis,
& pour me borner ici au seul *Tacite*,
il a reçû des Eloges des plus grands
hommes, tant anciens que modernes.

Spartien & *Orose* relevent son exactitude, *Vopiscus* son Eloquence, *Sidonius Apollinaris* veut qu'on ne
parle jamais de lui qu'avec éloge.
M. de Tillemont dit que son art à renfermer de grands sens en peu de
mots, sa vivacité à dépeindre les évenemens, la lumiere avec laquelle il
penetre les tenebres du cœur cor-
rompu des hommes, une force &
une éminence d'esprit qui paroissent
par tout, le font regarder aujour-
d'hui presque generalement comme
le premier des Historiens. Aussi re-
marque-t-on que *Côme I.* Duc *de
Toscane*, & le Pape *Paul III.* l'avoient
toûjours entre leurs mains, que l'Empereur *Tacite* ordonna qu'on mit
tous ses ouvrages dans toutes les Bi-
bliotheques, & qu'on en fit tous les
ans dix copies aux dépens du public,
afin qu'elles fussent plus correctes,
ce Prince s'estimoit tellement honoré

d'être de la même famille qu'il s'en CORNEIL-
ventoit ſans ceſſe. *Oroſ. l. 7. de Do-* LE TACI-
mit. Sid. Apol. panegy. Ad Anthem. TE.
Till. Hiſt. des Emp. l. 2. Trajan Art.
27. Voſſ. de Hiſt. lat. l. 1. c. 30. Vo-
piſ. in Tacito.

On peut tirer cette conſequence
de ce que je viens de rapporter, que
tous ces Princes penſoient bien differemment de *Caſaubon*, qui ſoutient
que ſes ouvrages ſont la plus dangereuſe lecture que puiſſent faire les
Princes, à cauſe des mauvais exemples qui s'y voyent. *Caſaubon* a ſuivi, dit la *Mothe le Vayer*, la mauvaiſe coutume des Auteurs qui pour en
relever un, blâment les autres; car
pour exalter le merite de *Polybe*, il
a déprimé celui de *Tacite*. Ce qu'il
y a de plus ſingulier c'eſt qu'il a lui-
même loüé *Tacite* autant & plus
que tous les autres dans ſes ouvrages. *La Mothe. Le Vayer Hiſt. Lat.*
art. Tacite.

Le *Pere Rapin* trouve auſſi bien
des choſes à reprendre dans *Tacite*.
Il prétend que tout ſe fait dans cet
Hiſtorien par politique, & que ceux
dont il parle ont toûjours l'eſprit

fait autrement que les autres hommes, qu'ils n'agissent point selon leur
caractere, mais selon celui de l'Historien, dont la politique est le motif
& le dénoument general de toutes
choses. En effet si *Auguste* choisit un
successeur en mourant, ce n'est que
pour se faire regreter qu'il donne à
l'état un Maître plus méchant que
lui. Si *Tibere* fait *Pison* Gouverneur
de la *Syrie*, ce n'est que pour donner un espion à *Germanicus* qui gou-
vernoit *l'Egypte*, dont la gloire le
choquoit. Si les flateries de *Dola-
bella* lui déplaisent, c'est qu'elles ne
sont pas assez fines; s'il envoye *Sulla* en
exil, c'est qu'il traite sa taciturnité de
profonde dissimulation, de sorte que
la moderation de cet Empereur n'est
qu'une ambition cachée, ses faveurs
ne sont que des pieges, sa modestie
n'est que fierté, & sa Religion n'est
que grimace, *Arruntius* s'empoison-
ne par politique, pour ne pas tomber entre les mains d'un Maître plus
dur que *Tibere*. Il trouve de l'esprit
jusques dans la stupidité de Claude
& de la délicatesse jusques dans les
débauches & la brutalité de *Neron*;

il fait paſſer pour un rafinement de
politique la bêtiſe qui ſe trouva en
certaines gens ſous le Regne de ce
Prince. Enfin tous les caracteres ſe
reſſemblent, la nature n'a part à
rien, les ſentimens y ſont toûjours
forcez. L'Hiſtorien ne peut s'ima-
giner que les autres ayent pû agir
& parler autrement qu'il eût fait lui-
même. Quoique ces traits ſemblent
d'après nature, *d'Ablancourt* loue au
contraire *Tacite* des mêmes choſes
que le P. *Rapin* blâme. J'ai trouvé
à propos, dit-il, de faire un volume à part du Regne de *Tibere*, c'eſt
le chef d'œuvre de *Tacite*, & la vie
d'un grand politique, qui eſt la partie en laquelle notre Auteur excelle.
Pour écrire la vie d'un Prince comme *Tibere*, il falloit un Hiſtorien
comme *Tacite*, qui pût démêler toutes
les intrigues du cabinet, aſſigner les
cauſes veritables des évenemens, &
diſcerner le prétexte & l'apparence
d'avec la verité. *Rap. Refl. ſur l'Hiſt. c.*
7. *d'Abl. pref. de la* 1e. *part. de Tacit.*

Le P. *Rapin* convient cependant
que *Tacite* eſt un admirable genie,
mais il ajoûte qu'il va toûjours preſ-

CORNEIL-
LE TACI-
TE.

qu'au-delà du grand , qu'il pense
toûjours affez noblement , mais qu'il
n'eft point naturel en ce qu'il pense,
qu'il eft vrai, qu'il a de l'efprit, mais
de cette forte d'efprit qui ne peut
dire fimplement les chofes fimples ,
car il a toûjours de l'art & de la fineffe
en ce qu'il dit , que fon ouvrage n'eft
pas tant une Hiftoire que des Reflexions fur l'Hiftoire,qu'il s'amufa à faire des Reflexions. Que c'eft un Hifto-
rien d'un ordre particulier qui a de
grandes beautez parmi de grands défauts , mais que fes défauts font un
peu à couvert fous une grandeur de
genie qui brille en tout ce qu'il dit,
& fous un je ne fai quoi de fublime
qui l'éleve au-deffus de bien des Auteurs plus exacts & plus naturels que
lui. *Rap. comp. de Thucyd & de Tit.*
liv. id. Refl. fur l'Hift. c. 26.

Tertullien & *Budée* parlent de *Ta-*
cite encore plus defavantageufement
que *Cafaubon* & que *Rapin.* Le premier l'accufe de menfonge , le fecond
le nomme un des plus fcelerats &
des plus condamnables Auteurs que
nous ayons. La caufe de leur reproche eft ce qu'il a dit contre les Juifs,

dont il a attaqué la Religion par
les fondemens en se moquant des
miracles de Moyse, & reprochant
aux Juifs qu'ils adoroient l'effigie
d'un Ane sauvage ; cette imposture
est si grossiere qu'on ne sauroit ex-
cuser un homme d'esprit comme lui
de l'avoir avancée. *Tert. Apolog. Tac,*
Hist. l. 4. v. 5.

Selon les temps, les lieux, les personnes, il insere dans ses Histoires
tantôt des Harangues obliques, tantôt de directes ; on y trouve aussi des
digressions comme celle du Dieu Se-
rapis, & ce qu'il dit sur la Religion
des Juifs.

Il y a de l'aparence qu'il eut des
enfans de son mariage avec la fille
d'*Agricola*, puisque l'Empereur *Ta-*
cite, comme nous l'avons remarqué,
prétendoit être descendu de lui, &
que *Sidonius Appolinaris* dit que
Tacite étoit un des Ancêtres de *Po-*
leme Prefet des *Gaules*, il est bien
difficile de fixer l'année de sa mort.
Epist. 4. l. 4.

Catalogue de ses Ouvrages.

1. *Cn. Julii Agricolæ vita. Agri-*
cola natif de *Frejus* en *Provence* mou-

rut l'an 93. C'est ici un des premiers ouvrages de *Tacite* son gendre. *Lipse* juge que c'est une des pieces les plus belles & les plus sages qu'on puisse voir, elle est pleine de belles regles pour la conduite. *Till. ut sup.*

2. *De Situ, moribus & populis Germaniæ libellus.* Cette description de la *Germanie* fut composée sous le second Consulat de *Trajan* l'an 98.

3. *Cornelii Taciti ab excessu divi Augusti Annalium libri.* Il ne nous reste que 12. Livres, les 6. premiers, & depuis le 11e. jusques au 16. inclusivement. Ces Annales commencent à la mort d'*Auguste*, l'an de *Rome* 767, & la 16e. de l'Ere vulgaire, & finissent à l'an 823. & à la 72e. année de J. C. il y a bien des lacunes.

4. *Historiarum ab excessu Neronis libri V. Lipse* présume que cette Histoire étoit divisée en 15. Livres, & que nous en avons perdu 10. où se trouvoient les vies de *Vespasien*, de *Tite*, de *Domitien* & de *Nerva.* L'on remarque que le stile de son Histoire est plus fleuri & plus étendu, & celui de ses Annales plus grave & plus resserré,

refferré comme étant d'une perfon- CORNEIL-
ne plus meure & plus âgée. Il avoit LE TACI-
auffi conçu le deffein d'écrire l'Hif- TE.
toire d'*Augufte*, mais Saint *Jerôme*
paroît n'avoir connu que ce qu'il
avoit fait depuis la mort de ce Prince
jufques à celle de *Domitien*, ce qui
compofoit en tout 30. livres.

5. *De Caufis corruptæ eloquentiæ
Dialogus.* Quelques Auteurs attribuent ce Dialogue à *Tacite* mal-à-
propos ; car outre que le ftile eft
different du fien, on prétend qu'il
a été compofé la fixiéme année du
Regne de *Vefpafien. Tacite* étoit
alors encore bien jeune. C'eft un excellent ouvrage, bien écrit, élo-
quent, difert & bien fenfé ; M. de
Maucroix l'a traduit en François.

6. *Fulgence Planciade* cite un livre
des Railleries qu'il attribue à *Tacite*
mais *Voffius* fe moque avec raifon du
difcernement de ce Grammairien.

Le ftile de *Tacite* eft non-feule-
ment plein d'obfcurité, mais encore
il eft quelquefois dur, il n'a pas auffi
toute la pureté des bons Auteurs de
la Langue Latine, c'eft le fentiment
de M. de *Tillemont.* Souvent, dit

Tome VI. H h

CORNEIL-d'*Ablancourt*, on est contraint en le
LE TACI-traduisant d'ajcuter quelque chose
TE.   à sa pensée pour l'éclaircir, quelque-
fois il en faut retrancher une partie
pour donner jour à tout le reste.
Till. ut sup. D'Ablanc. ut sup.

Il s'exprime en homme d'esprit,
& donne toûjours beaucoup à penser, de sorte que son silence est aussi
instructif que son langage. Tel étoit
dans un genre different le Peintre
Timante, il donnoit plus à penser
qu'il n'exprimoit dans ses Tableaux.
Plus intelligebatur quam pingebatur.
Deux fameux Jurisconsultes *Alciat*
& *Emilio Ferreti* se sont déclarez
contre son stile; le premier a avancé
que la diction de *Paul Jove* étoit
beaucoup meilleure. L'autre a été
assez hardi pour condamner sa phra-
se comme n'étant pas Latine, mais
ces jugemens leur ont fait plus de
tort que d'honneur.

Une des meilleures éditions de
Tacite est celle de *Charles Aubert*
imprimée *in fol.* à *Paris* chez *Chevalier* l'an 1608. avec *Velleius Pa-
terculus*; l'on y trouve les notes de
plus de vingt Savans Commenta-

teurs, dont les principaux ſont *Al-* CORNEIL-
ciat, *Rhenanus*, *Urſin*, *Muret*, LE TACI-
Mercier, *Beroalde*, *Ferreti*, *Marcus* TE.
Vertranius Maurus, *Donat*, *Gruter*,
&c. Il y a auſſi une chronologie de
Tacite, des axiomes politiques tirez
de ſes ouvrages, mais ſur tout les
remarques judicieuſes & ſavantes
de *Juſte Lipſe*, ſous le titre d'*Ex-*
curſus in Tacitum. Gronovius a donné
auſſi une édition de *Tacite* en 2. vol.
in 8o. avec les notes entieres des
variorum l'an 1652. qui a été imprimée à *Amſterdam* chez *Daniel Elze-*
vir. Julien Pichon a fait imprimer
celle *ad uſum Delphni in* 4o. l'an 1682.
elle a été réimprimée à *Veniſe* l'an
1707. en 4. vol. *in* 4o.

Si on veut avoir une connoiſſance
plus étendue des autres éditions de
cet Auteur, on n'a qu'à conſulter
la Bibliotheque Latine d'*Albert Fa-*
brice.

M. de Harlay de Chanvalon a
traduit toutes les Oeuvres de *Tacite*
in fol. ſa traduction a été imprimée
à *Paris* l'an 1644. *Perrot d'Ablancourt*
les a auſſi traduites en 3. vol. *in* 12.
la derniere édition eſt de l'an 1681.

CORNEIL-
LE TACI-
TE.

Amelot de la Houffaye en a donné aussi une traduction en 4. vol. *in* 12. avec des notes historiques, critiques & politiques. On n'a qu'à consulter cet Auteur, on trouvera bien des choses dont nous n'avons pas chargé cette vie pour ne la pas trop groffir, elles meritent d'être lûes. *Davanzati* l'a traduit en Italien, nous devons la traduction Espagnole à *Alam* Précepteur de *Philippe IV.* Roy d'*Efpagne*; le favant *Savilius* en a donné une en Anglois; *Freinshemius* parle avec éloge de celle qui a été faite en *Allemand.*

Cette vie eft de M. B. D. L.

FREDERIC COMMANDINO.

FREDERIC
COM-
MANDINO

FREDERIC *Commandino* nâquit à *Urbin* en Italie l'an 1509 de *Jean Battifte Commandino*, & de *Laure Benedetti* tous deux de famille noble. Son pere qui étoit très-habile dans la fcience des Fortifications, prit un grand foin de fon éducation, & lui donna de bons Maîtres, par le moyen defquels il

acquit une grande connoiffance des
Langues Greque & Latine.

   Jean Pierre Graffi qui lui apprit
la Philofophie & les Mathematiques
conçut tant d'amitié & d'eftime pour
lui, qu'étant dans la fuite devenu
Evêque de *Viterbe,* il lui procura par
le moyen du Cardinal *Nicolas Ri-
dolfi* fon protecteur une place auprès
du Pape *Clement VII.* Ce fut celle
de Camerier fecret. Il fe rendit fi
agréable à ce Pontife, qu'il pouvoit
efperer d'aller loin, mais il eut le
chagrin de le perdre, pendant qu'il
étoit allé faire un tour dans fa patrie
pour mettre ordre à fes affaires, &
marier fes deux fœurs qui étoient
déja nubiles.

   Cette perte ne l'abattit point entierement, il prit le parti de fe re-
mettre à l'étude, que fon féjour à la
Cour du Pape avoit interrompue.
Il alla pour cela à *Padoue,* où il
étudia en Philofophie & en Medecine pendant dix ans, après lefquels
il paffa, je ne fai pour quelle raifon,
à *Ferrare* pour s'y faire recevoir Docteur en Medecine fous le Profeffeur
Brafavola. Jean Antoine Turoneo s'eft

Hh iij

F. Com- trompé , lorſqu'il a dit dans ſon
Mandino Oraiſon funebre qu'il reçût le Doc-
torat à *Padoue.*

Il retourna enſuite dans ſa patrie
où il ſe maria moins par inclination
pour le mariage , que par complai-
ſance pour ſes parens qui le ſouhai-
toient. La Medecine avoit fait juſqu'alors ſon occupation ; mais il s'en
dégoûta ; il trouvoit, & à ce qu'il
dit lui-même , trop d'incertitude
dans ſes principes , & trop de danger dans ſes experiences. Les Mathematiques lui offroient quelque choſe
de plus ſûr & de plus ſatisfaiſant ,
& il s'y donna tout entier.

Il ne ſongeoit qu'à s'y perfectionner , lorſque *Gui Ubaldo* Duc d'*Urbin*, Commandant des Troupes de
la Republique de *Veniſe* le fit venir
à *Verone* , pour apprendre de lui les
Fortifications , & la Geographie ;
mais il ne lui fut pas ſeulement utile
en cela , il ſe ſervit encore heureuſement à ſon égard de la Medecine
qu'il avoit abandonnée depuis long-
temps , en gueriſſant ce Prince d'une
maladie dangereuſe qui l'avoit attaquée en ce lieu.

Le Cardinal *Ranuccio* étant en- F. Com-
ſuite venu voir le Duc d'*Urbin* fut MANDINO
ſi charmé du merite de *Commandino*
qu'il le lui demanda ; *Ubaldo* eut
beaucoup de peine à s'en priver,
mais il ne pût le refuſer à ce Cardinal, qui étoit ſon parent. Ce fut
un changement avantageux pour
Commandino, qui trouva à *Rome*
dans le commerce des perſonnes habiles, qui y demeuroient, de quoi
ſe perfectionner dans les ſciences qui
faiſoient ſon étude favorite, & dans
la maiſon du Cardinal le loiſir neceſſaire pour donner pluſieurs ouvrages au public.

On en vit paroître de ſuite pluſieurs de ſa façon, mais l'application
qu'il y donna dérangea fort ſa ſanté,
& il fut obligé d'aller prendre l'air
natal, qui ne lui fit pas tout le bien
qu'il s'étoit imaginé. Celui de *Veniſe*,
où on lui conſeilla d'aller lui en fit
davantage, & il s'y rétablit entierement.

Dans ces entrefaites *Marcel Cer-
vino* fut élevé ſur la Chaire de Saint
Pierre ſous le nom de *Marcel II.* Il
avoit été lié d'une étroite amitié

H h iiij

F. COM-
MANDINO
avec *Commandino*, pendant tout le temps qu'il avoit été Cardinal, & il se faisoit souvent un plaisir de jouir de sa conversation. Dès qu'il se vit Pape, il lui fit écrire par le Cardinal *Sirlet* pour l'engager à se rendre auprès de lui. *Commandino* y vola aussi-tôt, & vint se jetter aux pieds de ce Pontife, qui le reçût très-gracieusement, & lui dit que le temps de récompenser son merite étoit enfin venu ; mais ces belles apparences se dissiperent bien vite ; *Marcel* étoit déja malade, & il mourut peu de jours après, sans avoir eu le temps d'effectuer ses promesses.

Commandino persuadé par cette seconde perte, qu'il n'y avoit aucun fond à faire sur l'inconstance de la fortune, résolut de n'y plus penser, & de se retirer dans sa patrie pour y vivre tranquille. Il avoit marié ses deux filles, qui étoient le seul fruit qui lui étoit resté de son mariage, ainsi il croyoit que rien ne le détourneroit plus de ses occupations litteraires, mais le Seigneur en disposa autrement.

François-Marie fils de *Gui Ubaldo,* F. COM̃-
qui étoit alors Duc d'*Urbin*, ne lui MANDINO
permit pas de refter ainfi enfeveli
dans l'obfcurité de fa maifon , il voulut l'avoir auprès de lui pour profiter de fes inftructions; *Commandino*
lui expliqua les élemens d'*Euclide*,
& l'inftruifit de toutes les parties des
Mathematiques qui pouvoient être
utiles à un Prince.

Après avoir demeuré quelque
temps à fon fervice , voyant qu'il
n'avoit pas le temps fuffifant pour
faire imprimer plufieurs ouvrages
qu'il avoit compofez , il le pria
de lui permettre de fe retirer ; ce qu'il
obtint. L'application qu'il donna à
cette impreffion , jointe, felon quelques-uns, à l'épuifement que lui cauferent des plaifirs pris avec trop peu
de menagement pour un âge auffi
avancé que le fien , le fit tomber fur
la fin du mois d'Août 1575. dans
une maladie fâcheufe , dont il
mourut le 3e. Septembre fuivant
dans fa 66e. année. Son Epitaphe
lui donne trois années de plus , mais
mal-à-propos.

Commandino avoit une grande paf-

F. Com- fion pour l'étude, & il ne paffoit
MANDINO jamais un jour fans étudier au moins
huit heures. Son ftile eft pur & élegant, & il a donné à fes traductions
tous les ornemens dont des matieres
auffi abftraites que les Mathematiques étoient fufceptibles. Il n'a rien
oublié pour la correction de fes ouvrages ; & rien ne lui coutoit pour
les faire bien imprimer. Sa converfation étoit pefante, & il paroiffoit
né pour écrire plûtôt que pour parler ; il ne comprenoit pas aifément,
mais dès qu'il l'avoit fait une fois,
il ne trouvoit rien de difficile dans
les chofes les plus obfcures ; il avoit
de la peine à imprimer dans fa memoire ce qu'il vouloit apprendre,
mais lorfqu'elle l'avoit reçûe, elle
ne s'en defaififfoit jamais. Au refte il
étoit d'un commerce aifé, & d'une
humeur fi douce qu'on le voyoit très-
rarement encolere.

Catalogue de fes Ouvrages.

1. *Ptolemæi Planifphærium. Jorda-
ni Planifphærium. Frederici Commandini Urbinatis in Ptolemæi Planifphærium Commentarius, in quo univerfa
fcenographices ratio quam breviffime*,

ac demonſtrationibus confirmatur. Ve-
netiis 1558. *in* 4°.

2. *Claudii Ptolemæi liber de Anna-*
lemmate à Fred. Commandino inſtau-
ratus, & commentariis illuſtratus qui
nunc primum ejus opera è tenebris in
lucem prodit. Ejuſdem Commandini
liber de Horologiorum deſcriptione. Ro-
mæ 1562. *in* 4o.

3. *Archimedis de iis quæ vehuntur*
in aqua libri duo à F. Commandino
in priſtinum nitorem reſtituti & com-
mentariis illuſtrati. Bononiæ 1565.
in 4°.

4. *De Centro gravitatis ſolidorum.*
Romæ 1565. *in* 4o. Il eſt le premier
des Italiens qui ait traité ce point,
ainſi il eſt excuſable, ſi ſon ouvrage
n'eſt pas dans la derniere exactitude.

5. *Archimedis Opera nonnulla nu-*
per in Latinum converſa, & commen-
tariis illuſtrata. Venetiis 1558. *in fol.*
Les ouvrages traduits par *Comman-*
dino dans ce volume ſont : *Circuli*
Dimenſio. De lineis ſpiralibus. Qua-
dratura Paraboles. De Conoidibus &
Sphæroidibus. De arenæ numero.

6. *Apollonii Pergæi Conicorum li-*
bri IV. una cum Pappi Alexandrini

F. Com- *Lemmatibus & commentariis Eutocii*
Mandino *Afcalonitæ. Sereni Antifenfis Philo-*
fophi libri duo nunc primum in lucem
editi. Quæ omnia nuper F. Comman-
dinus mendis quamplurimis expurgata
è Græco convertit & commentariis illuf-
travit. Bononiæ 1566. *in fol.*

7. *Euclidis Elementorum libri XV.*
cum fcholiis antiquis à F. Commandino
in Latinum verfi & commentariis il-
luftrati. Pifauri 1572. *in fol. It. Pi-*
fauri 1619. *in fol. Clavius* affure qu'il
a mieux entendu & expliqué *Euclide,*
qu'aucun de ceux qui l'ont précedé.

8. *Ariftarchi de Magnitudinibus*
& diftantiis Solis & Lunæ liber,
cum Pappi Alexandrini explicationi-
bus quibufdam, à F. Commandino in
Latinum converfus ac Commentariis
illuftratu. Pifauri 1572. *in* 40.

9. *De fuperficierum divifionibus li-*
ber Machometo Bagdedino adfcriptus,
nunc primum Joannis Dee Londinenfis
& F. Commandini opera in lucem edi-
tis. F. Commandini de eadem re li-
bellus. Pifauri 1570. *in* 40. It. traduit en *Italien. Pefaro* 1570. *in* 40.
Jean Dee étant à *Rome,* & ayant
entendu parler fort avantageufement

de *Commandino* alla exprès à *Urbin* F. Com-
pour le voir, il portoit avec lui le MANDINO
manufcrit de cet ouvrage qu'il crut
ne pouvoir mettre en meilleures
mains pour le faire imprimer, qu'en
celles de *Commandino.* Celui-ci s'en
chargea, & y ajoûta quelque chofe
pour fuppléer à ce qui y manquoit.

10. *Degli Elementi d'Euclide libri*
XV cogli Scholii antichi tradotti pri-
ma in lingua Latina da F. Comman-
dino, è con commentarii illuftrati, &
hora d'ordine dell'Ifteffo trafportati
nella noftra vulgare, è da lui riveduti.
In Urbino 1575. in fol.

11. *Heronis Alexandrini fpirita-*
lium liber è Græco in Latinum con-
verfus. Urbini 1575. in 4°. It. traduit en Italien par *Alexandre Giorgi.*
Urbin 1592. in 4°. Cet ouvrage
s'imprimoit lorfque *Commandino*
mourut.

12. *Pappi Alexandrini Mathema-*
ticæ Collectiones à F. Commandino in
Latinum converfa & Commentariis
illuftratæ. Pifauri 1588. in fol. It.
Venetiis 1589 in fol. It. *Bononiæ 1560.*
in fol. Cet ouvrage n'auroit peut-
être jamais été imprimé, fi le Duc

F. COM-
MANDINO

d'*Urbin* *François-Marie* ne s'en étoit mêlé vivement.

Cet article est tiré de la vie de *Commandino* écrite par *Bernardin Baldi* d'*Urbin*, Abbé de *Guastalla*, qui l'avoit connu particulierement. Elle est datée du 22. Novembre 1587. & se trouve dans le Journal de *Venise* tom. 19. p. 140.

ISAAC JAQUELOT.

ISAAC
JAQUE-
LOT.

ISAAC *Jaquelot* nâquit le 16. Decembre 1647. à *Vassy* petite Ville de Champagne, qui n'est presque connue que par le massacre des Huguenots, que le Duc de Guise & le Cardinal son frere y firent faire en 1561. Son pere, qui étoit Ministre de l'Eglise P. R. de ce lieu, ne negligea rien pour cultiver les heureux talens qu'il remarqua en lui.

Son penchant le portoit à l'étude, & il s'y appliqua avec beaucoup de succès. Il fut reçû Ministre à l'âge de 21. ans, & on le donna dés lors pour Collegue à son pere. Il s'aquitta avec distinction des devoirs de sa

Charge ; en effet il avoit beaucoup de
talent pour la Chaire , & il étoit
toûjours écouté avec applaudissement. La methode qu'il observoit
dans ses Sermons étoit de s'arrêter
peu aux interprétations Litterales
& Grammaticales du texte de l'Ecriture , qui rendent si seches les Prédications de la plûpart des Protestans , mais de réduire le sens de son
texte à ce qui lui paroissoit de plus
propre à instruire & à édifier.

Sa réputation le fit rechercher par
plusieurs Eglises , qui voulurent l'a-
voir pour leur Pasteur , mais il ne
voulut jamais quitter le troupeau
qu'il servoit , & dont il étoit aimé &
estimé.

Il y fut cependant obligé par la
revocation de l'Edit de *Nantes.* Etant
alors sorti de France , il alla d'abord
à *Heidelberg* , où l'Electrice Palatine
Douairiere lui donna des marques
de son estime. Il passa à *la Haye* au
commencement de l'année 1686. &
n'y fut pas long-temps sans occupation. Le Corps des Nobles ayant à
nommer deux Ministres François
Refugiez de ceux que la Province de

I. Ja-
QUELOT.

Hollande avoit résolu d'entretenir, Jaquelot fut un des deux qu'ils choisirent. On lui donna une place de distinction, en le faisant prêcher tous les matins des derniers Dimanches du mois. Il fut extrêmement goûté, & quoiqu'on se lasse de tout, & que la réputation des Prédicateurs n'aye qu'un temps, comme toute autre chose, il avoit la foule des Auditeurs, lorsqu'il quitta *la Haye*, de même que lorsqu'il y arriva.

Il eut en ce lieu une longue & fâcheuse maladie de langueur, dont il eut bien de la peine à revenir, & qui interrompit beaucoup ses études.

Le Roy de Prusse l'ayant entendu prêcher, voulut l'avoir pour son Pasteur François ordinaire, & pour son Prédicateur. Ces deux postes lui convenoient fort bien. Car n'étant chargé que d'un petit nombre de Sermons, il avoit assez de temps pour les travailler, & pour s'appliquer à d'autres choses. Il se transporta donc à *Berlin*, où il a demeuré jusqu'à la fin de sa vie.

Il est mort d'apoplexie le 20 Octobre 1708. âgé de 61. ans. Il avoit

du

du favoir, de la penetration & du jugement. Sa trop grande vivacité l'empêchoit quelquefois d'avoir dans fes Sermons toute la methode qui eut été neceffaire ; d'ailleurs il n'avoit pas la voix belle, mais il fe foutenoit par la bonté des chofes qu'il difoit, & par fa maniere de les dire; il parloit en maître & fe poffedoit parfaitement bien. Ce défaut d'ordre & de précifion fe trouve auffi dans fes autres ouvrages, qui font cependant eftimez par les chofes qu'ils contiennent.

Catalogue de fes Ouvrages.

1. *Lettres à Meffieurs les Prelats de l'Eglife Gallicane. La Haye in 4°.* Elles font au nombre de 28. & ont paru chacune à part. La premiere eft datée du 23. Avril 1698. & la derniere du 23. Mars 1700. Le deffein que *Jaquelot* s'y eft propofé a été de porter les Evêques de France à ufer de douceur envers les Reformez, en leur reprefentant avec honnêteté les raifons qu'ils avoient de ne fe point réunir à l'Eglife Romaine. M. *Benoift* dont le caractere violent & emporté s'accordoit peu avec la dou-

I. JA-
QUELOT.

ceur de *Jaquelot* trouva ces Lettres
trop moderées & publia contre elles
un ouvrage intitulé : *Avis finceres à*
Messieurs les Prelats de France fur les
Lettres qui leur font adreffées fous le
titre de Prelats de l'Eglife Gallicane.
Ce font fept Lettres, qui ont été
fuivies de deux autres du même Auteur, fous le titre de *Lettres à tous*
les Reformez François, ou qui font
encore dans le Royaume fous l'oppref-
fion, qui font difperfez dans toute l'Eu-
rope, & tous autres qu'il appartiendra,
elles ont été imprimées en differens
temps à *la Haye in* 12. La premiere
parut le 1. Juillet 1698, & la derniere le 25. Août de la même année.
Benoist ne s'est nommé que dans
cette derniere. On y répondit auffi-
tôt par écrit anonyme, qui a pour
titre : *Lettres fur les Avis finceres*
d'un Prelat de France. La Haye 1698.
in 12. Ces Lettres font adreffées à
M. *Jaquelot*, à M. *Benoist* lui-même,
& à quelques autres perfonnes. Dès
que M. *Benoist* fe fut avoué l'Auteur
des *Avis finceres*, on vit paroître
une *Lettre de M. Jaquelot à Meffieurs*
les Pafteurs & Conducteurs des Eglifes

Vallones des Provinces Unies. La
Haye 1698. *in* 4°. Jaquelot s'y plaint QUELOT.
fortement du procedé de M. *Benoiſt*
à ſon égard, & lui en demande
ſatisfaction. On publia encore contre les Lettres de M. *Jaquelot* un
ouvrage intitulé : *L'Eſprit du Clergé*
de France avec quelques obſervations
ſur les Lettres à Meſſieurs les Prelats de
l'Egliſe Gallicane. Cologne 1698. *in*
12. Ce ſont trois lettres, où il n'y
a rien d'intereſſant.

2. *Diſſertations ſur l'exiſtence de*
Dieu, où l'on démontre cette verité par
l'Hiſtoire univerſelle, par la première
antiquité du monde, par la réfutation
du ſyſtême d'Epicure & de Spinoſa,
par les caracteres de divinité, qui ſe
remarquent dans la Religion des Juifs,
& dans l'établiſſement du Chriſtianiſ-
me. La Haye 1697. *in* 40. pp. 705.

3. *Diſſertation ſur le Meſſie, où l'on*
prouve aux Juifs que Jeſus-Chriſt eſt le
Meſſie promis & prédit dans l'ancien
Teſtament. La Haye 1699. *in* 8°. pp.
320. Cet ouvrage eſt comme une
ſuite du précedent; mais il n'eſt ni ſi
orné ni ſi brillant, parce qu'il falloit
entrer dans une diſcuſſion de faits

I. JA-
QUELOT.

& de passages de l'Ecriture, qui font
une suite d'argumens, qu'il a fallu
suivre & presser, sans distraire l'attention du Lecteur.

4. *Examen d'un écrit qui a pour titre* : Judicium de Argumento Cartesii pro existentia Dei petito ab ejus idea. Basileæ 1699. Inseré dans l'*Histoire des Ouvrages des Savans*. May 1700. *Jaquelot* se propose dans cette piece de défendre l'argument de *Descartes* pour l'existence de Dieu attaqué par M. *Werenfels*, qui l'avoit traité de pur Sophisme. L'Abbé *Brillon* ayant attaqué cet *Examen*, & pris le parti de M. *Werenfels* dans un écrit inseré dans le 2e. *Journal des Savans* de l'année 1701. *Jaquelot* lui répondit par une *Lettre* adressée à M. *de Bauval*, & inserée dans l'*Histoire des Ouvrages des Savans* May 1701. p. 226. La dispute n'en demeura pas là ; car *Jaquelot* ayant vû dans les *Nouvelles de la Republique des Lettres* du mois de Novembre 170.. une Lettre de M. *des Maizeaux*, où ce Savant prenoit le parti de M. *Werenfels*, & prétendoit soutenir ce qu'il avoit dit, que *Ja-*

quelot avoit pris le change dans tout ce qu'il avoit écrit contre lui ; il fit inſerer dans l'*Hiſtoire des Ouvrages des Savans* du mois de Septembre 1701. p. 420. une nouvelle *Lettre à M. de Bauval*, où il tâche de juſtifier ce qu'il avoit avancé. M. *des Maizeaux* lui répondit dans les *Nouvelles de la Republique des Lettres* du mois de Juillet 1702. p. 31. avec beaucoup de vivacité, & *Jaquelot* oppoſa à ſa réponſe un écrit fort court qui ſe trouve dans les *Nouvelles* du mois de Septembre de la même année p. 293. & ainſi finit cette diſpute, après laquelle chacun demeura, ſuivant la coutume, dans ſon premier ſentiment.

6. *Eſſais de quelques Exercices de Devotion. Berlin* 1704. *in* 4°. *pp.* 48.

La Conformité de la Foi avec la raiſon, ou défenſe de la Religion contre les principales difficultez répandues dans le Dictionnaire Hiſtorique & Critique de M. Bayle. Amſterdam 1705. *in* 8°. *pp.* 390. Lorſque *Jaquelot* ſe fut tranſporté à *Berlin*, il s'apperçût que les difficultez répandues dans le Dictionnaire de *Bayle* avoient fait

I. JA
QUELOT.

I. JA-QUELOT. beaucoup d'impreſſion ſur certains eſprits, qui avoient de la peine à les digerer. Ces difficultez rouloient ſur le ſyſtême des Manichéens, dont *Bayle* relevoit les argumens, & à qui peut être il en fourniſſoit lui-même.

Ce fut pour les réſoudre qu'il entreprit cet ouvrage, qui eſt diviſé en deux parties, dont la premiere n'eſt qu'une récapitulation des Diſſertations ſur l'exiſtence de Dieu & ſur le Meſſie; la ſeconde eſt particulierement deſtinée à refuter *Bayle*. Il ſeroit à ſouhaitter qu'il y eut plus d'ordre; mais c'eſt le défaut ordinaire de cet Auteur que d'en manquer.

7. *Examen de la Theologie de M. Bayle répandue dans ſon Dictionnaire Critique, dans ſes penſées ſur les Cometes, & dans ſes réponſes à un Provincial, où l'on défend la conformité de la Foi avec la raiſon contre ſa réponſe. Amſterdam* 1706. *in* 12. *pp.* 472.

8. *Réponſe aux entretiens compoſez par M. Bayle contre la Conformité de la Foi avec la raiſon, & l'Examen de la Theologie. Amſterdam* 1707. *in* 12. *pp.* 261.

9. *Traité de la Verité & de l'Infpiration des livres du Vieux & du Nouveau Teftament. Rotterdam* 1715. *in* 8°. *pp.* 492. Ce Traité eft le chef-d'œuvre de fon Auteur, à qui il a couté la vie, puifque l'application qu'il y a donné a abregé fes jours, & qu'il n'a pû même l'achever entierement.

10. On a auffi imprimé *deux volumes de fes Sermons à Geneve en* 1721.

On l'a accufé d'être l'Auteur d'un petit livre, qui a pour titre : *Avis fur le Tableau du Socinianifme de M. Jurieu* ; mais il l'a défavoué.

V. fon Eloge. *Hiftoire des Ouvrages des Savans Decembre* 1708. *p.* 528. *Nouvelles de la Republique des Lettres Decembre* 1708. *p.* 686.

I. JAQUELOT.

JEAN FRANÇOIS SARASIN.

JEAN-FRANÇOIS *Sarafin* nâquit à *Hermanville fur la Mer,* dans le voifinage de *Caen,* où fon pere étoit Treforier de France. On rapporte dans le *Segraifiana* une circonftance de fa naiffance qui ne lui

JEAN-FRANÇOIS SARASIN.

J. F. SA- fait pas honneur, supposé qu'elle
RASIN. soit vraie. Il est dit que M. *Fau-*
connier de *Caen* Tresorier de France
étant devenu amoureux d'une Demoiselle, qui n'étoit pas d'un rang
à être sa femme, & ne vouloit pas
être sa concubine, & voyant qu'elle
étoit grosse, la maria, & lui fit de
grands avantages, & que ce fut de
Sarasin que la Demoiselle accoucha
après son mariage.

Il fit ses études à *Caen*, & vint
ensuite à *Paris*. » Il y eut bien-tôt
» mangé, dit-on, encore dans le Se-
» graisiana, ce qu'il avoit, M. de
» *Chavigny*, qui le consideroit avoit
» jetté les yeux sur lui pour l'envoyer
» à *Rome*, auprès du Pape *Urbain*
» *VIII.* qui savoit les belles Lettres,
» dans la creance que *Sarasin* s'insi-
» nueroit dans sa bienveillance par
» le bel esprit & par les belles con-
» noissances qu'il avoit de son côté.
» Il lui fit donner quatre mille li-
» vres pour se mettre en équipage;
» mais au lieu de les employer à
» l'usage pour lequel on les lui avoit
» données, il alla les manger avec
» une Dame de la rue Quinquempoix.

M. *de*

» M. *de Chavigny* ne laiſſa pas de le J. F. SA-
» garder encore chez lui , mais avec RASIN.
» beaucoup moins d'eſtime qu'au-
» paravant.

Je ne ſçai en quel temps placer un
voyage qu'il fit en Allemagne, ſelon *Menage* , & où il s'acquit l'eſtime de la Princeſſe *Sophie* fille du
Roy de Boheme , & bonne amie de
Deſcartes.

Il épouſa une femme riche , mais
vieille , laide , & chagrine. Son humeur libre & enjouée ne pût s'ac-
commoder d'une telle compagnie. Il
la quitta & entra au ſervice de M.
le Prince *de Conti* en qualité de Secretaire de ſes Commandemens.

M. *Perrault* rapporte une choſe
plaiſante qui lui arriva dans un
voyage où il accompagnoit ce Prince , & qui fait bien connoître la facilité de ſon eſprit. » Ce Prince en
» voyageant recevoit des harangues
» preſque par tout où il paſſoit. Le
» Maire & les Echevins d'une Ville
» l'attendirent ſur ſon paſſage , &
» lui firent leur Harangue à la por-
» tiere de ſon caroſſe; le Harangueur
» demeura court à la ſeconde perio-

J. F. SA-
RASIN.

» de sans pouvoir retrouver la suite
» de son discours, quelque effort
» qu'il fit pour en venir à bout. *Sa-*
» *rasin* sauta aussi-tôt de l'autre por-
» tiere en bas, & ayant fait promp-
» tement le tour du carosse se joignit
» au Harangueur, & poursuivit la
» rangue en la maniere à peu près
» qu'elle devoit être conçûe, y mê-
» lant des louanges si plaisantes, &,
» si ridicules, quoique très-serieu-
» ses en apparence, que ce Prince
» ne pouvoit s'empêcher d'éclater de
» rire. Ce qui fut de plus plaisant,
» c'est que le Maire & les Echevins
» remercierent *Sarasin* de tout leur
» cœur de les avoir tirez d'un si
» mauvais pas, & lui presenterent
» le vin de la Ville, comme à M. le
« Prince *de Conti*.

Il tomba dans la disgrace de son
Maître, & le chagrin qu'il en conçût
lui donna la mort. M. *Pellisson* &
Menage, qui pouvoient savoir le sujet
de cette disgrace, ne nous en ont rien
voulu dire. M. *Perrault* dit seulement que ce fut pour s'être mêlé
d'une affaire qui avoit déplû au Prince *de Conti*.

De tous les Auteurs qui ont parlé J. F. SA-
de lui , aucun, ſi on en excepte M. RASIN.
Huet, n'a fixé exactement le temps
de ſa mort. M. *Huet* la met en 1655.
& elle doit certainement être arrivée au commencement de cette année,ou à la fin de la précedente;puiſ-
que le privilege qui eſt à la tête de
ſes Oeuvres , & qui eſt daté du 23.
Fevrier 1655, en parle comme d'un
homme décedé depuis peu. Il paroît
par là que ceux qui l'ont fait mourir plus tard ſe ſont trompez. Tels
ſont , *Baillet* qui s'eſt contenté de
dire qu'il eſt mort avant l'an 1658.
le ſieur *de la Croix* qui dans ſon *Art
de la Poëſie* met ſa mort en 1657. de
même que *Richelet* dans le Recueil
des plus belles Epigrammes Françoiſes, qu'il a donné ſous le nom de
*Claude Ignace Breuguiere ſieur de Ba-
rante*, *Perrault* dans ſes Hommes
illuſtres, & pluſieurs autres qui les
ont ſuivi.

Il étoit alors âgé d'environ ·50·
ans, ſelon M. *Huet*, & de 43. ſelon
le *Segraiſiana*. Il fut enterré à *Pe-
zenas* Ville du Languedoc. C'eſt un
fait qui ſe trouve dans le coin d'une
lettre de *Montreuil*. K K ij

J. F. SA-
RASIN.

Il a été un des plus beaux genies pour les belles Lettres, des plus faciles, & des plus universels qu'on eut vû de long temps. Il étoit galant, agréable, & enjoué dans la conversation. Il avoit le talent de plaire à tout le monde, aux Dames, aux gens de Lettres, aux gens de Cour, aux plus éclairez, aux plus mediocres, dans les affaires, dans les divertissemens, soit qu'il fallut tenir sa place dans une conversation reglée & serieuse, soit qu'il fallut parmi des personnes tout-à fait amies & familieres s'emporter à ces innocentes débauches d'esprit, & à ces sages folies où les discours concertez font place aux caprices & aux boutades de la Poësie, & où presque tout est de saison, hors la raison froide & sévere. C'est ainsi qu'en parle M. *Pellisson* dans la Préface de ses Oeuvres.

Sa maniere d'écrire & de composer tient le milieu entre *Balzac* & *Voiture*. Le stile de *Balzac* a quelque chose de grave, de contraint & de gêné. *Voiture* au contraire a donné dans un autre excès ; à for-

ce de vouloir perpetuellement plai- J. F. SA-
ſanter & badiner ſur toutes ſortes RASIN,
de ſujets, & à force de vouloir plaire,
il en plaît ſouvent beaucoup moins.
Mais le ſtile de *Saraſin* eſt aiſé, naturel, engageant, & diverſifié ſelon
les ſujets qu'il traite.

Il poſſedoit éminemment les deux
principales qualitez des Poëtes, qui
ſont l'invention & la facilité. Pour
ce qui eſt de l'invention, on peut
dire que ſes Poëſies ont toûjours
quelque choſe d'ingenieux, de nouveau, de particulier, qu'il n'a point
pris d'ailleurs, & qu'il ne doit qu'à
lui-même. Quant à la facilité des
vers, il l'a très-grande ; il n'y a rien
de plus net, de plus libre, de plus
aiſé, de plus coulant. Non ſeulement
la nature y paroît par tout ; mais elle
y paroît par tout à ſon aiſe.

Menage n'avoit pas une grande
idée de ſon érudition. » Il ne ſavoit
» preſque rien, dit-il, [*a*] qu'un
» peu de Latin, & quelques mots
» Grecs. Il a voulu faire le ſavant
» dans ſon ouvrage intitulé : *Atticus*

(a) *Menagiana tom.* 3. *p.* 191.
K k iij

J. F. SA-
RASIN.

» *secundus* ; c'est pour cela que je dis
» qu'il y a mis tout ce qu'il savoit.
M. *de la Monnoye* a fort bien justi-
fié *Sarasin* dans les additions au *Me-*
nagiana. » *Sarasin*, dit-il, a été un
» des plus beaux esprits que la France
» ait eu. Pour du savoir, ses ouvrages
» font connoître qu'il en avoit plus
» que médiocrement. Ce n'est pas seu-
» lement dans son *Atticus secundus*,
» qu'il a mis de l'érudition, il en
» a mis aussi beaucoup, & d'un au-
» tre genre dans sa lettre sur le jeu
» des Echets que M. *Menage* ap-
» pelle savante & curieuse. Le veritable savoir d'ailleurs consiste non
pas à entasser citations sur citations,
mais à écrire avec jugement, & à
varier agréablement son stile, suivant
la diversité des sujets. C'est ce que
Sarasin a sçû faire admirablement.

Il a publié peu d'ouvrages de son
vivant. *Baillet* qui dit qu'il avoit
évité la qualité d'Auteur tant qu'il
avoit vêcu, se trompe, puisque l'*His-*
toire du Siege de Dunkerque, la *Pom-*
pe funebre de Voiture, & son *Discours*
de la Tragedie ont paru pendant sa
vie. En mourant il ordonna qu'on

remit tous ſes écrits à M. *Menage*, J. F. SA-
afin qu'il en diſpoſât comme il le RASIN.
jugeroit à propos. Ce ſavant les a
donnez au public avec un diſcours
de M. *Pelliſſon* à la tête. Ce diſcours
a merité les applaudiſſemens de toutes les perſonnes d'eſprit.

La premiere édition des Oeuvres
de *Saraſin* parut à *Paris* en 1656. *in*
4°. avec le Portrait de l'Auteur gra-
vé par *Nanteuil.* Il s'en eſt fait pluſieurs autres depuis ; comme celle de
*Paris.*1658. *in* 12. celle d'*Amſterdam*
1694. *in* 12. On trouve dans ces
deux éditions *in* 12. diverſes pieces
en proſe &en vers qui ne ſont point
dans la premiere *in* 4°.

Les pieces qui compoſent les Oeuvres de *Saraſin* ſont :

1. *L'Hiſtoire du Siege du Dunkerque.* Cette Hiſtoire a paru pour la
premiere fois à *Paris* en 1649. *in*
4°. Voici le jugement qu'en porte
M. *Pelliſſon* dans ſon diſcours préliminaire. ,, Cette piece eſt l'ouvra-
,, ge d'une main maîtreſſe , qui n'a-
,, bandonne jamais le jugement pour
,, courrir après le bel eſprit , & ne
,, cherche point des fleurs , quand

J. F. SA-
RASIN.

» c'eſt la ſaiſon des fruits. Juſques-
» là que l'Auteur écrivant l'Hiſtoire
» d'une action particuliere qui tient
» beaucoup de la ſimple relation , a
» retenu ſon ſtile dans une juſte me-
» diocrité, ſans lui permettre de s'éle-
» ver ttop ambitieuſement au-deſſus
» de ſon ſujet; & a merité d'extrêmes
» louanges par cela même qu'il ſem-
» ble ne les avoir pas recherchées.

2. *La Conſpiration de Valſtein.*
Elle eſt d'un ſtile plus fleuri, & aſſez
dans le goût de *Salluſte*. Mais nous
n'avons que le commencement de
cette piece.

3. *La vie de Pomponius Atticus*
traduite du Latin de *Cornelius Ne-
pos*. Cette traduction eſt fidele, &
en même-temps fort élegante.

4. Dialogue ſur la Queſtion: *S'il faut
qu'un jeune homme ſoit amoureux*. Il eſt
rempli de politeſſe, de galanterie , &
d'érudition. La concluſion eſt qu'il
n'eſt rien de ſi neceſſaire pour deve-
nir accompli, que de ſervir une honnête femme.

5. *Opinions du nom & du jeu des
Echets*. Cette diſſertation eſt écrite
avec beaucoup d'enjouement & d'é-
rudition.

6. *La Pompe funebre de Voiture.* J. F. SA-
Elle parut pour la premiere fois dans RASIN.
les *Mifcellanea* de *Menage*, [à qui
elle eft adreffée] qui furent imprimez à *Paris* en 1652. *in* 4°. M. *Pel-*
liffon dit que c'eft un chef d'œuvre
d'efprit, de galanterie, de délicateffe
& d'invention : on peut ajoûter
qu'elle a reçû un nouvel éclat, lorfqu'on lui a oppofé, ou qu'on a fait
à fon imitation d'autres pompes fu-
nebres, comme celles de *Scaron* &
de la *Calprenede.*

7. *Ode de Calliope fur la bataille*
de Lens, & *Lettre à la Marquife*
de Montaufier; Pieces mêlées de profe
& de vers.

8. *Difcours de la Tragedie ou Re-*
marques fur l'amour tyrannique de M.
de Scuderi. Cette piece eft une des
premieres productions de *Sarafin*,
& l'on peut dire que c'eft elle qui
l'a fait connoître dans le monde,
quoiqu'il l'ait publiée fous le nom
emprunté de *Sillac d'Arbois.* Il la
fit pour relever les beautez d'une
tragedie de M. *Scuderi*, qui a pour
titre : *L'Amour Tirannique.*

9. *Poëfies.* Ces Poëfies renferment

J. F. SA-
RASIN.

des pieces tout-à-fait charmantes, &
pleine de fel & d'efprit. Une des plus
confiderable eft *Dulot vaincu*, ou *la*
défaite des Bouts-Rimez.

10. *Attici fecundi G. Orbilius-Muf-*
ca five bellum Parafiticum. Cet ouvrage eft une Satyre fine & inge-
nieufe contre le fameux parafite
Montmaur.

Outre ce volume des Oeuvres de
Sarafin, il en a paru deux autres
affez minces fous le titre de *Nou-*
velles Oeuvres de M. Sarafin. Paris
1675. *in* 12. dont voici l'origine.
Menage ayant fait imprimer les ouvrages de *Sarafin* qu'il jugea les plus
dignes de voir le jour, fupprima les
autres, comme moins finis, & pro-
duits la plûpart dans fa jeuneffe.
Ceux-ci étant demeurés entre fes
mains, le fieur *Fleuri* fon Secretaire
en fit à fon infçû une copie, dont
long-temps après n'étant plus au
fervice de *Menage*, il traita avec
Barbin. Defpreaux confulté fur l'é-
dition de ces pieces, ne les ayant
pas trouvé indignes de leur Auteur,
Barbin les redigea en deux volumes
in 12. On pourroit les appeller des

Fragmens , parce que ce ſont effecti- J. F. SA-
vement des ouvrages qu'on voit bien RASIN.
qui ne ſont pas achevez , des morceaux de Poëſie plutôt que des Poëmes , juſque-là que le ſens & la rime
manquent en divers endroits , que
l'Imprimeur a eu tort de ne pas
marquer avec des étoiles. Le premier volume commence par une
*Apologie de la Morale d'Epicure.*C'eſt
un diſcours en proſe aſſez long, puiſqu'il eſt de 178. pages. Il y a de beaux
endroits , & ce n'eſt pas un mauvais
ſigne pour l'ouvrage d'avoir été ,
quoique fauſſement,attribué à M. *de*
Saint Evremont. Le reſte de ce volume & le ſecond tout entier ne contiennent que des pieces en vers. Ce
recueil eſt peu connu.

M. de *Sallengre* dans l'énumera-
tion des ouvrages de *Saraſin* a oublié
une piece qui a paru à part dans le
temps des Baricades ; elle eſt intitulée : *Lettre du Marguillier à ſon Curé*
ſur la conduite de M. le Coadjuteur.
Paris 1651. *in* 4°. Cette Lettre qui
eſt contre le Cardinal *de Retz* eſt fort
bien écrite. M. *Patru* y répondit
par une *Lettre du Curé au Marguil-*

J. F. SA- *lier*, qui est aussi fort ingenieuse.

V. *Huet. Origines de la Ville de Caen. Perrault éloges des Hommes illustres. Mémoires de Litterature tom.* 1, p. 419. *Pellisson Discours devant les Oeuvres de Sarasin.*

NICOLAS BERGIER,

NICOLAS *Bergier* nâquit à *Reims* en 1557. Il y étudia dans la nouvelle Université que le Cardinal de Lorraine avoit établie depuis peu, & y regenta ensuite pendant quelques années les belles Lettres. Il quitta le Collège pour entrer chez le Comte de *Saint Soupplet* Grand Bailli de Champagne en qualité de Précepteur de ses enfans.

Dégagé de ce soin, il se fit recevoir Avocat, & en exerça les fonctions à *Reims*. Son habileté lui fit bien-tôt un nom ; les Habitans de la Ville de *Reims* prévenus de son merite & de sa capacité, le firent leur Syndic, & le députerent souvent à *Paris*, pour les affaires de la Ville.

Ces voyages lui donnerent occa- N. Ber-
ſion de ſe faire connoître de plu- gier.
ſieurs ſavans, & principalement de
M. de *Peireſc* & de M. *Dupui*, à
qui il fit part du deſſein de ſon ouvrage *des grands chemins de l'Empire*, & qui le preſſerent de l'executer. M. *Peireſc* lui communiqua pour
cela la Table Itineraire de *Peutinger.*

Mais de tous les amis & les Protecteurs que ſon merite lui procura,
le plus illuſtre fut M. *Nicolas de
Bellievre*, Preſident à Mortier au
Parlement de *Paris*, qui lui procura un brevet d'Hiſtoriographe, avec
deux cens écus de penſion. Il voulut même l'avoir chez lui, & il y eſt
demeuré juſqu'à ſa mort, qui arriva le 15. Septembre 1623. Il étoit
alors au Château de *Grignon* appar-
tenant à M. *de Bellievre.*

Il a eu un fils nommé *Jean Bergier*, qui a été Procureur au Preſi-
dial de *Reims*, & qui a fait imprimer ſes ouvrages Poſthumes.

Catalogue de ſes Ouvrages.

1. *Hiſtoire des grands chemins de
l'Empire Romain*, *contenant l'origine,
le progrès*, *& l'étendue des chemins*

Militaires pavez depuis la Ville de Rome, jusqu'aux extrêmitez de son Empire. Paris 1622. in 4°. Cet ouvrage qui est très-curieux, est devenu fort rare. On en fait une nouvelle édition à *Bruxelles* en 2. volumes *in 4°.* Il a été traduit en Latin sous ce titre : *De Publicis & Militaribus Imperii Romani viis libri V. ex Interpretatione Henrici Christiani Henninii Medicinæ Professoris, & cum Animadversionibus Joannis B. du Bos.* Cette traduction, qui est assez mal faite, se trouve dans le 10e. tome des *Antiquitez Romaines* de *Grævius.* Les Remarques de M. *du Bos* tendent à relever les fautes qui sont échappées à *Bergier.* Le P. *Bacchini* Benedictin de la Congregation du Mont-Cassin a traduit cet Ouvrage en Italien, & son ouvrage a été imprimé.

2. *Le Bouquet Royal, ou le Parterre des riches inventions, qui ont servies à l'entrée du Roy Louis le Juste en sa Ville de Reims, par Nicolas Bergier, & augmenté des Ceremonies observées en son Sacre le 17. Octobre 1610. par Pierre de la Salle Avocat en l'Election de Reims. Paris 1610.*

in 8°. It. *Reims* 1637. *in* 4°. *Bayle* N. BER-
ne parle que de cette derniere édi- GIER.
tion.

3. *Le deſſein de l'Hiſtoire & An-*
tiquitez de Reims, avec diverſes cu-
rieuſes Remarques touchant l'établiſſe-
ment des peuples, & la Fondation des
Villes de France. Reims 1635. *in* 4°.
Nicolas Bergier avoit compoſé l'Hiſtoire de la Ville de *Reims* en ſeize
livres ; mais ſon fils n'a fait imprimer que les deux premiers, avec un
Sommaire des autres, qui fait re-
gretter la perte qu'on en a faite.
Ces deux livres devoient ſervir de
préliminaires à tout l'ouvrage. Le
premier traite de l'Antiquité & de
la difference des peuples de la Gaule
Belgique, & le ſecond de l'Antiquité de la Ville de *Reims*, de ſes anciens noms, de ſa fondation & de
ſes fondateurs : *Bayle* a mis mal à
propos l'édition de cet ouvrage en
1637.

4. *Le Point du jour, ou Traité du*
commencement des jours, & de l'en-
droit où il eſt établi ſur la Terre. Reims
1629. *in* 12. Il n'eſt fait dans cette
édition mention d'aucune autre pré-

cedente; il y en a eu cependant une
faite à *Paris* en 1617. *in* 8°. fous le
titre d'*Archemeron, ou Traité du commencement des jours.* Le but de *Bergier* dans cet Ouvrage eft de marquer
fur la terre un point, où le jour ci-
vil commençât de telle forte, que
le même jour, (le Lundi ou le Mardi par exemple) fut porté fucceffi-
vement par tout le monde, & vint
recommencer au bout de vingt-qua-
tre heures dans un lieu qui touchât
immediatement le point donné. Par
ce moyen il y auroit fur la terre
deux lieux parfaitement contigus,
dont l'un auroit le commencement
du Lundi, lorfque l'autre n'auroit
que le commencement du Dimanche;
d'où il arriveroit que chaque jour
dureroit quarante-huit heures, non
pas à l'égard d'un certain lieu, mais
par rapport à toute la terre; chaque
jour de Fête par exemple feroit chom-
mé 48. heures de fuite. Le point
que *Bergier* vouloit choifir pour le
commencement du jour, étoit celui
où le 180. degré de Longitude, &
le 181. fe touchent dans les Cartes
de *Mercator*; & ainfi une des trois
Ifles

Ifles *Subadibes* fous l'Equateur , cou- N. Ber-
pée en deux par le 180. degré de gier.
Longitude ; recevroit le jour toute
la premiere, le Dimanche y commenceroit dans la partie Occidenta-
le , lorfqu'on auroit le Midi du Sa-
medi fous le premier Meridien , &
ce même Dimanche n'y commenceroit dans la partie Orientale , que
quand le Lundi commenceroit dans
l'autre partie. C'étoit au Pape , felon
cet Auteur , à faire ce nouvel éta-
bliffement , & à ordonner que déformais chaque jour de Fête , chaque
jour de la femaine commençât , lorfqu'il feroit minuit fur les confins
du 180. & du 181. degré de Longitude , avec défenfe à tous les Catholiques du monde de commencer
leur jour avant le minuit , qui fui-
vroit celui que l'on auroit eu fous
cet endroit là. Le principal avantage qu'il trouve dans ce nouvel éta-
bliffement du point du jour ; c'eft
qu'on n'auroit plus de difpute fur
la celebration des jours de Fête ,
lorfqu'en faifant le tour du Monde
ou par l'Orient, ou par l'Occident,
on ne compteroit pas le même jour

N. Ber- de la femaine, que ceux des pays
gier. où l'on aborderoit.

5. *Bergier* compofa encore en 1612.
à la requifition de l'Archiduc *Albert* la *Vie de faint Albert avec
l'Hiftoire de la Tranflation de fon corps
de Reims à Bruxelles*. Il reçut pour
recompenfe de cet Ouvrage une
chaîne d'or, que ce Prince lui envoya, mais l'ouvrage n'a point été
imprimé, & le manufcrit eft demeuré entre les mains des Heritiers
de l'Auteur, avec quelques autres
écrits de fa main, *de l'excellence des
belles Lettres; de l'Antiquité & de
l'excellence de la Poëfie, & de la Mu-
fique fpeculative*.

V. *Bayle Diftionnaire*, où il s'eft
fervi d'un Mémoire de M. *Oudinet*,
Garde du Cabinet des Medailles du
Roy, & fa Differtation fur le jour.

PIERRE SILVAIN REGIS.

Pierre P I e r r e *Silvain Regis* nâquit en
Silvain 1632. à la *Salvetat de Blanque-
Regis. fort* dans le Comté d'Agenois, d'un
pere affez riche, & qui vivoit no-

blement, mais qui ayant beaucoup P. SIL-
d'enfans, ne laiſſa que peu de bien VAIN RE-
à celui-ci, qui étoit un des cadets. GIS.

Après avoir fait avec ſuccès ſes
Humanitez & ſa Philoſophie chez
les Jeſuites à *Cahors*, il étudia en
Theologie dans l'Univerſité de cette
Ville, parce qu'il étoit deſtiné à l'é-
tat Eccleſiaſtique, & il y fit tant de
progrès en quatre ans, que le Corps
de l'Univerſité le ſollicitant de prendre le bonnet de Docteur, lui offrit
d'en faire tous les frais. Mais il ne
crut pas le meriter, avant qu'il eut
étudié à *Paris* en Sorbonne.

Il y vint, mais l'exceſſive longueur des cahiers d'un Profeſſeur
celebre ſur la ſeule queſtion de l'heure
de l'inſtitution de l'Euchariſtie le dé-
gouta abſolument de la Theologie. La Philoſophie Carteſienne qu'il
commença à connoître alors par les
conferences de M. *Rohault* le frappa,
il y prit goût, & il s'y livra bien-tôt
enti erement.

Comme il n'avoit plus que quatre
ou cinq mois à demeurer à *Paris*,
il ſe hâta de s'inſtruire ſous M. *Rohault*, qui de ſon côté zelé pour ſa

P .SIL-
VAIN RE-
GIS.

Doctrine, donna tous ses soins à un
Disciple, qu'il croyoit propre à la
répandre.

Regis étant parti de *Paris* alla établir la nouvelle Philosophie à *Toulouse* par des conferences publiques
qu'il commença à y tenir en 1665.
Il s'exprimoit avec facilité & avec
netteté, & il avoit le don de mettre les matieres les plus abstraites à
la portée de ses Auditeurs. Ainsi il
attira bien-tôt toute la Ville; Savans,
Magistrats, Ecclesiastiques, tout le
monde accouroit pour l'entendre,
les Dames même faisoient partie de
la foule. Il fit soutenir une These
de pur Cartesianisme en François,
& une Dame de *Toulouse* à qui elle
étoit dédiée y disputa & y résolut
même plusieurs difficultez considerables. Les Capitouls touchez de
cette nouveauté firent à *Regis* une
pension sur leur Hôtel de Ville.

Le Marquis de *Vardes*, alors exilé en Languedoc, étant allé à *Toulouse*, & ayant connu *Regis*, voulut l'emmener avec lui dans son Gouvernement d'*Aigues-Mortes*, & l'obtint, quoiqu'avec peine de la Ville

Le Philoſophe & le Courtiſan furent utiles l'un à l'autre, & profiterent réciproquement de leur ſocieté & de leurs converſations. **P. Girgis.**

M. de *Vardes* étant allé en 1671. à *Montpellier*, *Regis* l'y accompagna, & fit dans cette Ville des Conferences avec le même applaudiſſement qu'à *Toulouſe.*

Il revint à *Paris* en 1680. & commença a tenir de ſemblables conferences chez M. *Lemery.* Le concours du monde y fut ſi grand, que les Partiſans de l'ancienne Philoſophie s'en allarmerent. On prévint M. L'Archevêque de *Paris*, qui ordonna de la part du Roy à *Regis* d'interrompre ces Conferences. Il les diſcontinua donc au bout de ſix mois, & ſe ſervit du loiſir où il ſe trouva pour faire imprimer ſon ſyſtême de Philoſophie.

Tout le reſte de ſa vie s'eſt paſſé à écrire & à travailler, juſqu'à ce que des infirmitez continues & douloureuſes qu'il eut à ſoutenir pendant pluſieurs années ne lui permirent plus de le faire.

Il eſt mort le 11. Janvier 1707.

chez M. le Duc *de Rohan*, qui lui
avoit donné un appartement dans
son Hôtel, & lui payoit une pension
que le Marquis de *Vardes* son beau-
pere lui avoit laissée. Il étoit alors
dans sa 75e. année.

Au renouvellement de l'*Academie des Sciences* en 1699. il y eut
une place d'Associé ; mais ses infirmitez ne lui ont pas permis de faire aucune fonction Académique.

Peu de Savans ont eu plus de relation avec les Grands que lui. M.
de *Harlay* Archevêque de *Paris* avoit
avec lui des conferences reglées,
comme s'il eut voulu se reserver à
lui seul les connoissances qu'il lui
avoit défendu de communiquer au
public. M. le Prince, dont le genie
embrassoit tout, l'envoyoit chercher souvent, & a dit plusieurs
fois, qu'il ne pouvoit s'empêcher
de prendre pour vrai ce qu'il lui expliquoit si nettement.

Sa reputation n'étoit pas moins
établie chez les étrangers. Le Duc
d'*Escalone* Grand d'Espagne ayant
été défait à la journée de *Ter* en 1694.
par l'armée de M. le Marechal de

Noailles, ne lui fit redemander de
tout ſon bagage qu'il avoit perdu,
qu'une caſſette où étoient les Commentaires de *Ceſar*, & la Philoſophie de *Regis*. Ce même Duc ordonna à ſon fils quand il vint en
France, de voir *Regis*. Il n'y man-
qua pas, & de pluſieurs viſites, il
n'y eut que la premiere qu'il lui
rendit par obéiſſance.

P. SIL-
VAIN RE-
GIS.

La connoiſſance des Grands lui
fut moins utile, qu'elle ne ſembloit
devoir l'être ; ſa fortune ne s'en ac-
crût pas davantage, & l'amitié du
P. *Ferrier* Confeſſeur du Roy ne
lui valut qu'une très-modique penſion ſur la Préceptoriale d'*Aigues-
Mortes*.

Quoiqu'il fut accoutumé à inſtruire, ſa converſation n'en étoit pas
plus imperieuſe ; elle étoit facile &
ſimple, parce qu'il étoit accoutumé
à ſe proportionner à tout le monde.
Son ſavoir ne l'avoit pas rendu dé-
daigneux pour les ignorans ; & en
effet on l'eſt ordinairement d'autant
moins à leur égard, que l'on ſait davantage, car on en ſait mieux combien on leur reſſemble encore.

P. SIL-
VAIN RE-
GIS.

Catalogue de ses Ouvrages.

1. *Systême de Philosophie, contenant la Logique, la Metaphysique, la Physique & la Morale. Paris 1690 in 4°. 3. tomes. It. augmenté d'un discours sur la Philosophie ancienne & moderne, où l'on fait un abregé de l'Histoire de cette science. Amsterdam 1691. in 4°. 3. tomes.* Lorsque *Regis* vint à *Paris* en 1680. son principal objet étoit de faire imprimer cet ouvrage, mais il eut bien de la peine à venir à bout de cette impression ; elle fut traversée pendant dix ans ; & ce ne fut qu'à force de sollicitations, que les oppositions furent surmontées. L'ouvrage est écrit avec beaucoup de netteté. Le discours qu'on a ajoûté dans l'édition de Hollande est très-curieux. Il est de M. *Coste* connu par plusieurs traductions élegantes.

2. *Réponse au livre qui a pour titre:* Petri Danielis Huetii Censura Philosophiæ Cartesianæ; *servant d'éclaircissement à toutes les parties de la Philosophie, & sur tout à la Metaphysique. Paris* 1691. *in* 12. Le zele pour la Philosophie de *Descartes* attaquée par
Monsieur

N. *Huet* lui a fait entreprendre cet P. Sil-
ouvrage. vain Re-
gis.

3. *Réponse aux Reflexions Critiques*
de M. du Hamel sur le systême Car-
tesien de la Philosophie de M. Regis.
Paris 1692. in 12. Regis prétend dans
cette réponse se justifier des contra-
dictions & des Paralogismes que M.
Jean du Hamel, qui avoit été Professeur de Philosophie au College du
Plessis, lui avoit attribuez, & les
rejetter sur M. *du Hamel*.

4. *Premiere Replique de M. Regis*
à la réponse du P. Malebranche,
touchant la raison Physique des diver-
ses apparences de grandeur du Soleil &
de la Lune dans l'horison & dans le
Meridien. Inserée dans le *Journal des*
Savans du 18. Janvier 1694. Voici
l'occasion de cet écrit, qui a été suivi
de quelques autres sur le même sujet. *Regis* avoit attaqué dans sa Physique l'explication que le P. *Male-*
branche avoit donnée dans sa *Recher-*
che de la Verité de ce que la Lune paroît plus grande à l'horison qu'au
meridien. La question principale
qui étoit entre eux se réduisoit à savoir, si la grandeur apparente d'un

P. Sil-objet dépendoit uniquement de la
vain Re-grandeur de son image tracée sur la
gis. Retine, ou de la grandeur de son
image & du jugement naturel que
l'ame porte de son éloignement, de
sorte que tout le reste étant égal,
elle dût le voir d'autant plus grand,
qu'elle le jugeroit plus éloigné. *Regis*
avoit embrassé le premier sentiment,
& le P. *Malebranche* le second. Ils
avoient encore d'autres contestations
sur la nature & les causes des idées
& sur cette question, si le plaisir
nous rend actuellement heureux, &
c'est sur cela que roule cet écrit de
même que les suivans.

5. *Seconde Replique de M. Regis au*
P. *Malebranche touchant la maniere*
dont nous voyons les objets qui nous en-
vironnent. Inserée dans le *Journal des*
Savans du 25. Janvier 1694.

6. *Troisiéme Replique sur les plaisirs*
des sens. Inserée dans le même Journal des Savans. Ces trois Repliques
ont été imprimées séparément à *Pa-*
ris in 4°. 1694.

7. *L'Usage de la Raison & de la*
Foy, ou l'accord de la Foy & de la
Raison, Paris 1704. *in* 4°. Voici le

Jugement que le *Journal des Savans* P. Sil-
porte de cet ouvrage. ,, L'Auteur vain Re-
,, donne des idées très-nettes du fujet gis.
,, qu'il traite , & l'on remarque beau-
,, coup d'exactitude dans l'Analife
,, qu'il en fait. Ses raifonnemens font
,, toûjours renfermez dans de juftes
,, bornes , & leur étendue moderée
,, les rend aifez à entendre , fans rien
,, diminuer de leur force. Il n'évite
,, point, comme quelques autres mo-
,, dernes, les termes de la Scolaftique,
,, il s'en fert au contraire prefque par
,, tout , mais en y attachant des no-
,, tions claires & diftinctes de ce qu'il
,, veut leur faire fignifier. Il faut
,, donc le confulter lui-même pour
,, en connoître l'énergie, & lorfqu'il
,, examine les fujets , qui , confiderez
,, differemment , ont du rapport avec
,, la Foy ou avec la Raifon , il eft
,, de confequence de bien prendre
,, garde s'il parle philofophiquement
,, ou theologiquement , car fans cela
,, on courroit quelquefois rifque de
,, fe tromper.

V. fon éloge dans l'*Hiftoire de
l'Academie des Sciences* 1707.

F I N.

TABLE NECROLOGIQUE

Des Auteurs contenus dans ce Volume.

T A B L E.

TABLE

Des Auteurs contenus dans ce Volume, selon l'ordre des matieres qu'ils ont traitées dans leurs Ouvrages.

A

M iiij

TABLE.

B

Bibliographie.

C

Controverse.

D

Dictionnaire.

TABLE.

TABLE

H

Histoire Sainte & Judaique.

Histoire Ecclesiastique.

Histoire Greque.

Histoire Romaine.

Histoire de France.

Histoire d'Angleterre.

TABLE.

TABLE.

TABLE.

TABLE.

Poësie Latine.

Poësie Françoise.

Poësie Italienne.

R

Religion Chrétienne.

Religion naturelle.

Rhetorique.

TABLE.

FIN.

ERRATA.

Page 86. *la premiere ligne de cette page se trouve au bas de la page suivante* 87.

Pag. 209. lig. 2. *Mortibus*, lisez *Moribus*.

Pag. 243. lig. 16. *Sadi*, lisez. *rdi*.

www.ingramcontent.com/pod-product-compliance
Lightning Source LLC
Chambersburg PA
CBHW070547030726
47505CB00001B/188